HEYNE BÜCHER

Das Buch

Was ist das – Splatterpunk? Ein Name für einen Trend, ein Begriff für Horror extrem, für das Grauen an sich, für die Abgründe der Psyche. Wer sind das – Splatterpunks? Die Literatur des Schreckens, von E. A. Poe bis Stephen King, findet ihre modernsten Adepten, ihre unerbittlichsten Vollstrecker in einer Generation junger Schriftsteller, die sämtliche Fesseln sprengen, jedes Tabu vergessen, jeden Kompromiß verhöhnen; deren Prosa über die Buchseiten fegt und die entlegensten Winkel des Unterbewußtseins durchleuchtet.

Jede Erzählung dieses Bandes ist ein Schocker. Es wappne sich, wer das dunkle Gebiet betritt, in dem der Horror kaum noch gebändigt wird von den Mächten literarischer Kunst. Doch geht es hier nicht nur um Horror. Den schrecklichsten, den furchtbarsten Beschreibungen liegt die quälende Einsicht zugrunde, daß die Hölle auch hinter den glitzernden Fassaden des 20. Jahrhunderts flammt. So wie in uns selbst. Das Chaos in uns, den Widerspruch der menschlichen Natur aufzuzeigen, ist das Anliegen der Splatterpunks. Und vielleicht gelingt es ihnen: den Schrecken durch Schrecken zu besiegen.

Der Herausgeber

Der Herausgeber, bekannt in allen Hollywood-Studios als professioneller Filmemacher, gilt in den USA auch als einer der renommiertesten Insider auf den Gebieten des extremen Horrors und der Fantasy. Neben seiner Kurzprosa finden vor allen die von ihm verfaßten Artikel und Fachbücher zu den genannten Themen größte Beachtung.

SPLATTERPUNK 2
»HORROR EXTREM«

Herausgegeben von Paul M. Sammon

Deutsche Erstausgabe

WILHELM HEYNE VERLAG
MÜNCHEN

HEYNE ALLGEMEINE REIHE
Nr. 01/8543

Titel der Originalausgabe
SPLATTERPUNKS

Der 1. Teil dieses Buches ist bereits in der Allgemeinen Reihe mit dem Titel »Splatterpunk – Horror extrem« (01/8542) erschienen.

Redaktion: Werner Heilmann

Printed in Germany 1993
Quellenverzeichnis: s. Anhang
Umschlagillustration: Bavaria Bildagentur/TCL, Gauting
Umschlaggestaltung: Atelier Ingrid Schütz, München
Satz: (1572) IBV Satz- und Datentechnik GmbH, Berlin
Druck und Bindung: Elsnerdruck, Berlin

ISBN 3-453-06438-0

Schrecken – der das Grauen besiegt

Ein persönliches Dankeschön

Früher habe ich gern über die auf dieser Seite üblichen Lobhudeleien gespottet. Ein Buch schreiben oder herausbringen – so schwer kann das doch nicht sein, dachte ich in meiner Jugend und hielt mich für furchtbar weise.

Wie wenig Ahnung ich hatte!

Zu allererst möchte ich sämtlichen hier in *Splatterpunks* vertretenen Autoren meine Hochachtung zollen. Eure kollektive Verrücktheit ist der Gegenstand dieses Buches. Danken möchte ich auch Gordon Van Gelder und Stuart Moore von der St. Martin's Press. Wenn ich sie brauchte, waren sie stets zur Stelle. Und meinen Hut ziehe ich noch einmal vor Joe R. Lansdale, weil er es in den zahllosen, teils zähen, teils heißen Debatten mit mir ausgehalten hat.

Schließlich und endlich möchte ich den drei Leuten meinen aufrichtigen Dank bekunden, die am meisten zum Gelingen von *Splatterpunks* beigetragen haben:

Lori Perkins, meiner Agentin und guten Freundin; das nächste Mal schreiben wir ein Buch über Tapioka, einverstanden?

John Skipp, dessen Mut nur noch von seiner Ehrlichkeit überboten wird; nein, wir haben wirklich nichts mit einer Ideologie zu tun!

Und Sherri Sires Sammon, meiner Seelenpartnerin, Ehefrau und Lebensgefährtin; du kannst die Voodoopuppe jetzt wegräumen.

Inhalt

Vorwort

Es hat schon immer Ketzer, Outlaws gegeben.

Damals:

Marquis de Sade. William Burroughs. Baudelaire.

Heute:

Clive Barker. John Skipp. Joe R. Lansdale.

Sie sind die Abtrünnigen, die Erforscher der Grenzbereiche, die Bewohner der Abgründe. Ihre Kunst kennt keinen Kompromiß, denn mit dem inneren Auge sehen sie bittere Wahrheiten.

Sie sind dunkle Magneten, die uns unweigerlich anziehen und abstoßen. Mit sämtlichen Gangarten des Ungeheuerlichen sind sie vertraut. Sie verkörpern den schwarzen Humor, sind die Komiker der Apokalypse. Ihre Prosa fegt über die Blätter der Bücher und durchleuchtet die entlegensten Winkel unserer Seelen wie gleißendes Scheinwerferlicht.

Mit einem Wort: Sie sind die Splatterpunks.

Was ist ein Splatterpunk?

Man stelle sich ein neues Wort für eine alte Einstellung vor – die sämtliche inneren Fesseln sprengt, sich keinem Gott beugt, keinerlei Grenzen anerkennt.

Man stelle sich vor: geballte Energie, Fantasie, sich Freimachen von jeder Konvention.

Man stelle sich ein Buch vor, in dem all das zusammen mit den Selbstwidersprüchen der menschlichen Natur, dem Licht und Dunkel, dem Yin und Yang destilliert wird.

Und diese Mischung macht den Splatterpunk aus.

In diesem Buch enthalten sind Stimmen, die sich gegen jede Unterdrückung und Tabuisierung erheben. Und zur Warnung sei gesagt: Für zimperliche Gemüter taugen die Ansichten eines Splatterpunks nichts.

Die Erzählungen stammen alle aus der Feder echter Ketzer. Sie funktionieren jenseits der Gesetze. Wo sonst findet man denn Schlächter, die ihre Spätschicht in den Zügen der New Yorker U-Bahn fahren? Nur hier! Und wie sieht es mit Scheiße fressenden Mutantenbabys aus? Genauso! Wer vögelt woanders mit Leichen? Keiner! Inzest, Serienmorde, Leichenschändung – Sie brauchen nur umzublättern.

Aber bitte tun Sie es nicht nur dem Schock zuliebe. Zwischen den Zeilen stehen hohe innere Werte, quälende Einsichten über unser glitzerndes, doch so dahinsiechendes zwanzigstes Jahrhundert. Bei jeder Ausweidung sind die dunkelsten Innereien des Humors zu entdecken, jedem scheinbar widerwärtigen Ausflippen liegen die ernstesten Sorgen und Anliegen eines Erwachsenen zugrunde.

Gehen Sie auf Zehenspitzen – doch vergessen Sie Ihren dicken Knüppel nicht. Sie haben jenes dunkle Gebiet betreten, in dem der Horror mit den Mächten der Kunst ringt. Und noch drei andere Dinge sollten Sie auf die Reise mitnehmen:

Humor.

Mut.

Und ein voll aufgedrehtes Kofferradio. Am besten sollte es Rock 'n' Roll spielen.

Alles klar?

Gut.

Wir warten schon auf Sie...

Paul M. Sammon

RICHARD CHRISTIAN MATHESON

Gänsehaut

»Richard Christian Matheson zählt zu jener Handvoll hochbegabter, einfallsreicher Autoren, die der Horrorliteratur eine neue Dimension der Empfindsamkeit erschlossen haben und dennoch das Aufregende, Beängstigende und Gnadenlose der modernen Welt einfangen.« Sagen die Kritiker ziemlich übereinstimmend.

Eines ist ihnen freilich entgangen. R. C. hat sich auch als Autor komischer Literatur Rang und Namen verschafft. Seit einiger Zeit bereits schreibt und produziert er für Megakomiker wie Mel Brooks und Goldie Hawn. Dabei verrät er eine Neigung zum schwarzen Humor. Er selber bezeichnet ihn als »verquere Mischung aus Ironie und Psychohorror, die allerdings nicht so sehr verschreckt, sondern eher amüsiert«.

Wie dem auch sei, für meine Begriffe ist ›Gänsehaut‹ eine Vergnügungsfahrt auf der Achterbahn mit einem kräftigen Schuß Satire.

Jetzt bitte gut festhalten!

Und keine Angst. Horrorgeschichten tun einem doch nichts an.

Oder?

...und so verschwand an jenem unheimlichen Vollmondabend das abscheuliche Unwesen auf genauso unerklärliche Weise, wie es aus dem Nichts gekommen war. Aber auch wenn Mr. Edworthy den guten Leuten von Frankshire nie anvertraute, welch unsägliche Ängste er ausgestanden hatte, so sollte er sein Grauen doch nie vergessen.

Denn in dem gottverlassenen Küstenort am äußersten Ende Schottlands hatte sich das Böse nicht nur des Körpers, sondern der gesamten Seele eines Mannes bemächtigt. Gott sei Dank war es nicht in ihm geblieben.

Zumindest glaubte Mr. Edworthy das.

Bis er plötzlich dieses widerwärtige, gierige Nagen erneut spürte, das ihn das Grauen gelehrt hatte.

Und die verschreckten Stadtbewohner hörten das Brüllen des gepeinigten Mannes. Mit Fackeln trotteten sie den Feldweg zu seiner Farm hinauf.

Doch was sie dort sahen, blieb hinter ihren Lippen verschlossen.

Alpträume werden eben lieber verdrängt.

Gänsehaut

Mit einem Schaudern klappte Andy das Buch zu.

Gar nicht übel, diese kleine Horrorgeschichte.

Nein, ganz und gar nicht.

Zwielicht war eine wirklich gelungene Horroranthologie – eine Geschichte besser und beklemmender als die andere. ›Der verwunschene Beichtstuhl‹, in dem der Geist des schon seit langem verstorbenen Priesters spukte, hatte ihn schon gewaltig erschüttert. Aber die letzte, ›Edworthys Schicksal‹, ließ ihn nun überhaupt nicht mehr los.

Er schlüpfte unter die Bettdecke, legte das Buch auf das Nachtkästchen und knipste das Licht aus.

Obwohl das Bett herrlich warm war, zitterte er.

Mein Gott, er hatte ja am ganzen Körper eine Gänsehaut.

Schon erstaunliche Burschen, diese Horrorautoren.

Die wußten genau, wie man einen so weit brachte, daß es kalt den Rücken hinunterlief. Und hatten sie einen erst mal am Haken, verwandelte sich jeder ihrer Sätze in Säure, die sich bis in die letzten Gehirnwindungen durchfraß. So eine richtig gelungene Geschichte konnte direkt aus dem Buch herausspringen und über einen herfallen.

Lächelnd stellte Andy fest, daß sogar sein Bauch zuckte.

»Hellwach liegt der Leser auch noch in der Nacht da, denn bis in seinen Magen hinunter spielen die Nerven verrückt.« War ein höheres Lob für den Autor von ›Edworthys Schicksal‹ vorstellbar?

Komisch, daß einer von so was leben kann, dachte er.

Er holte tief Luft. Vielleicht ließen sich die abscheulichen Bilder ja auf diese Weise verscheuchen. Beim Ausatmen kratzte er sich den linken Handrücken und spürte etwas.

»Scheißmücken«, ächzte er. Eine mußte ihn direkt über dem Knöchel gestochen haben. Sie war wohl durch das offene Fenster in die Wohnung gekommen. Er wollte schon aufstehen und das Fenster schließen, doch plötzlich weiteten sich seine Augen.

Das Ding bewegte sich ja.

Unter der Haut war es weiter zum Handgelenk gekrochen. Hastig schaltete er das Licht wieder an. Beim Anblick des winzigen Klumpens, der nun seinen Unterarm erreicht hatte, wurde ihm schlecht. Das Ding schob sich unter der Haut einfach vor und kroch weiter und weiter. Dabei schwoll sein Arm ganz leicht an, als hätte sich eine Blase in ihm selbständig gemacht.

Zurück blieb eine rote Spur. Seine Armbehaarung stellte sich auf.

Im ersten Schock wagte er sich nicht zu rühren. Schließlich griff er zum Telefonhörer und wählte den ärztlichen Notdienst, legte aber sofort auf, als der Klumpen plötzlich den Arm hinaufraste, die Schultern überquerte und sich den rechten Arm bis zur Hand hinunter gleiten ließ.

Erschrocken jagte Andy zum Garderobenspiegel. Langsam hob er den rechten Arm, und der Mund wurde ihm trocken. Der Klumpen hockte mitten auf der rechten Handfläche. Wie ein gefangenes Tier bewegte er sich hin und her.

Totenstille. Andy beobachtete das Ding, wie es unter seiner Haut in willkürlichen Mustern in alle Richtungen vordrang.

Als wartete es voller Ungeduld auf etwas Bestimmtes.

Aber worauf nur? Er versuchte es zu befühlen. Mit den Augen ließ sich ja feststellen, wie weit es die Haut dehnte, dennoch vermochte Andy seine wahre Gestalt nicht zu bestimmen.

Er sah sich schon am Rande des Wahnsinns.

Vorsichtig hob er die linke Hand über den Klumpen. Dann holte er tief Luft und schlug sich mit aller Kraft auf die rechte Hand, um das Ding festzunageln.

Aber es war schon wieder den Arm hinaufgeschossen. Seinen Weg markierte eine rot angelaufene Schwellung von der Breite eines Daumens.

In panischer Angst schlug Andy noch einmal danach, doch es war einfach zu schnell für ihn und wartete jetzt an der Schulter. Andy schlug in blinder Wut nach der Schulter. Diesmal spürte er den Klumpen zwar unter der Hand, aber schon schlüpfte er blitzschnell weiter, über die Brust diesmal.

Und nun geschah etwas vollkommen Neues.

Als Andy ins Schlafzimmer zurückrannte und sich den Schlafanzug vom Leib riß, spürte er ein Zwicken, aus dem schnell ein rasender Schmerz wurde, und zwar überall dort, wo der Klumpen gewesen war.

Im Spiegel erkannte er knotige Schwellungen. Das Hautgewebe mußte sich in Windeseile entzündet haben. Und jetzt wanderte der Klumpen über die Brust. Ein brennender Schmerz schoß von dort in den ganzen Rest des Körpers.

Das Ding schien sich durch sein Fleisch zu sägen!

Er begriff, daß er unmöglich zur Notaufnahme ins Krankenhaus fahren konnte. Das Ding würde es einfach nicht zulassen. Mit einem Schauder dachte er an die Qualen, die ihm auf der Fahrt bevorstünden.

Plötzlich nahm das Brennen noch zu. Der Klumpen schoß wie die Kugel in einer Flippermaschine, wohin er gerade wollte.

Keuchend stürzte er in die Küche und riß die Besteckschublade auf. Doch jetzt jagte der Klumpen um seine nackte Hüfte herum und setzte sich im Rücken fest. Es schmerzte brutal.

Dann kroch er weiter die Wirbelsäule hinauf, bohrte

sich durch die Muskeln und riß an der Gewebehaut. Er hatte es auf das Rückenmark abgesehen.

Brüllend vor Schmerzen warf Andy sich auf den Boden und wälzte und krümmte sich auf dem Rücken hin und her. Irgendwie mußte das Ding doch zu erdrücken sein! Aber es fraß sich ungerührt ins Rückenmark hinein, labte sich an seinen Nervenfasern und kletterte von Nervenknoten zu Nervenknoten. Andys Kopf lief dunkelrot an.

Er brüllte, aber kein Laut drang aus seinem Mund.

Hilflos blieb er auf dem Boden liegen und mußte mitansehen, wie der Klumpen sich in aller Ruhe seinen Weg zum Schenkel bahnte und von dort die Richtung zu seiner Bauchhöhle einschlug.

Kurz vor dem Blinddarm hielt er inne. Andys Eingeweide fingen an zu hämmern.

Und dann stellte er fest, daß das Ding gewachsen war. Je mehr es von seinem lebenden Fleisch verschlang, desto größer wurde es.

Andy wurde übel.

Der Klumpen machte sich nun ans Nagen. Er fraß tatsächlich Andys Eingeweide. Sein wilder Schrei blieb wieder stumm.

Jetzt erst dämmerte ihm, wovon das Ding lebte.

Und weiter weidete es sich an ihm. Andy rappelte sich mühsam auf und tastete nach der Schublade.

Er bekam das Hackebeil zu fassen. Die Klinge blitzte gespenstisch im fluoreszierenden Licht.

Aber schon war der Klumpen weitergezogen – als wäre es ihm langweilig geworden.

Diesmal schlug Andy die Hände vor das Gesicht und kreischte los.

Irgendwie hatte der Klumpen den Weg zum Gesicht gefunden und fraß, was ihm in den Weg kam. Andys Züge entstellten sich vollkommen, je nachdem, wohin das Ding schoß.

Mit dem Messer in der Hand taumelte Andy ins Badezimmer, wo der große Spiegel hing.

Der Klumpen hockte in der rechten Wange.

Mittlerweile war er so groß wie ein Ei. Und unter Andys entsetztem Blick drehte er sich um die eigene Achse. Anscheinend hatte er etwas Neues entdeckt.

Seine Kauwerkzeuge waren immer noch winzig, aber kein Zweifel, sie begannen wieder ihre Arbeit.

Der Schmerz ließ nicht auf sich warten.

Der Klumpen fraß.

Andy konnte genau hören, wie sein Gesichtsfleisch innen in Fetzen gerissen wurde. Und mit jedem Bissen schwoll der unersättliche Klumpen an.

Jetzt zögerte Andy nicht länger. Er drückte sich die Messerspitze direkt an die Wange und stach auf das tückische Ding ein.

Es wich den wütenden Stichen jedoch blitzschnell aus, als hätte es sie alle im voraus geahnt.

Blut schoß aus den klaffenden Wunden. Der rote Saft verklebte Andy die Augen, doch er spähte weiter angestrengt in den Spiegel. Der Klumpen mußte sich ja gleich wieder zeigen.

Er brüllte ihn an, daß er sich zum Teufel scheren sollte. Doch aus seinem Mund spritzte nur Blut.

Und dann spürte er etwas im Mund. Ein entsetzliches Drücken. Sein Aufschrei klang seltsam erstickt. Das Ding hatte sich in seiner Zunge breitgemacht.

Andy riß den Mund weit auf. Im Spiegel suchte er die Stelle, wo das Ding saß. Dann stieß er zu, ein ums andere Mal jagte er sich das Messer in den Mund und stach wild drauf los, bis er den Klumpen tatsächlich erwischte. Bittere Flüssigkeit spritzt aus ihm. Andy schluckte sie herunter, ohne mit dem Stechen aufzuhören.

Auf einmal war alles vorbei.

Der Klumpen war verschwunden. Zurück blieb sein entsetzlich verstümmelter Mund. der Gaumen und die

Zunge hingen in Fetzen heraus. Andys Hemd war von Blut durchtränkt.

Er sah an sich herunter. Keine Spur mehr war von dem Klumpen zu sehen.

Für einen Augenblick setzten die Schmerzen aus.

Er konnte es sich nicht erklären, aber das Ding war weg. Und er hatte Ruhe.

Oder zumindest glaubte er das.

Bis plötzlich Schmerzen in seiner Stirn einsetzten. Zu seinem namenlosen Entsetzen bildete sich eine riesige Geschwulst über der Augenbraue. Bald sah er aus wie ein total verunstalteter Neandertaler. Und immer noch wucherte die Geschwulst. Hämmernder Schmerz tobte durch seinen ganzen Kopf.

Eine schreckliche Erkenntnis bemächtigte sich seiner: Hatte sich das Ding erst einmal im Gehirn festgesetzt, war sein Tod unvermeidlich.

Zwar hörten die Nachbarn seine markerschütternden Schreie über die Straße hallen, aber die Polizei wurde erst alarmiert, als es viel zu spät war.

Das Land rekelte sich träge unter der Nachmittagssonne. Er beschnitt liebevoll seine Blumen, als er es klingeln hörte.

Gähnend schlenderte er zum Gartentor, wo der Briefträger wartete und ein letztes Mal die kleine Fahrradglocke betätigte. Er lächelte ihn freundlich an.

»Na, viel Arbeit heute, Mr. McCauley?«

Der alte Mann erwiderte das Lächeln. Beim Nähertreten sog er tief den Duft der Blumenpracht ein, die vor seinem malerischen Häuschen besonders üppig blühte. Und in seinem herrlich bunten Garten schwirrten summend Insekten umher.

»Sicher wieder Rechnungen«, meinte der alte Mann schmunzelnd und nahm die Handvoll Umschläge entgegen.

»Ein Brief von Ihrem Agenten in Amerika ist, glaube ich, auch dabei, Sir.«

Der Alte zog interessiert die Augenbrauen hoch. Im nächsten Augenblick hatte er den fraglichen Umschlag gefunden und geöffnet.

Der Briefträger musterte ihn neugierig beim Überfliegen der Zeilen.

»Und? Haben Sie den neuen Horrorroman schon verkauft?«

Mit einem belustigten Seufzer schüttelte der Alte den Kopf.

»Der Verleger drüben muß mir schon noch ein besseres Angebot machen.«

Der Briefträger zog ein enttäuschtes Gesicht.

»Ein Gutes hat das Ganze aber«, meinte der Alte, und seine Augen funkelten. »Erinnern Sie sich noch an die Geschichte, die Ihnen überhaupt nicht gefallen hat? Sie soll in irgendeiner Anthologie wiederveröffentlicht werden.«

»Das wievielte Mal ist es denn?«

»Zweihundertmal waren es bestimmt schon«, erwiderte der alte Mann und wandte sich ab.

»Na ja, bei ›Edworthys Schicksal‹ kann ich beim besten Willen keine Gänsehaut bekommen«, erklärte der Briefträger.

»Schön für Sie«, meinte der alte Mann und trottete mit einem fröhlichen Liedchen auf den Lippen zurück zu seinen Blumen.

NANCY A. COLLINS

Das Monstrositätenkabinett

Die 1959 geborene Nancy A. Collins wuchs in der tiefsten Provinz von Arkansas auf. Recht viele Freizeitmöglichkeiten bot ihre Heimatstadt jungen Mädchen nicht gerade. Sie konnten lesen, fernsehen, sich schwängern lassen und/oder dem Alkohol verfallen. Nancy entschied sich fürs Lesen.

Ihr erster Roman, Sunglasses After Dark, *erschien 1989. Er wurde auf Anhieb für den ›Horror Writers Of America's Bram Stoker Award‹ nominiert und erhielt den Preis für den gelungensten Erstling. Ihm folgte 1990* Tempter. *Gegenwärtig arbeitet sie an ihrem dritten Roman, der Fortsetzung von* Sunglasses. In The Blood *soll er heißen.*

Nancy lebt zusammen mit ihrem Mann Dan und ihrem Kater Funky Butt zwischen viel zuviel Krempel.

Sie liest immer noch gern und oft.

Soweit die Biographie, die Nancy Collins mir zusammen mit ihrem Beitrag für diese Anthologie zugeschickt hat. Einiges hat sie ja schon erreicht, aber für die Zukunft verspricht sie noch weitaus mehr.

Der Vampirroman Sunglasses After Dark *beispielsweise erreicht bereits ein beachtliches erzählerisches Niveau. Aufsehen erregten einerseits der Einfallsreichtum der Autorin und zum anderen Sätze wie dieser: »Die Klinge durchbohrte sein rechtes Auge, vergrub sich in der weichen Gehirnmasse und trennte fein säuberlich die rechte und die linke Hälfte voneinander.«*

Funky Butt ist natürlich der Name von Nancys Kater, aber in New Orleans steht auch die berühmte Funky Butt Hall, die Geburtsstätte des Jazz. Nancy Collins ist somit Teil einer langen Tradition. Und nicht zuletzt gilt es hervorzuheben, daß sie die verschwindend geringe Fraktion der Autorinnen innerhalb der Splatterpunkszene anführt.

Oder soll ich lieber sagen: Szene am Rande des Splatterpunk?

Nancy schrieb mir: »Ob ich mich zu den Splatterpunks zähle? – Eigentlich nicht. Ich betrachte mich als Autorin und lasse die anderen sich den Kopf darüber zerbrechen, wo sie mich einordnen sollen.«

Auch gut. Aber wenn Nancy Collins, wie es derzeit – und vollkommen zu Recht – der Fall ist, mit Lob überhäuft wird, so liegt das zu einem nicht geringen Anteil an dem gehörigen Schuß Brutalität in Sunglasses. *Auch zählt sie zu den wenigen Autorinnen, die sich ausdrücklich dem Horror verschrieben haben. Von den anderen sind die meisten nur einmal mit einer Horrorgeschichte an die Öffentlichkeit getreten und dann nie wieder (genannt seien Jay Shackley mit ›Bargain Cinema‹, Elizabeth Massie mit ›Hooked on Buzzer‹ und Nancy Holders ›Cannibals' Cats Come Out Tonight‹). Nancy Collins dagegen schreitet unbeirrbar auf der einmal eingeschlagenen Bahn weiter. An Erzählungen liegen bislang vor: ›Necrophiles‹ (über todesbesessene jugendliche Junkies) sowie ihr neuestes Werk, ›Rant‹ (›...dunkelrote Darmwindungen entrollten sich auf dem Teppich wie Luftschlangen‹).*

Nancy Collins selber teilt ihr Werk grob in zwei Kategorien ein: »Horror pur und anderes.«

Das Monstrositätenkabinett

Ich habe eine Schwäche für Jahrmärkte, auf denen Mißgebildete auftreten. Sie werden häufig ›ungewöhnliche Leute‹ genannt. Lange Zeit hielt ich es auch so, bis mich eines Tages ein Budenbetreiber auslachte.

Seit fünfzehn Jahren treibe ich mich in den Zelten und Wohnwagen der wenigen Wanderjahrmärkte herum, die noch von Provinznest zu Provinznest ziehen. So viel Zeit ist auch nötig, um das Vertrauen der Leute zu gewinnen, damit sie sich überhaupt zu Kontakten bereitfinden. Ihr Privatleben ist ihnen heilig. Dieses ihr wahres Selbst hüten sie wie ihren Augapfel. Sie leben davon, daß andere sie anschauen. Einen kostenlosen Blick darf aber keiner riskieren. Und ich bin nun mal Fotograf.

Vor zwei Jahren freundete ich mich mit Fallon an, einem Nadelkissen in Menschengestalt und Betreiber einer Jahrmarktbude. Fallons kleine Familie gibt eigentlich nicht viel Stoff zum Schreiben her. Der übliche Zwerg ist darin vertreten, eine ungemein dicke Frau und ein Warzenmensch. Eine große Zugnummer haben sie freilich, und das ist Rand Holstrum, der häßlichste Mann der Welt.

Rand leidet an Akromegalie. Das ist eine Krankheit, bei der bestimmte Knochen und das Fleisch darum herum unkontrolliert wachsen. Monster werden so hervorgebracht.

Bei seiner Geburt war Rand Holstrum ein ganz normales Kind. Er entwickelte sich prächtig, diente in Korea als Soldat und heiratete danach seine Jugendfreundin. Sie gebar ihm zwei hübsche und vollkommen normale Kinder. Doch dann gingen die Mutationen in seinem Gesicht los.

Die Akromegalie hat ausschließlich die linke Hälfte befallen. Die Wangenknochen sind verkrümmt wie Holzbretter nach zuviel Hitzezufuhr, und das Fleisch sieht aus wie ein aufgeblasener Ballon. Die linke Stirnhälfte ist aufgequollen. Man denkt unwillkürlich an ein Baby, das aus dem Kopf seiner Mutter wächst. Die aufgeblähte Wange hat längst das linke Auge unter sich begraben. Sehen kann er damit nicht mehr. Auch das Atmen durch die Nase ist ihm unmöglich geworden; sie hat inzwischen die Form einer geballten Faust angenommen. Seine Lippen sind unnatürlich wulstig und permanent aufgeplatzt. Das Sprechen bereitet ihm zunehmend Mühe. Sein Haar ist noch schwarz, ruft aber den Eindruck von Räude hervor, weil die Kopfhaut darunter auf das Dreifache angeschwollen ist.

Diese Mißbildungen allein haben Rand Holstrum jedoch nicht zur Jahrmarktattraktion werden lassen. Während die linke Gesichtshälfte eine abscheulich verzerrte Masse aus Knochen und Knorpeln darstellt, eine Art Pappmaske, wie sie nur verhaltensgestörte Kinder basteln könnten, gehört die andere Hälfte einem vollkommen normalen, intelligenten Mann Ende fünfzig. Und dieser Gegensatz ist es, der die Leute magisch anzieht. Einen beängstigenderen Anblick wird man wohl kaum je wieder geboten bekommen.

Hätte die Krankheit ihn vollständig befallen, Rand Holstrum wäre nur eine Kuriosität am Rande geworden. Dank der Janusköpfigkeit seines Leidens ist und bleibt er jedoch eine der wenigen Berühmtheiten unserer an Sensationen und außergewöhnlichen Leuten wahrhaftig nicht armen Zeit.

Als ich hörte, daß Fallons Wanderzirkus in der Stadt eingetroffen war, nahm ich mir sofort frei, packte meine Kamera und raste zur Festwiese hinaus. Was heißt Festwiese? Es war eigentlich nur eine Kuhweide mit ein paar Aluminiumschuppen darauf, die hin und wieder als Ausstellungshallen herhalten mußten. Überall roch es nach frischem Heu, altem Stroh und Dung. Aufgeregt kletterte ich aus dem Auto.

Die Wohnwagen für die Schausteller standen etwas abseits der Budenstraße mit ihren grellen Neonlichtern und surrenden Maschinen. Bei den Karussells herrschte Stille. Friedlich ragten die Stahlarme gleich den Beinen von Kranichen, die im Schlaf den Kopf unter das Gefieder stekken, in die Höhe.

Am kaum noch entzifferbaren Namenszug mit den vier Sternen in der Mitte erkannte ich Fallons Wohnwagen. In dem Moment, in dem ich auf den Holzblock trat, der seit Ewigkeiten die Stufe ersetzte, sprang die Tür auf und warf mich zu Boden. Ein alter Mann in einem violetten Polyesteranzug sauste im Sturzflug aus dem Wohnwagen und landete direkt neben mir.

»Du *perverses Dreckschwein*!« Fallon nuschelte und schrie gleichzeitig – voller Alkohol und voller Wut. »Ich will dich hier nie wieder sehen, kapiert? Hau bloß ab und geh mit deinen Monstern woanders hausieren!«

Der alte Mann richtete sich betont würdevoll auf und klopfte sich mit von Leberflecken verunstalteten Händen den Staub von der Hose. Sein Kinn bebte, seine Lippen waren zu einem blutleeren Strich zusammengepreßt. Das billige Toupet war ihm über die Stirn gerutscht.

»Das wirst du noch bereuen, Fallon! Wie lange, glaubst du, hält es Holstrum denn noch bei dir aus? Ohne deine Zugnummer bist du doch aufgeschmissen. Du kommst schon noch auf Knien zum alten Cabrini gerutscht und flehst ihn um Hilfe an!«

»Das glaubst du doch selber nicht! Und jetzt zieh Leine, oder ich hol' die Polente!«

Der alte Herr kochte vor Wut. Ohne mich eines Blickes zu würdigen, stapfte er mit in den Hosentaschen vergrabenen knotigen Händen davon. Er hatte eine recht sonderbare, an einen Storn erinnernde Art zu gehen.

»Was, zum Teufel...« Ich begutachtete meine Kamera und vergewisserte mich, daß sie beim Aufprall keinen Schaden erlitten hatte.

»Tut mir leid, mein Junge. Hatte nicht gesehen, daß du draußen stehst.« Fallon beugte sich über mich und half mir mit seiner narbenübersäten Hand auf. Außer einem Unterhemd und einer ausgebeulten Khakihose hatte er nichts an. Das war seine übliche Uniform, wenn er nicht im Ring stand.

Fallon war Ende fünfzig, sah aber älter aus. Fünfunddreißig Jahre auf Jahrmärkten hinterlassen eben ihre Spuren. Vor allem dann, wenn man sich auf eine Tätigkeit wie die von Fallon spezialisiert hat. Seit Jahren verdiente er sein Brot als Nadelkissen: Zur Unterhaltung der Schaulustigen rammte er sich Nadeln ins Fleisch. Die Spuren seines Gewerbes zeichneten sich ab an der in Fetzen herabhängenden Haut an den Unterarmen, den schwabbeligen Flechten am Hals, den Schwimmflossen zwischen Daumen und Zeigefingern, an der Unterseite seiner Zunge, an den verknorpelten Ohren. Er hatte ein langes, knochiges Gesicht mit tiefen Falten um den Mund und die Augen. Die Wangen waren wegen permanent geplatzter Äderchen mit tiefroten Flecken verunziert. In seiner Jugend hatte er kupferfarbenes Haar gehabt, die Jahre hatten es jedoch ausgelaugt, so daß nur noch ein blasses Orange davon übrig war. Dazu kamen eine glühend rote Knollennase und dicht wuchernde Augenbrauen. Für ansehnlich hätte Fallon wohl niemand gehalten, aber Gesichter wie das seine entzücken nun mal die Fotografen.

Die Falten um seinen Mund vertieften sich. »Komm mit rein. Ich erzähl' dir die ganze Geschichte.«

Im Wohnwagen war es fürchterlich eng. Kunterbunt lagen altes Papier, Schmutzwäsche und zerknüllte Bettbezüge durcheinander. Ich zwängte mich auf den einzigen Stuhl neben dem Klapptisch. Fallon suchte zwei saubere Marmeladegläser.

»Du willst bestimmt wissen, wie es zu dem Hickhack gekommen ist.« Er gab sich betont lässig. Ich kannte ihn freilich zu gut, um ihm das abzunehmen. »Verdenken kann ich's dir ja nicht, wenn ich seh', wie du mit dem Arsch im Dreck gelandet bist.« Er stellte ein Marmeladeglas vor mich hin und schenkte großzügig Whisky ein. Auch wenn es inzwischen drei Uhr nachmittags war, für Fallon kam jetzt erst das Frühstück. »Das vorhin war kein geringerer als Harry Cabrini, die schmierigste Gestalt im ganzen Geschäft, die ich kenne. Und wenn ich das sage, dann will das was heißen!« Fallon winkelte den Ellbogen an und kippte sein Glas in einem Zug hinunter.

»Wer ist dieser Cabrini? Was macht er?«

Fallon unterdrückte ein Schnauben und schenkte sich nach. »Er verkauft Monster.«

»Was?« Ich stellte mein Whiskyglas ab, ohne daraus getrunken zu haben. »Wie soll ich das verstehen?«

»Genauso, wie ich's gesagt hab'.« Fallon stützte sich mit verschränkten Armen auf die Spüle. »Wie, meinst du, kommen die ins Geschäft rein? Etwa indem sie hinfahren, wenn ein Wanderzirkus in der Gegend ist? Na ja, ein paar probieren es so. Aber die meisten Mißgeburten haben da nichts zu sagen. Sie werden einfach von ihrer Familie verkauft. Der Smidgen zum Beispiel ist so im Showbiz gelandet. Hat seit zwanzig Jahren keinen Verwandten mehr gesehen. Manchmal werden sie auch von ihren Ärzten bei uns abgeliefert. So haben wir Rand gekriegt. Vor seiner Karriere als der häßlichste Mensch der Welt lag er in irgend so einem gottverlassenen Krankenhaus. Dann haben sie gehört, daß ich eine gute Zugnummer suche und verschafften mir ein Treffen mit Rand. Für das Privileg, daß er bei mir sein darf, hab' ich ihm einen ganz schönen Batzen hingeblättert. Bedauert hab' ich's nie. Und ich kann mir auch nicht vorstellen, daß er sich als Ware sieht. Hält mich wohl eher für einen Talentsucher oder so.«

»Du hast tatsächlich welche gekauft?«

»Du stellst mich ja als einen Sklavenhalter hin, mein Junge. Ich zahle eher so eine Art Finderlohn. Ich gebe meinen Leuten ein anständiges Gehalt, und dafür können sie kommen und gehen, wie es ihnen paßt. Mit Sklaverei hat doch keiner mehr was am Hut! Aber dieser Cabrini... der ist schon ein ganz anderes Kaliber.« Fallon zog eine Miene, als hätte er in eine Zitrone gebissen. »Cabrini ist kein Agent, er ist tatsächlich ein widerwärtiger Sklaventreiber... So sehe *ich* das jedenfalls. Na ja, vielleicht täusche ich mich auch, aber die Ausgeburten, die er mir da andrehen will, mit denen stimmt was nicht. Die meisten sind schwachsinnig. Oder was noch Schlimmeres. Vor ein paar Jahren bin ich mal auf ihn reingefallen und hab' mir so einen Spinner vermitteln lassen. Seitdem läßt er mir keine Ruhe mehr. Jedes Jahr kommt er daher und meint, ich kauf' ihm welche ab. Ja, wer bin ich denn? Ich will mir doch keinen Ärger einhandeln! Da, überzeug dich selber. Er hat mir so ein bescheuertes Foto dagelassen.« Er beugte sich vor und fischte aus dem Knäuel zwischen Schmutzwäsche und Verträgen eine Farbaufnahme heraus. Ohne sie eines Blickes zu würdigen, reichte er sie mir.

Den Grund verstand ich sofort. In all den Jahren, in denen ich durch genetische Defekte oder Krankheiten entstellte Körper fotografiert hatte, war mir der Anblick einer solch unglücklichen Kreatur nicht untergekommen. Als erstes stach mir der Bauch des nackten Jungen ins Auge, der so weiß war wie bei einem Fisch. Der Kerl erinnerte eher an einen total unbehaarten Mutanten irgendeiner Affenrasse als an das Produkt aus der Vereinigung zwischen einem Mann und einer Frau, doch seine unentwickelte Scham wies das unfertige Ding als Kind aus.

»Da, du kannst es gerne behalten. Wo der nur eine derart junge Mißgeburt aufgetrieben hat?« Fallons Stimme war ein heiseres Flüstern. »In dem Alter sind sie doch noch alle in Heimen oder in Sonderschulen. Und wo ist die Mama? Und wie kommt es, daß dieser Cabrini immer mehrere zur Hand hat?«

Nachdem ich mich von Fallon verabschiedet hatte, schaute ich bei Rand Holstrum vorbei. Ich nutze jede sich bietende Gelegenheit für einen Besuch bei ihm. Woher weiß ich denn, ob ich ihn das nächste Mal noch fotografieren kann? Rand ist ja nicht mehr der Jüngste, und sein Leiden schreitet rasch voran. Der Arzt hat ihm gesagt, er könne von einem Augenblick auf den anderen tot umfallen. Trotzdem ist er so fröhlich und lebensbejahend wie eh und je.

Von Rand besitze ich bereits Dutzende von Aufnahmen. Sie üben eine eigenartige Faszination auf mich aus. Wenn ich sie in der zeitlichen Reihenfolge betrachte, kann ich die Entwicklung seiner Entstellung genau verfolgen. Rand sieht dann aus wie eine lebende Leinwand, wie ein epochales Kunstwerk, dessen Entstehung man in allen Phasen mitbekommt.

Rand hielt sich im Zelt für die Mißgebildeten auf und bereitete sich auf das Abendprogramm vor. Noch trug er sein Sakko, ein Geschenk seiner Tochter. Sally, seine Frau, war auch im Zelt.

Rand streckte mir die Hand zum Gruß entgegen. Es war eine rein symbolische Geste, denn die Akromegalie hat auch seine Finger zu so etwas wie blutgetränkten Boxerhandschuhen verformt.

»Du kennst meine Frau doch hoffentlich noch«, keuchte er.

Sally Holstrum, eine recht hübsche Erscheinung, arbeitete gerade an dem Drahtkäfig, der Rand während der Vorstellung vor den Zuschauern schützen sollte. Sie sah kurz von ihrer Arbeit auf und nickte mir freundlich zu. Solche Schutzmaßnahmen sind absolut notwendig, denn Besucher können ganz schön gewalttätig werden. Ein gut gezielter Flaschenwurf konnte ihrem Mann das Leben kosten.

Rand zückte seine Brieftasche und reichte mir zwei abgegriffene Bildchen. Eines zeigte seinen Sohn Randy mit

Umhang und Doktorhut und einem Diplom, das er stolz in die Höhe reckte. Auf dem anderen stand Rands Liebling June neben ihrem Mann und hielt ein kleines Mädchen in den Armen. »Randy ist jetzt Zahnarzt... Hat eine Praxis in... Sheboygan... Die kleine Dee-Dee kann schon die ersten Wörter sagen.« Rand nuschelte, und das mit einiger Mühe.

»Tja, die Zeit vergeht wie im Flug«, sagte ich. »Ach, mir ist vorhin ein Harry Cabrini über den Weg gelaufen...«

Sally unterbrach abrupt ihre Arbeit. »Cabrini ist da?«

»Er *war* da. Fallon hat ihn rausgeworfen. Keine Ahnung, ob er noch hier herumhängt.«

»Gnade ihm Gott, wenn er mir in die Quere kommt«, zischte sie und schwang drohend den Hammer. »Wenn ich den Schleimer noch einmal hier im Zelt erwische, dann zeige ich ihm, was die Affen mit faulen Nüssen machen!«

»Aber Sally...«

»Du sei mal ganz stillt, Rand Holstrum! Wie oft habe ich dir gesagt, daß du ein gutmütiger Trottel bist? Kapier doch endlich, daß alle dich nur ausnutzen!«

Rand verstummte. Einen Streit mit Sally riskierte er lieber nicht.

»Weißt du, wobei ich den Dreckskerl neulich erwischt habe?« Sie hämmerte wieder kräftig weiter. »Ich komme vom Burgerking heim, und da sehe ich den Sack vor Rand stehen und entdecke, daß er ihm den Kopf abmißt.«

»Aber... das... war doch nichts... Ich bin... ja nicht zum... ersten Mal vermessen worden, Sal.«

»Jaha, aber von Ärzten! Was hat so ein Spinner wie Harry Cabrini in deinem Zelt zu suchen, frage ich dich!«

Rand zuckte die Schultern und zwinkerte mir mit dem ihm verbliebenen Auge zu. In diesem Moment kam ein Junge mit dem Päckchen eines Imbißrestaurants ins Zelt. Die Papiertüte war vom Fett schon ganz durchsichtig. »Ihr Essen, Mr. Holstrum.« Rand gab dem Jungen Geld, während Sally den Fleischwolf holte.

»Zieh dich lieber mal um, Schatz. Du willst doch nicht die schöne Jacke von June beschmutzen.« Während sie sprach, warf sie die Cheeseburger nacheinander in den Trichter. Rand grunzte sein Einverständnis und schlurfte zum Schrank. Sein entstellter Kiefer macht Rand das Kauen unmöglich. Er muß seine gesamte Nahrungszufuhr in Breiform zu sich nehmen.

»Mmhmm. Bis gleich, Sal.«

»Ist gut, Schatz. Aber bitte sag mir sofort Bescheid, wenn du diesen Schleimscheißer von Cabrini noch mal siehst.«

»Aber klar doch.«

Ich verzog mich, als die rostfreien Stahlmesser mit einem Surren zu rotieren anfingen und die sechs Cheeseburger in einen proteinreichen Brei verwandelten.

Ich hatte Sally angelogen. Aber das konnte ich zu dem Zeitpunkt noch nicht wissen.

Der Abend brach heran, und mit ihm erwachte das Leben auf dem Jahrmarkt. Die Buden, Fahrgeschäfte und Attraktionen verbreiteten urplötzlich eine Aura des Magischen, sobald die Neonröhren zu leuchten und glitzern anfingen. Und schon strömten die Provinzler herbei, um zu gaffen und sich um ihr schwer verdientes Geld bringen zu lassen. In der Luft hingen die Gerüche von Zuckerwatte, Popcorn, gebrannten Mandeln, Dieselabgasen und Erbrochenem. Aus Megaphonen, die noch aus dem Zweiten Weltkrieg stammten, dröhnte Musik, und die Motoren der berüchtigten Todesbahn brüllten wie gefangene Raubtiere, die sich mit all ihrer Kraft von ihren Ketten loszureißen versuchen.

Aus dem Mund eines jeden Besuchers kam das gleiche begeisterte Lachen und Kreischen. Und in mir stieg dieselbe Aufregung hoch, die mich schon als kleines Kind gepackt hatte. Was ich da zu sehen, hören und riechen bekam, weckte Wehmut in mir. Wehmut nach den vergangenen Tagen, die mir im Vergleich zu meinem jetzigen Leben so viel einfacher erschienen.

Ich kam an der Achterbahn vorbei. Ein paar Schulkinder spähten im Sägemehl nach Münzen, die vielleicht aus den Taschen der Passagiere oben gefallen waren. Daß sie sich eine Standpauke von einem Fieranten einhandeln konnten oder daß jemand vielleicht genau über ihnen kotzte, störte sie nicht. Ich mußte lächeln, denn als Kind hatte ich genauso eifrig das Sägemehl nach Kleingeld abgegrast.

Und dann sah ich ihn.

Er tauchte in der Menge auf und unter wie ein Vogel, der durch das Wasser stolziert und sich immer wieder nach Fischen bückt. Die Hände hatte er tief in den Taschen vergraben. Das Toupet war etwas verrutscht. Sein Anzug war eine Nummer zu groß. Ohne seinen protzigen weißen Lackledergürtel wäre ihm die Hose bis auf die Knie gerutscht. Die Schuhe paßten genau zum Gürtel.

Im ersten Moment zögerte ich. Während er auf den Ausgang zustakste, blieb ich unschlüssig stehen. Das Bild des mißgebildeten Kindes fiel mir wieder ein, und ich machte mich an die Verfolgung.

Cabrini stieg in einen gebrauchten Lieferwagen, der einmal einer Bäckereikette gehört hatte. An der Seite konnte man noch immer das verblaßte Bild eines rotwangigen lockigen Mädchens bewundern, das lächelnd in eine dick mit Butter bestrichene Weißbrotscheibe biß. Es bereitete mir keine Mühe, Cabrini in meinem Auto bis zu einem vergammelten Wohnwagenstellplatz zwanzig Meilen außerhalb der Stadt zu folgen.

Er hauste in einem recht großen Wohnwagen inmitten von Unkraut und Abfällen. Wieder blieb ich unschlüssig davor stehen. Schließlich entschied ich mich für die direkteste Methode und klopfte an.

Von drinnen schlurfte jemand zur Tür. Dann ein Poltern. Etwas war zu Boden gefallen.

»Wer ist denn das schon wieder?«

»Mr. Cabrini? Mr. Harry Cabrini?«

»Ja, ja, das bin ich. Was wollen Sie von mir?«

»Mr. Cabrini, mein Name ist Kevin Malone. Ein Mr. Fallon hat mir gesagt, Sie hätten etwas Interessantes für mich.« Schweigen. »Mr. Cabrini?«

Die Tür ging auf, so weit es die Sicherheitskette zuließ. Vor mir tauchte Mr. Cabrinis Gesicht auf. Wie seine Bewegungen hatte es etwas von einem Storch an sich. Seine Nase glich einem langen Schnabel, unter dessen Schatten der schmale Mund und die eingesunkenenen Wangenknochen fast verschwanden. Das billige Toupet hatte er abgenommen; nichts mehr verdeckte den glatten, mit Leberflecken übersäten Schädel. Dafür trug er einen leicht vergilbten bis auf Ohrenhöhe reichenden Hemdkragen. Cabrini starrte erst mich an, dann die um meine Brust hängende Kamera. Er grunzte einmal kurz und schloß die Tür, um sie sogleich ganz aufzureißen. Das Toupet saß wieder auf seinem Kopf, allerdings etwas schief, und Cabrini winkte mich herein.

»Mal 'n bißchen Beeilung. Sonst kommt noch jeder dahergelaufene Idiot mit rein.«

Der Wohnwagen sah innen ganz anders aus, als ich erwartet hatte. Im vorderen Teil, normalerweise der Koch- und Schlafbereich, standen bis auf den Kühlschrank und den Kochherd keine Möbel. Keine eingebaute Bar, kein Raumteiler aus Preßspan, keine Holzpaneele aus imitierter Eiche, kein Filzteppich von Wand zu Wand. Statt dessen gab es einen kleinen Nierentisch, zwei Stühle aus den Beständen der Heilsarmee und eine der bestausgestatteten Werkbänke, die ich je gesehen habe. Der Rest war ein Labyrinth aus Brettern und Sägespänen. Ganz hinten erspähte ich hinter einem Stapel Kleidung ein Feldbett.

»Sind Sie der Typ, der Fotos von den Mißgeburten schießt?« fragte er mit tonloser Stimme. »Flippo hat mir von Ihnen erzählt.«

»Und mir hat Fallon von Ihnen erzählt.«

Cabrini erstarrte. »Ach ja? Und was wollen Sie? Ich hab' nicht die ganze Nacht Zeit.«

Ich zog das Foto, das Fallon mir gegeben hatte, aus der Tasche. »Eine Aufnahme. Nur eine. Ich zahle Ihnen auch dafür.« Das Gespräch mit ihm war mir zuwider, dennoch kamen mir die Wörter wie von selbst. Beim Anblick der Fotografie hatte für mich festgestanden, daß ich dieses eine Bild unbedingt meiner Sammlung einverleiben mußte.

Er sah mir in die Augen. Ich hatte das Gefühl, von einer Schlange abgeschätzt zu werden. Als er dann das Storchengesicht zu einem Grinsen verzog, kostete es mich gehörige Anstrengung, ihm nicht hineinzuschlagen.

»Okay. Hunnert Bucks. Oder Sie könn'n mich.«

Das warf meine Finanzplanung für den Rest des Monats um, aber ich fischte zwei Fünfziger aus dem Geldbeutel. Mit der Eleganz eines Zauberkünstlers steckte Cabrini das Geld ein und bedeutete mir, ihm in den hinteren Teil des Wohnwagens zu folgen.

Dort gab es zwei kleine Schlafkojen und ein Bad, die über einen schmalen Gang miteinander verbunden waren. Ich lugte in den ersten Raum, den größeren, der anscheinend von ihm bewohnt wurde. In der Dunkelheit standen vier oder fünf aufeinandergestapelte Lattenkisten. Cabrini schloß hastig die Tür und deutete auf den anderen Raum. Dort also befand sich das, was ich suchte.

Ein abscheulicher Gestank nach Kot und verfaulten Essensresten schlug mir entgegen. Ich kämpfte einen Brechreiz nieder. »Was kann ich schon machen?« meinte Cabrini achselzuckend. »Das sind Schwachsinnige. Wie Tiere. Machen sich nie sauber. Sagen nichts. Scheißen, wann und wo es ihnen kommt.«

Es waren drei. Zwei Mädchen und ein Junge. Aneinandergeschmiegt kauerten sie auf einer besudelten Matratze auf dem verdreckten Boden. Auffälligerweise hatten sie dieselben Mißbildungen: Buckel, verkrümmte Arme, O-Beine, den verdrehten Brustkorb über dem Becken. Die Finger waren wie bei Affen ineinander verschränkt. Sie waren alle extrem bleich, und die Augen lagen so tief in den Höhlen, daß ich unwillkürlich an blinde Höhlenbewohner dachte. Ihre Gesichtszüge erinnerten an die von Wachspuppen, die man zu nah an eine Flamme gehalten hat. In ihrem total verfilzten Haar klebte der eigene Kot.

Erstaunlich war, daß ihre Gliedmaßen, wenn sie auch in unnatürlichen Winkeln von ihnen abstanden, völlig normale Proportionen aufwiesen. Die verkrüppelten Kinder machten auf mich den Eindruck von Bewohnern eines bizarren Planeten, dessen enorme Schwerkraft alles Leben zu Boden drückte und ein normales Wachstum nicht zuließ.

Eines entsetzte mich zutiefst, und das war der Ausdruck der nackten Angst auf ihren Gesichtern. Ich kann mich noch gut an die kleine Slotzi erinnern. Trotz ihres Schwachsinns tanzte und sang sie für ihr Leben gern, war unheimlich lieb und interessierte sich mit kindlicher Neugierde für alles, was ihr unter die Augen kam. Sie verharrte in ewiger Kindheit, nachdem zwischen ihrem dritten und fünften Lebensjahr die geistige Entwicklung einfach stehengeblieben war. Aber im Vergleich zu diesem Trio hier kam Slotzi für den Nobelpreis in Frage. Eines stand für mich jetzt schon fest: Die drei so grauenhaft verkrüppelten Kinder hatten noch nie gelacht und hatten in ihrem kurzen Leben bestimmt keine Freude oder Liebe erfahren. Ganz mechanisch stellte ich Schärfe und Belichtung ein, und dann hatte ich mein Foto.

Im nächsten Moment stieß mich Cabrini schon wieder auf den Flur und knallte die Tür zu. Ich starrte ihn fassungslos an.

»Diese Kinder... sind sie miteinander verwandt?«

Cabrini schüttelte den Kopf. Fast wäre sein Toupet davongeflogen. »Drogen.«

In leierndem Tonfall zählte er auf: »LSD. Speed. Heroin. Crack. Was weiß ich, was noch! Contergan – womit sie halt in den sechziger Jahren herumexperimentiert haben. Sind alle drei im selben Jahr geboren. Und sind gleich im Heim gelandet. Bis ich sie aufgestöbert hab'.«

Wir standen wieder im Vorraum mitten zwischen den Holzstapeln und dem Sägemehl. Cabrini stierte mich an. Um seine Lippen flackerte ein verzerrtes Lächeln. Ich wandte mich ab. Mein Blick fiel auf einen Stoß Papiere auf der Werkbank. Zuoberst lag eine genaue Skizze von Rand Holstrums Gesicht.

Cabrini holte einen Plastikmilchkrug, schüttete Whisky hinein und stellte zwei Pappbecher auf die Werkbank. »Für die hunnert Bucks kann ich Ihn'n 'nen Drink spendieren.« Beim Einschenken goß er einen Teil daneben. Ich dachte schon, jetzt würde es gleich zischen und der Fusel würde das Holz verätzen wie Säure.

So sehr ich Cabrini und all das, wofür er stand, verabscheute, irgendwie übte er eine perverse Faszination auf mich aus. Seit fünfzehn Jahren galt meine Leidenschaft dem geheimen Leben der Mißgeburten. Gebannt hatte ich den Erzählungen alter Männer mit zu vielen Gliedmaßen, von Frauen mit Bart und von Wesen, die im dunklen Grenzbereich zwischen den beiden Geschlechtern leben, gelauscht. Und stundenlang hatte ich mich mit Leuten unterhalten, die ihren Lebensunterhalt damit bestritten, daß sie sich in ihrer Andersartigkeit für einen Dollar pro Gaffer zur Schau stellten. Mir war klar, daß bis zum Ende des Jahrhunderts kein Mensch mehr ihre Geschichte kennen würde. Und ein Teil dieser Geschichte, wenn auch ein besonders widerwärtiger, war nun einmal dieser Harry Cabrini, Käufer und Verkäufer von Mißgeburten.

»Ich sag' Ihn'n mal was. Burschen von Ihrer Sorte sind mir schon genug über den Weg gelaufen. Sind alle unheimlich geil auf Fotos.«

»Ach ja?« Ich nippte an dem täuschend klaren Fusel. Er brannte höllisch in der Kehle.

»Yeah. Waren auch Ärzte und Zeitungsfritzen dabei. Und so Künstler.« Er schnitt eine Grimasse. »Lauter so Typen wie Sie. Hielten mich für eine Drecksau, aber gezahlt haben sie, nur damit sie die Babys anglotzen durften. Ihr behandelt mich alle wie so 'nen Zuhälter. Aber was seid ihr denn, meine Herren *Künstler*?« Er warf lachend den Kopf zurück. Fast wäre ihm wieder das Toupet heruntergefallen.

»Wo haben Sie diese Kinder gefunden?«

Er wurde abrupt ernst, und in seine Augen trat ein böses Funkeln. »Geht dich einen Scheißdreck an! Ihr seid doch nur auf Fotos aus. Wieso wollt ihr auf einmal wissen, wo sie herkommen? Aus einem anständigen, gottesfürchtigen Elternhaus natürlich. Wie alle anderen auch. Wie du und ich.« Er schenkte sich noch einmal den halben Becher voll. Ich überlegte, wie es um seine Leber stehen mochte. In wehmütigem Ton fuhr er fort: »Mit dem Geschäft geht es bergab. Seit dem Krieg schon. Die Kinder lernen bereits in der Schule, warum manche Leute so aussehen. früher haben sie geglaubt, das wären die fleischgewordenen Sünden ihrer Eltern – haben gedacht, daß diese Typen keine Seele hätten und keine richtigen Menschen wären. Aber jetzt werden sie immer gleich weggeschafft. Versteh mich nich' falsch. Es wird immer wieder welche geben, die sich so was ansehen wollen. Kommen sich dann ganz toll vor. Egal, wie beschissen ihr eigenes Leben is', sie können sich auf der Straße blicken lassen, ohne daß den ander'n das Kotzen kommt. Aber wer will denn so was noch für Geld sehen? Zwerge. Lilliputaner. Dicke Weiber. Idioten. Klar, sie sind widerwärtig, aber die brauchen was, was ihnen richtige Angst einjagt. Was sie erschreckt. Wo sie vergessen, daß es ein Mensch sein soll. Keine leichte Aufgabe, was?«

»Äh, nein.«

»Ich hab' mal was über Europa gelesen. Im dunklen Mittelalter soll es Monstrositätenkabinette gegeben haben. Klingt gut, was? Da sind so Budenbetreiber durchs Land gezogen und haben Kinder entführt, wenn sie sonst keine Mißgeburten auftreiben konnten...«

Mir lief es eiskalt den Rücken hinunter. Cabrini stand direkt vor mir, doch ich hatte das Gefühl, er sei Lichtjahre entfernt.

»...und die haben sie in so Käfige gesteckt, damit sie ganz verkrümmt aufwachsen. Und ihren Kopf haben sie in Masken gezwängt, weil die Babyknochen sich noch leicht verformen lassen, verstehste...«

An meinen Augen rasten Bilder von gefolterten Kindern vorbei. Sie kauerten in unnatürlichen Posen. Der Begriff ›menschlicher Bonsaibaum‹ drängte sich mir auf. Angst machte sich in meiner Brust breit. Ein Adrenalinstoß jagte durch meine Adern und sagte mir nur eines: *Mensch, schau, daß du da rauskommst!* Mein Blick flackerte über das Chaos auf der Werkbank. So widerwärtig er auch sein mochte, Cabrini war ein genialer Bastler. Zwischen den Skizzen und Diagrammen bemerkte ich eine fast fertige Ledermaske. Sie sah Rand Holstrums Gesicht täuschend ähnlich. Wenn sie nicht so klein gewesen wäre... Viel zu klein für einen Erwachsenen...

»...und dann haben sie sie mit Haferschleim gefüttert und nie mit ihnen gesprochen. Die, die's überlebt haben, kriegten so 'nen Dachschaden. Aber den Königen und Päpsten war das scheißegal. Die haben ganze Ladungen von Monstern gekauft. Das waren dann ihre Hausmonster.« Cabrini brach in ein dröhnendes Lachen aus. Inzwischen trank er seinen Fusel aus dem Krug. »Ttjaja, Monstrositätenkabinette hat es halt schon immer gegeben. Weil sie mitten in uns drin sind. Wir nehmen sie überallhin mit.« Er tippte sich mit einem zittrigen Finger an die Stirn. Das Toupet flog zu Boden. Zwischen Sägemehl und Lederstreifen sah es aus wie eine tote Tarantel.

Und dann packte er eines von den Ledermessern auf der Werkbank und stürzte sich auf mich. Ich wich aus. Die Klinge pfiff um Zentimeter an meiner Brust vorbei. Seine Augen glühten böse. Seine gelben Zähne blitzten auf einmal. Aus dem Storch war ein reißender Wolf geworden.

Mit einem wüsten Fluch setzte Cabrini mir nach. Ich spürte einen Luftzug an der Nase. Wieder hatte er mich verfehlt. Aus dem anderen Zimmer kamen die erstickten Angstschreie der zurückgebliebenen Kinder. Ich schleuderte ihm meinen Whiskybecher ins Gesicht, und Cabrini riß brüllend die Hände vor die Augen. Das Messer fiel zu Boden. Blind mit den Armen rudernd, torkelte Cabrini nach hinten. Im Fallen riß er einen Tisch mit um. Ich stürzte zur Tür und wagte nicht, mich umzudrehen.

Noch lange dröhnten mir Cabrinis Verwünschungen in den Ohren. »Du verfluchter Scheißer! Du Drecksau! Du widerwärtige *Mißgeburt*!«

PHILIP NUTMAN

Vollgas

Bei der Zusammenstellung dieser Anthologie habe ich zur besseren Orientierung der Leser sämtliche Autoren um eine Kurzbiographie gebeten. Eine der schönsten Antworten kam von Philip Nutman. Sie verdient es, in voller Länge zitiert zu werden:

»Philip Nutman ist mit siebenundzwanzig Jahren der jüngste Splatterpunk in diesem Band. Der gebürtige Londoner wuchs in Bath im Südwesten Englands auf, in dem auch ›Vollgas‹ spielt. Nach dem Schulabschluß bekam er ein Angebot von der BBC und ging zurück nach London.

Er fing früh mit dem Schreiben an. Als Fünfzehnjähriger veröffentlichte er bereits seine erste Erzählung, und inzwischen blickt er auf zehn Jahre Fernsehjournalismus zurück. In seiner Eigenschaft als Englandkorrespondent des *Fangoria Magazine* hat er die meisten Topautoren und -regisseure aus dem Bereich Horror interviewt und sich öfter als ihm lieb sein kann mit Blut aus den einschlägigen – oft genug erbärmlichen – Filmen vollspritzen lassen.

›Vollgas‹ ist seine dritte in einem Sammelband veröffentlichte Erzählung. Gegenwärtig arbeitet er an einem Roman mit dem Titel *Wet Work* sowie dem Drehbuch zu einem zeitgenössischen Filme Noir. *Heatwave* soll er heißen. Drehort wird Hollywood sein.

Philip bedauert nur eines: Da er weder singen noch Gitarre spielen kann, wird er nie im Madison Square Garden das Vorprogramm für Aerosmith bestreiten können.«

Philip Nutman zeichnet eine gewisse lakonische Intensivität aus (wenn mir dieser Selbstwiderspruch gestattet ist), die mich an alten englischen Adel oder die chinesischen Mandarine erinnert. Vielleicht rührt mein letzter Eindruck auch von seinem langen, dünnen, streng nach hinten gekämmten Haar her. Ich kann mich noch gut an unsere erste Begegnung beim World Fantasy Congress in Providence, Rhode Island, erinnern. In der Hotelbar waren wir ins Plaudern gekommen. Bis spät in die Nacht hatten wir uns dann über Musik, Filme, Phils Artikel für das Fangoria *und meine ehedem glänzende Karriere als Filmjournalist die Köpfe heißgeredet. Seitdem sind wir miteinander befreundet.*

Zu den wenigen Freuden des Älterwerdens gehört das Glück, daß man die Entwicklung junger Talente mitverfolgen darf. Und Phil entwickelt sich prächtig. Allein schon als Journalist hat er sich einen untadeligen Ruf erworben. Er würde übrigens auch einen glänzenden Schurken in Horrorfilmen abgeben – was er durch Rollen in Low-Budget-Filmen wie Death Collector *unter Beweis gestellt hat. Das alles steht aber im Schatten seiner schriftstellerischen Begabung. Ich wage schon jetzt die Voraussage, daß noch Größeres und Schöneres auf ihn – und uns – wartet.*

Mit ›Vollgas‹ hat Phil den Nerv der Zeit genau getroffen. Die recht- und ziellosen Hauptfiguren Rivers und Hurst stehen für eine ganze Generation von Teenagern. Ich weiß, daß ich früher einmal ähnliche Nächte erlebt habe. Und zu meiner Bestürzung hat Phil darauf hingewiesen, daß ›Vollgas‹ stark autobiographische Züge trägt.

Aber Gott sei Dank gibt es dich noch und du kannst darüber schreiben, Kumpel!

Vollgas

Reisen hat nicht so sehr mit Entfernungen zu tun sondern vielmehr mit Erfahrungen im Kopf.
Henry Miller

Tempo ist mörderisch – ich auch.
Ein anonymes Graffiti

»Das Aas bring' ich um!« Rivers hob das Gewehr.

Der hochaufgeschossene Teenager stand regungslos am geöffneten Fenster. Ausgerechnet diese Pose brachte Hurst darauf, daß er Rivers eigentlich nur in ständiger Bewegung kannte: auf dem extra für ihn gefertigten Rennrad, auf Motorrädern, die er bis zum Gehtnichtmehr hochjagte, auf der Flucht vor der Polizei. Es war, als habe Rivers Angst vor jedem Stillstand, als glaube er, wer zu lang in derselben Stellung verharre, beschwöre einen Zustand von Tod im Leben herauf. Stafford Rivers' Leben glich so einem stetigen Fluß. Es trieb ihn immer weiter vorwärts, und mit unermüdlicher Energie riß er alles in seiner Umgebung mit sich fort. Diese Energie des Arbeitersohns war es auch, die Hurst seit dem ersten Tag angezogen hatte. Als Elfjährige hatten sie sich kennengelernt. In ihren unbequemen schwarzen Schuluniformen hatten sie nebeneinander auf dem Sportplatz der Ralph Taylor High School gestanden und waren sich wie die Insassen des Hochsicherheitstrakts einer Strafanstalt vorgekommen. Damals hatte er noch gemeint, sein Eindruck habe an Rivers' Mentalität gelegen; erst zuschlagen, dann fragen. Jetzt freilich merkte Hurst, daß er sich geirrt hatte. Der Kerl war unruhig. Das traf es am besten.

»Scheiße!« rief Rivers. »Vorbei!«

Hurst, der bis dahin auf dem Bett gelegen hatte, erhob sich und sah zum Fenster auf den Garten hinaus. Aus den billigen Lautsprechern dröhnten die letzten Takte von ›Wish You Were Here‹. Rivers hatte gar nicht vorbeigeschossen, er hatte die Krähe lediglich nicht mit dem ersten Schuß getötet. Jetzt lag der Vogel zuckend auf der mit Unkraut überwucherten Erde. Über den Irrtum klärte er Rivers jedoch nicht auf; sein Freund war zu wütend, als daß man ein vernünftiges Gespräch mit ihm hätte führen können. So suchte er schweigend eine andere Platte heraus.

»Diese Schlampe ist es nicht mal wert, daß man ihr die Fresse einschlägt. So eine Nutte!«

Hurst zog ›Overkill‹ von Motorhead aus dem ungeordneten Stoß. Das Album paßte wohl besser zur gespannten Atmosphäre im Zimmer als das halluzinatorische Gesäusel von Pink Floyd.

Rivers lud sein .22er Luftgewehr nach.

»Wenn die blöde Kuh mich schon betrügt, warum dann ausgerechnet mit so einem Arsch wie Tully?«

Die Frage mußte unbeantwortet bleiben. Andy Tully war ein Blödmann, wie er im Buche stand.

Den Abend konnten sie abschreiben. Auf dem Heimweg von der Arbeit hatte Rivers die Wahrheit über Phillippa und Tully erfahren. Es war im übrigen sein letzter Tag als Installateurlehrling gewesen. Sie hatten ihn gefeuert wegen chronischen Zuspätkommens. Komisch, daß alles immer im Dreierpack kam, sagte sich Hurst und sah auf zum Kalender mit den besten Nacktfotos von der dritten Seite seiner Leib- und Magenzeitung. Die Miß September von 1979 streckte ihm ihren Atombusen entgegen und grinste ihn dämlich an. Und was jetzt? Vielleicht hätte er lieber daheimbleiben und sich bei Jimi Hendrix-Platten zukiffen sollen. Aber nein, das hätte auch nichts gebracht. Die Rotznase von Jamie, sein jüngerer Bruder, hätte nur wieder auf die Schreibmaschine eingehackt, weil er sich für so einen belämmerten Ernest Hemingway hielt, und ihm außerdem die Ohren mit Rush vollgedröhnt. Nein, für Freitag abend kam nur eines in Frage: Rivers und Hurst mußten die Sau rauslassen. Saufen, Dope, Partys sprengen, Autos knacken und ein bißchen rumfahren, zur Spätvorstellung ins Kino gehen, wenn ein anständiger Horrorschocker lief, und wenn gar nichts mehr los war, kaputtmachen, was ihnen im Weg stand. Wie sonst auch sollten zwei Siebzehnjährige den ganzen Frust vergessen?

Die untergehende Herbstsonne tauchte das Zimmer in rotes Licht. Rivers räumte seinen Platz am Fenster und fing an, im Zimmer auf und ab zu gehen. Dazu fuchtelte er erregt mit dem Gewehr herum und begann mit zunehmender Wut laut zu keuchen. So stinksauer hatte Hurst ihn noch nie erlebt, selbst damals nicht, als Barry Marshall ihn verprügelt hatte. In die Tür hatte er bereits ein Loch getreten, und das Luftgewehr machte Hurst nervös.

»Reg dich doch nicht so auf, Staff. Wolltest du ihr nicht sowieso den Laufpaß geben?«

»Ach, leck mich doch!« Eine Pause. »Nutte! Und auch noch mit Tully!« Er spuckte den Namen aus wie einen Klumpen Schleim.

Rivers stürmte zur Tür und verschwand im düsteren Flur. Hurst hörte ihn mit seinen Springerstiefeln die mit Linoleum ausgelegten Treppen hinunterpoltern. Als er merkte, daß Staff nicht mehr zurückkommen würde, machte er sich ebenfalls auf den Weg nach unten.

Die Rivers lebten in einem alten Reihenhaus, das schon lange einer Renovierung bedurft hätte. Die Hälfte der Lampen waren ohne Birne, so etwas wie eine Zentralheizung gab es nicht, die Eingangstür hatte Sprünge im Holz und hing schief in den Angeln, der Putz war mit einer dikken Schmutzschicht bedeckt, im Treppenhaus roch es modrig, und jede Stufe knarzte.

»Mach das Gedudel leiser!« schrie Mrs. Rivers aus der Küche. Wenn dem Haus noch ein Gespenst fehlte, dann war Mrs. Rivers bestens geeignet. Sie war praktisch immer daheim anzutreffen. Und bei jedem seiner Besuche versuchte sie Hurst in ein längeres Gespräch zu verwikkeln – was hätte man in dem Slum-Viertel, das Rivers sein Zuhause nannte, auch anderes tun können? Er grinste, als er sie erblickte. Mrs. Rivers, die älter aussah als ihre siebenundvierzig Jahre, hatte eine Schwäche für ihn. Auch war sie ganz froh, daß ihr Sohn einen Jungen aus einem besseren Viertel zum Freund hatte.

»Hallo, Alex. Wie geht's, mein Junge?«

»Prima, Mrs. Rivers.«

Sie stand mit einer Zigarette zwischen den gelben Fingern in der Tür; das Haar hatte sie in elastische rosa Plastiklockenwickler gedreht. Immer die gleiche – unverbesserlich schlampig: Essensflecken auf der Bluse, zerlaufene Schminke um die Augen und eine Whiskyfahne.

Staff stapfte durch die winzige Küche und riß die Tür zum Garten auf. Seine Mutter würdigte er keines Blickes.

»Was habt ihr vor?«

»Ach sei doch still, du blöde Kuh«, brummte er.

Alex bedachte die Frau mit seinem routinemäßigen zwanglosen Lächeln. Falls Mrs. Rivers ihren Sohn verstanden hatte, zog sie es vor, ihn nicht zur Kenntnis zu nehmen. Statt dessen wandte sie ihre Aufmerksamkeit wieder dem billigen Whisky zu.

Als Hurst in den Garten kam, beugte sich Staff gerade über die immer noch zuckende Krähe, drückte grinsend dem Tier den Gewehrlauf an den Kopf und schoß. Unter dem fettigen langen Haar blitzten seine Augen triumphierend auf. Eine seltsame Flüssigkeit spritzte aus dem Schädel der Krähe und sickerte auf die Erde. Es sah aus wie mit Blut vermengtes Sperma.

»Was hast du vor?« Staff hörte sich jetzt weitaus ruhiger an. Gleichwohl fixierte er noch den toten Vogel.

»Ein bißchen Weed bei Dawson besorgen. Auf ein Bier ins Five Bells gehen. Danach vielleicht noch ins Kino.

Straw Dogs soll heute laufen. Du weißt schon, was von Pekinpah.«

Um Staffs Lippen spielte ein boshaftes Grinsen. »Ich hab' eine bessere Idee.« Er stellte den rechten Fuß mit solcher Wucht auf die tote Krähe, daß die dünnen Knochen wie trockene Zweige auf dem steinhart gefrorenen Boden zerbrachen. »Sprengen wir doch Tullys Party!«

Jamie Hurst betrachtete wieder einmal das Bild von Edgar Allen Poes ›Raben‹, das er sich zur Inspiration über seinen Schreibtisch gehängt hatte.

Nichts.

In seinem Kopf herrschte Leere. Der unvollendete Aufsatz über Thomas Hardy lag verunstaltet mit allen möglichen Anmerkungen in roter Tinte vor ihm. Und die Stille im ganzen Haus tat nichts dazu, um die Anspannung und den Druck von ihm zu nehmen. Die Unruhe raubte ihm die Konzentration. Den ganzen Tag war ihm schon nicht wohl, seit er schweißgebadet aus einem obskuren Alptraum aufgewacht war. Er konnte sich nur noch an eine außer Kontrolle geratene immense Geschwindigkeit erinnern und die leuchtend orangeroten Augen eines gewaltigen Viehs, das aus einem schwarzen Loch auf ihn zugerast war. Der Traum, so nahm er an, rührte wohl von seiner Prüfungsangst her. Aber dazu paßte die Vorstellung von einem außer Kontrolle geratenen Leben ganz und gar nicht. Er hatte die kommenden Jahre doch sorgfältig geplant. Erst einmal mußte er dieses Jahr glänzende Noten schaffen. Dann rückte er in die Oberstufe vor und erwarb in drei Jahren die Hochschulreife. Er wollte Englisch studieren. Für die Zeit danach rechnete er fest mit einer Laufbahn als Journalist. Vielleicht – aber wirklich nur vielleicht – schrieb er auch ein, zwei Bücher. Trotzdem konnte er, während er über seinem Aufsatz brütete, das Gefühl nicht vertreiben, daß ein dunkles Schicksal über dem Zimmer hing, wie die Spinnweben in einem Spukschloß.

Ein Schauer überlief ihn.

Hör auf damit!

Es stimmte doch alles bei ihm bis auf leicht erhöhte Temperatur – eine Erkältung bahnte sich seit Wochenbeginn an – und seine überreizte Fantasie.

Zeit für einen Tapetenwechsel.

Er erhob sich. Vielleicht munterte ihn etwas ganz Triviales auf. Er konnte ja das Gemüse wegräumen. Am Freitagabend spielte seine Mutter immer Bridge; da stellte sie die Einkaufstasche einfach im Flur ab und dampfte sofort wieder weiter, weil sie nicht zu spät kommen wollte. Freitag war auch der Tag, an dem Alex mit seinem zwielichtigen Freund Staff Rivers meist für das Wochenende verschwand.

Etwas an Rivers' blauen Augen beunruhigte Jamie; wenn er verdächtig langsam die Blickrichtung wechselte, wies das auf ein hinter der schillernden Iris verborgenes Geheimnis hin. Noch mehr freilich bekümmerte Jamie der Einfluß von Rivers auf seinen Bruder.

Alex, der unnahbare, unstete, aber nicht verlorene Sohn, verwandelte sich in den letzten Scheißdreck, sobald er sich mit Rivers traf. Jamie wurde dann in die Rolle des von Kain bedrohten Abel gedrängt – vor allem dann, wenn ihre Mutter nicht zu Hause war, was sehr häufig vorkam. Obwohl sie von der Firma ihres verstorbenen Vaters eine kleine Rente bezog, hatte ihre Mutter enorm zu kämpfen, um sich, ihre zwei heranwachsenden Söhne und einen dritten, der gerade sein Studium beendet hatte, über Wasser zu halten. Zu Gunsten zweier Jobs opferte sie fast ihr gesamtes Privatleben. Früher hatten die zwei Jüngsten deswegen die freien Nachmittage nach der Schule bei Nachbarn verbringen müssen, doch die hatten sich nie um ihre Bedürfnisse gekümmert.

Das Alleinsein störte Jamie normalerweise nicht, ja er zog es der Gesellschaft des meist recht mürrischen Alex vor, der nur in der Gegenwart ihrer Mutter den Fröhlichen herauskehrte. Wie bei Hurst lag auch hinter Alex' Augen etwas Kaltes, eine für Jamie unüberwindbare Barriere. Aber im Augenblick wäre er froh gewesen über die Gesellschaft seines Bruders. Von ihm aus hätte er sogar Hendrix voll aufdrehen können – Hauptsache, er war nicht allein in dieser übernatürlichen Stille. Er holte die Einkaufstüten und schaffte sie in die stets blitzblanke Küche. Das Schweigen wirkte plötzlich noch lauter, noch leerer. Beim Aufräumen der Lebensmittel summte er ›Draw the Line‹ vor sich hin, um das schreckliche Gefühl, von absolutem Nichts umgeben zu sein, loszuwerden. Er wünschte sich, es wäre nicht der Bridge-Abend und er könnte zusammen mit seiner Mutter fernsehen. Warum, das begriff er selber nicht richtig. Mit fünfzehn war er kein kleines Kind mehr; so etwas wie Heulen hatte er nicht nötig. Doch als seine Mutter mit den Tüten heimgekommen war, hatte er sich aufgehoben, geborgen gefühlt. Allerdings nur für einen kurzen Moment, denn Dot Wicking, ihre Bridgepartnerin, hatte im Wagen gewartet. Wie hätte er ihr auch sagen können, daß er sich fürchtete.

(Wovor nur?)

und daß es ihm nicht recht war, wenn sie heute wegging, weil ihm vor dem Abend allein graute. Die unnatürliche Atmosphäre im Haus rieb an seinen Nerven wie Schmirgelpapier auf der Haut.

»Niemand da außer uns Gespenstern«, sagte er laut und legte eine Lammkeule in den Kühlschrank.

Als nächstes holte er eine Schachtel Eier aus der Tüte.

Und da passierte es.

Eine ganze Minute blieb er stocksteif stehen. Dann spürte er kalten Wind im Gesicht. Und plötzlich sah er nichts mehr. Totale Finsternis. Es roch nach Auspuffgasen. Er empfand am ganzen Körper eine wahnwitzig schnelle Beschleunigung. Ein Adrenalinstoß schoß ihm ins Blut. Ähnlich ging es ihm sonst nur, wenn er so schnell er konnte auf dem Fahrrad dahinraste.

(Denk nicht dran!)

Es war kalt, dunkel, unheimlich.

Panik packte ihn. Mit der Verzweiflung eines Ertrinkenden kämpfte er dagegen an.

(Tu's doch! Mensch, mach schon!)

Und dann verlagerte sich alles.

Funken. Ein Aufprall.

Das Gefühl, durch Dunkelheit zu fliegen.

Zwei Bewußtseinsebenen, von denen keine einen Sinn ergab, flossen da ineinander.

Was war nur los mit ihm? Mit einem heftigen Kopfschütteln versuchte er sich Klarheit zu verschaffen.

(Was ...?)

Jetzt erst merkte er, daß er die Eier hatte fallen lassen. Sechs Stück. Güteklasse C. Sie zerliefen zu einem widerwärtigen Brei auf dem Boden. Ihm wurde schlecht, er rannte zur Spüle und würgte. Einmal. Zweimal. Dreimal. Nichts kam hoch. Er hatte ja auch seit Mittag nichts gegessen. Wieder würgte und hustete er. Der Magen tat ihm fürchterlich weh. Das war aber nicht der Grund, warum er nach Luft schnappte. Seine Augen weiteten sich. Etwas spiegelte sich im Fenster.

Das war ja Alex!

Und nicht er!

Alex erwiderte seinen Blick mit Augen, die so tiefliegend und verhüllt waren wie die einer Kobra.

Das mußte eine optische Täuschung sein!

(Aber nein, es stimmte!)

Und dann starrte er in sein eigenes Gesicht.

(O Gott, ich drehe durch!)

Die Küche kreiste auf einmal. Und dann umfing ihn Dunkelheit. Er fiel in Ohnmacht.

»Sechzehn.«

»Ist das die Inflation oder Wegelagerei?« wollte Alex wissen.

Staff hockte neben ihm auf der Bank. Die Langeweile stand ihm ins Gesicht geschrieben.

»Das ist ja praktisch geschenkt, Mann!« meinte Dawson. »Angebot und Nachfrage, verstehst du? Soll ich dir sagen, wen sie diesen Monat alles hochgenommen haben? Der Job ist wahnsinnig gefährlich geworden.«

»Na, was meinst du?« wandte sich Alex an Staff. Rivers grunzte zur Antwort nur und zündete sich eine Marlboro an. Er war mehr als einmal erwischt worden.

»Gib ihm die Kohle.«

Alex zog eine Handvoll zerknitterter Scheine aus der Tasche. Dawson steckte das Geld ein und stand auf.

»Der Stoff ist auch absolut rein.«

Alex sah sich vorsichtig um, ehe er den Umschlag entgegennahm. Es war fast dunkel. Am Horizont verabschiedete sich das letzte Zwielicht. Ein Mann führte auf der anderen Straßenseite seinen Hund spazieren. Dawson hatte schon recht. Es wimmelte von V-Leuten. Man konnte nicht vorsichtig genug sein.

»Bis nächste Woche dann!« rief Dawson zum Abschied und schlenderte zu seinem Wagen, einem grünen Morris Minor.

»Vergiß nicht, am Montag haben wir eine Geschichtsprobe.« Alex konnte sich den kleinen Seitenhieb nicht verkneifen. Wenn Dawson so weitermacht wie bisher, fiel er garantiert durch. Der schnitt eine Grimasse und zeigte Alex den Stinkefinger.

»Wichser!« rief Staff, während Alex schon Zigarettenpapier aus der Jackentasche holte.

»Was für Leute gehen eigentlich zu Tullys Party?«

»So Oberarschlöcher vom College und Tussis aus der High School«, erwiderte Staff und nahm das Papier. »Wen juckt's? Ich bin bloß auf sein Gesicht gespannt, wenn wir da reinplatzen.«

»Wahrscheinlich hat er sich längst blödgesoffen, bis wir kommen«, kicherte Alex.

Staff rülpste. »Auch gut. Hoffentlich kracht er dann die Treppe runter.« Er drehte einen dünnen Joint und reichte ihn seinem Freund, der mehrere Versuche brauchte, bis das Ding endlich glühte. Der Wind blies das Feuerzeug immer wieder aus. Schließlich konnte sich Alex einen tiefen Zug genehmigen.

Staff hatte Tully noch nie leiden können. Einen bestimmten Grund gab es nicht, er konnte bestimmte Typen, mit denen er früher in die Schule gegangen war, einfach nicht ausstehen. Außerdem hatte Tully diesen widerwärtigen Tonfall der Internatszöglinge und war in seinen Augen ein entsetzlicher Klugscheißer. Kurz, er rangierte in Staffs Vollidiotenliste an oberster Stelle. Alex amüsierte sich gern über die rein willkürlichen Vorurteile seines Freundes. Aber so viel anders war es bei ihm ja auch nicht. Er selbst konnte mehr als genug Leute ohne ersichtlichen Grund nicht riechen. Und andere haßte er ganz zu Recht, weil sie so fies mit ihm umgesprungen waren.

Hustend reichte er den Joint weiter. »Guter Stoff.« Er lächelte zufrieden. Das Zeug stieg ihm schon in den Kopf. Allein rauchen machte ihm keinen Spaß. Aber wenn man es sich mit einem Kumpel zusammen reinzog, dann sah die Alltagsscheiße schon ganz anders aus. Er schaute zum Hügel hinauf, auf dem die viktorianische Fassade der Ralph Taylor High School sich in der Dunkelheit auftürmte. Auf einmal hatte er das Gefühl, die Zeit ziehe sich in sich selbst zurück und er sei wieder da, wo er einmal angefangen hatte. Richtig, die Ralph Taylor Schule war die Feueresse gewesen, in der ihre Freundschaft zusammengeschmiedet worden war.

Gleich an seinem ersten Schultag an der Ralph Taylor, einer reinen Knabenschule für über zwölfhundert Schüler, lernte Alex Stafford Rivers kennen. Am Anfang hatte er Angst vor ihm gehabt – wie übrigens vor fast allem. Das lag nicht an der Brutalität, mit der Staff im Pausenhof gegen den Fußball drosch oder an seinen unflätigen Flüchen, nein, Staff fiel dadurch auf, daß er sich in jeden Streit einmischte und den Störenfried grün und blau prügelte. Der kleine, dürre Alex ging ihm also vorsorglich aus dem Weg. Binnen Minuten begriff er aber, daß er sich vor ganz anderen Jungen zu fürchten hatte.

Vor Marc Hougan zum Beispiel.

Wenn es für Psychopathen eine Punkteskala gab, dann landete Hougan auf der Höchststufe bei acht oder neun. Mit elf Jahren maß der schwarzhaarige Rowdy mit dem bösen Blick eines scharfen Dobermanns über einssiebzig und hatte nicht nur breite Schultern, sondern auch das seinem Äußeren entsprechende Verhalten. Hougan stand für Ärger.

In den sechs Grundschuljahren an der Newbridge Primary School war Alex dem jähzornigen Kerl erfolgreich aus dem Weg gegangen, aber an diesem herrlichen Septembertag warf Hougans bullige Erscheinung einen Schatten auf seine Zukunftshoffnungen.

Einen guten Ruf hatte Alex sich an der Grundschule nicht gerade erworben. Aus Furcht vor bestimmten Lehrern und aus Mißtrauen den anderen Schulkameraden gegenüber, bei denen er ohnehin nicht sonderlich beliebt war, hatte er häufig blaugemacht. Oft genug hatte er vor der Wahl gestanden, Mrs. Bergens schreckliche Mathematikstunde über sich ergehen zu lassen oder sich mit den anderen Kindern aus den Slums zu prügeln. So galt er bald als Einzelgänger und Schläger. Mütter, die mit ihren kleinen Kindern auf den Spielplatz gingen, mieden diesen mürrischen, unglücklichen, doch letztendlich mißverstandenen Jungen. Er begriff einfach nicht, warum sein Vater kurz vor seinem fünften Geburtstag gestorben war und weshalb die Gleichaltrigen nichts mit ihm zu tun haben wollten. Alex wünschte sich jedoch nichts sehnlicher als akzeptiert zu werden. Seine verzweifelte Mutter dagegen wollte, daß er so wurde wie sein älterer Bruder Julian –

ein leuchtendes Vorbild an Fleiß und gutem Benehmen, dem auch der Dreikäsehoch Jamie schon nacheiferte. Er hatte sich längst bei Mitschülern und Lehrern gleichermaßen beliebt gemacht. Kurz vor dem ersten Schultag an der Ralph Taylor Secondary School hatte seine Mutter ihn fast auf Knien angefleht, doch endlich auch einmal zu lernen, Schlägereien aus dem Weg zu gehen und sich anständig zu benehmen. Alex hatte die vielen Prügeleien schon lange satt und willigte ein. Jawohl, er wollte ähnlich beliebt sein wie der kleine Jamie, und vor allem seiner Mutter eine Freude machen. Doch dann verfolgte ihn auf einmal dieser Hougan, ein wahrer Fluch auf zwei Beinen, den ein brutaler Vater zu dem gemacht hatte, was er war.

Alex schaute an diesem Morgen Rivers und Evans beim Fußballspielen zu und dachte an seine Vergangenheit in der Newbridge Primary School. Auf einmal paßte Evans den Ball zu ihm herüber. Überrascht stoppte er ihn und schoß ihn mit dem Außenrist zurück...

...und lag unversehens mit der Nase, einem zerrissenen Hosenbein und aufgeschürften Händen auf dem Tartanbelag. Benommen sah er auf.

»Hurst!« Hougan stand über ihm und zog eine fiese Grimasse. Dann spuckte er knapp neben seinem Kopf auf den Boden. Evan und die anderen brachen in Gelächter aus. Nur Rivers blieb stumm. Er maß die zwei mit einem kühlen Blick. Seine Augen verengten sich zu Schlitzen.

»Ball her!« Hougan stieg über Alex hinweg, dessen Knie zu bluten anfing und dessen Hände höllisch brannten. »Los, her mit der Pille!«

»Nein«, sagte Rivers ganz sanft. Hougan grinste ihn hämisch an – und stürzte sich im nächsten Augenblick auf ihn.

Der Kampf dauerte keine halbe Minute. Mit Händen, Knien und Füßen droschen die zwei Jungen aufeinander ein, bis Mr. Palmers, der Musiklehrer, sich einschaltete. So schmächtig er auch aussah, er trennte die zwei Streithähne im Nu. Als Hougan nicht aufhören wollte, knallte er ihm eine aufs Ohr. Rivers hatte sich eine blutige Nase geholt, doch Hougan war die Oberlippe aufgeplatzt.

»Namen!« herrschte Palmer sie an.

»Stafford Rivers.«

»Stafford Rivers, *Sir*!«

Rivers weigerte sich, seinen Namen zu wiederholen.

»Und du?«

Hougan blieb stumm.

»Ich will deinen Namen wissen!«

»Marc Hougan«, erwiderte er und spuckte zur Unterstreichung eine Ladung Blut und Schleim vor den Schuh des Lehrers.

»Der berüchtigte Hougan, hm? Wir sind schon vor dir gewarnt worden.« Nun wandte Mr. Palmer sich Hurst zu. »Steh auf, Junge.«

Zwei Minuten später und nur Sekunden vor dem offiziellen Schulbeginn stand Alex, flankiert von Rivers und Hougan, vor dem Zimmer des Direktors. Keiner sagte ein Wort oder sah den anderen ins Gesicht. Und Alex wußte bereits, daß alles beim alten bleiben würde. Nichts würde sich ändern. Und wenn, dann eher zum Schlechteren. Wenn er die nächsten fünf Jahre überleben wollte, brauchte er einen Verbündeten. Und während er mit einem flauen Gefühl im Magen auf dem nach Desinfektionsmitteln stinkenden Korridor wartete, beschloß er, Rivers zu seinem Verbündeten zu machen, koste es, was es wolle. Er konnte nicht ahnen, daß das Schicksal das Band zwischen ihnen längst geknüpft hatte.

Nach zwei weiteren dicken Joints hatte Staff sich beruhigt. Er saß zu Hause im arg mitgenommenen Sessel und zerbeulte eine leere Bierdose. Alex lag mit einer Dose Guiness in der einen und einem Joint in der anderen Hand auf dem Bett. Ja, ja, die Ralph Taylor. Was für ein langer Trip doch hinter ihm lag...

Von der Wand blickte Clint Eastwood alias Dirty Harry auf ihn herunter. Staff war nicht ansprechbar. Sein Gesicht sah aus wie in Stein gehauen. Er ließ seine Gedanken einfach treiben. Je nachdem, wohin sie ihn wehten, weitete oder verengte sich der Winkel zwischen seinen hohen Wangenknochen und seinem geschwungenen Mund. Alex stäubte die Asche auf das löcherige Linoleum. Wieder spielte Pink Floyd – ›Dark Side of the Moon‹ diesmal. Staff hatte seit einer Stunde kein Wort mehr von sich gegeben.

Die ersten Takte von ›Money‹ dröhnten aus den Lautsprechern, und Alex fing an, mit den Schlüsseln zu spielen. Er stierte sie mit der trägen Faszination des Bekifften an. Am Bund hingen zwei Bilder. Das eine zeigte die Skyline von New York zusammen mit dem Empire State Building, das ihm ohne King Kong etwas leer vorkam. Auf dem anderen waren ein Totenschädel und zwei über Kreuz gelegte Knochen zu sehen. Darunter stand in winzigen Buchstaben: LIVE FAST, DIE YOUNG. Auch er wollte eines Tages in New York leben und all das auskosten, was es versprach. Im Vergleich dazu wirkten die großen Städte in England doch unbedeutend. Selbst London konnte da nicht mithalten. Andererseits war es wahrscheinlich überall besser als in Bath. Für die Stadt im Südwesten, in der er sein ganzes bisheriges Leben verbracht hatte, empfand er tiefste Verachtung. New York dagegen wirkte auf ihn wie ein einziges riesiges Disneyland. Okay, Bath hatte eine über zweitausend Jahre alte Geschichte und Kultur, aber davon konnte ein Siebzehnjähriger ohne Geld sich auch nichts kaufen, zumal seine Zukunft genauso vielversprechend aussah wie das alte Schwarzweißfoto aus seiner Kindheit, das er in der Hosentasche immer mit sich herumtrug und das entsprechend ausgebleicht und zerknittert war.

Er schreckte hoch. Staff war abrupt aufgestanden und ging zur Tür. Kurze Zeit später kam er zurück und warf

Alex einen schwarzen Motorradhelm zu. Alex verschüttete den Rest des Guiness über sein Hosenbein. »Wir brechen auf!« rief Staff und hielt lachend einen Motorradschlüssel hoch. In der anderen Hand hatte er einen roten Sturzhelm.

»Mit Brians Maschine? Spinnst du völlig? Er bringt uns um, wenn er das erfährt!«

»Das merkt er doch nie!« spottete Staff. »Die Alte ist stockbesoffen. Heute kriegt sie nichts mehr mit. Auf, auf! Bei Hundertfünfzig auf der Autobahn wirst du schon wieder munter!«

Ehe Alex protestieren konnte, war er schon wieder weg. Na ja, warum auch nicht? Viertel vor acht – da wurde es ja auch langsam Zeit für ein bißchen Action. Und was ging es ihn an, wenn Staff Krach mit seinem Bruder riskierte? ›The Bitch‹ hatte Brian Rivers seine Maschine getauft, eine rote Kawasaki Z1000. Ein Vierzylindermotor mit tausend Kubikzentimetern. Wenn der losdonnerte, ging die Post ab. Das war schon etwas anderes als eine Busfahrt zu Tullys Party.

Der gelbe Capri war sechs Jahre alt und fing allmählich an zu rosten, aber das scherte Herry Bledsoe nicht weiter.

Zufrieden war er aber auch nicht gerade, als er den Motor ein letztes Mal überprüfte und sich mit einem schmutzigen Lumpen die ölverschmierten Hände abwischte. Der Grund: Gibbons, der Hitler der Carpenter & Sons Fruit & Veg, war im Anmarsch. Aber auch ohne ihn wäre es ihm dreckig genug gegangen. Sein Sohn lag mit den Masern im Bett, seine Frau hatte wieder mal ihre Tage und war unausstehlich, und der Capri lief nicht so, wie er sollte.

Neulich erst hatte er den Wagen in die Inspektion gegeben. Tadellos, hatte der Mechaniker gesagt. Zwei Zündkerzen und den Keilriemen habe er ausgewechselt, aber ansonsten sei der Wagen tiptop, wenn man bedenke, wie viele Meilen er auf dem Tacho habe. Trotzdem stotterte der Motor seit acht Tagen so komisch, wenn er ihn anließ, und sprang erst nach dem achten oder neunten Versuch an. Aber saß man erst einmal in der Tinte, kam es immer gleich knüppeldick. Hopkins feierte krank, und Harry mußte für ihn mit übernehmen. Dabei fuhr er ohnehin zwei Schichten, weil die Zinsen für das Haus gestiegen waren und weil er eine fünfköpfige Familie zu ernähren hatte. Er war müde, kaputt und stinksauer. Am liebsten wäre er jetzt heimgegangen, aber es war erst Viertel vor acht. Vor ihm lagen noch drei Stunden Malochen.

Harry haßte den Montag und liebte den Freitag. Das war der einzige Abend, an dem Kath ihn in die Kneipe ließ. Da konnte er sich nach Herzenslust vollaufen lassen, und ausgerechnet heute mußte wirklich alles schiefgehen.

Wütend knallte er die Motorhaube zu. Er hatte keine Ahnung, was an dem Scheißding kaputt war, aber soviel stand fest – schon wieder neue Ausgaben.

Gibbons trat von hinten an ihn heran. »Mal'n bißchen Bewegung, Harry. Die Lieferung nach Bristol hätte vor einer Stunde draußen sein müssen.«

»Bin schon unterwegs.« Er warf den Lumpen auf den Fahrersitz und ging zum vollbeladenen Laster hinüber. Eine Fahrt nach Bristol war das letzte, worauf er jetzt Lust hatte. So wie es im Augenblick aussah, schaffte er es nicht mehr rechtzeitig zum Queen's Head. Scheißsperrstunde.

»Aber vergiß nicht wieder den Lieferschein.«

»Geht schon in Ordnung, George«, brummte Bledsoe und stieg auf den Führersitz. *Du kannst mich doch kreuzweise!* fügte er für sich hinzu.

Staff sprang auf den Kickstarter, und die Z1000 knatterte los. 1000 Kubikzentimeter japanische Präzisionsarbeit. Alex setzte sich hinten rittlings auf den Sattel und ließ das Visier runter. »Geben wir ihm Saures!« schrie Staff und ließ den Motor aufheulen.

Im nächsten Moment jagte die frisierte Maschine den

Landsdown View hinunter. Unten angekommen, drückte Staff auf die Hupe. Der Krach hallte noch zwischen den Ziegelmauern wider, als sie durch den Tunnel unter den Eisenbahngleisen schossen. Kurz vor der Kreuzung mit der Lower Bristol Road trat Staff im letzten Augenblick auf die Bremse, daß die Reifen quietschten. Sie kamen neben dem Hermann Muller Building zum Stehen. Hinter den Bürofenstern brannten noch die Lichter für die Putzkolonne.

Vor ein paar Wochen waren sie dort spät in der Nacht eingebrochen – einfach so zum Spaß. Sie hatten ein paar Stühle aus dem Konferenzzimmer mitgenommen und sie dann in den Avon, der unmittelbar hinter dem Gebäude vorbeifloß, geworfen. Staff fiel immer etwas Neues ein, wenn am Freitag mal tote Hose war. Es war ein Mordsspaß gewesen, durch das Fenster in die Herrentoilette zu klettern und sich dann in der Dunkelheit zu den Büros vorzutasten. Dort hatte Staff in eine Schublade hineingepinkelt. Einen ganzen Stoß Personalakten hatte er durchnäßt. War das herrlich! Der gelungene Abschluß eines bis dahin stinklangweiligen Abends. Heute sah es dagegen von Anfang an nach Action aus. Allein wie schon die Kawasaki schnurrte – schöner als jeder nasse Traum.

Sie mußten einen Schwung Autos vorbeilassen – alles Pendler, die erst jetzt fürs Wochenende nach Hause fuhren. Dann war die Straße endlich frei. Staff legte den Gang ein und beschleunigte ganz in der Manier eines Speedwayfahrers. Im Null Komma nichts hatte er sich an die Rücklichter des letzten Wagens geheftet. Vor ihnen tauchte eine unübersichtliche Rechtskurve auf, was Staff aber nicht im geringsten störte. Er gab einfach Gas. Das Donnern wurde ohrenbetäubend. Dann schaltete er in den vierten Gang, und sie ließen einen Hillman Avenger hinter sich. Alex drehte sich um. Der Fahrer hatte einen gehörigen Schrecken abbekommen. War wohl ein Geschäftsmann. Ziemlich fetter Bursche. Er streckte wütend den Finger raus – aber was wollte er schon tun? Jawohl, heute nacht wurde das geboten. Das spürte er von den Eiern bis in die Haarspitzen. Sein ganzer Körper vibrierte im Gleichklang mit der Maschine. Über Staffs Schulter weg warf er einen Blick auf den Tacho. Sie fuhren neunzig. Und das bei einer Geschwindigkeitsbegrenzung auf sechzig. Es war einfach eine Wucht! Staff beschleunigte weiter. Die anderen Wagen blieben praktisch hinter ihnen stehen. Die Häuser wichen Fabriken zur Rechten und der Eisenbahnlinie zwischen London und Bristol zur Linken. Und in diese Richtung wollten sie. Achtzig Kilometer pro Stunde waren jetzt erlaubt. Und sie rasten mit hundertzwanzig Sachen dahin. Das Ding mußte sich mal austoben dürfen!

Hätte Alex das Gesicht von Staff gesehen, wäre ihm sein wild entschlossenes, immer noch von der Wut verzerrtes Grinsen aufgefallen. Staff ging auf hundertvierzig Kilometer hinauf und war fast versucht, Vollgas zu geben. Die Autos blieben immer weiter hinter ihnen zurück, und von vorne kam ihnen nichts entgegen. Bald rasten sie über offenes Land. Ohne Straßenlaternen war es auf einmal stockdunkel. Statt der Fabriken wälzte sich stumm der Avon in Richtung Meer, und die Eisenbahnschienen verschwanden in einem Tunnel. Die Bitch schnurrte zufrieden wie nach einem Orgasmus.

Zum Dope kam der Geschwindigkeitsrausch! Bewegung und Technik waren eins, die Maschine flutschte mühelos dahin. Daß Staff die Kontrolle über das Fahrzeug verlieren könnte, befürchtete Alex nicht. Der Kerl war schon mit dreizehn Motorrad gefahren. Erlaubt war das zwar nicht gewesen, aber so etwas wie Gesetze hatten in Staffs Weltbild keinen Platz. Mal verdealte er ein bißchen Dope, mal brach er wo ein und mopste was – er war ein kleiner Fisch, aber seiner Überzeugung nach sollte man sich alles nehmen, was man haben wollte. Wenn man schon Geld verdienen mußte, dann war es doch egal, wie.

Wenn eine Maschine einen juckte, dann sollte man auch das Letzte aus ihr herausholen. Er schiß auf sämtliche Normen und Regeln. Alex sah, wie sein Amigo sich in den Wind legte. Also lehnte auch er sich so weit wie möglich in die Kurve. Es gab keine Vergangenheit und keine Zukunft mehr. Nur das *Jetzt* zählte – und das war ein gewaltiger, pulsierender Schrei in ihrem Hirn.

Die Ampel an der Kreuzung Upper und Lower Bristol Road kam näher. Von dort an ging es auf die Schnellstraße. Sie hatten Grün, und die Maschine raste mit hundertzwanzig Sachen vorbei. Alex johlte in seinen Helm hinein. Das war Tempo! Das war Aufregung! Da war was los! Die sechste Klasse mit ihren Lehrern, Aufsätzen und all ihrer Öde und Langeweile war vergessen. Es gab nur noch eines in seinem Kopf: Tempo!

Und die Dunkelheit.

Das Telefon schrillte. Jamie lag auf der Couch und erholte sich noch von der Panik nach dem Schwindelanfall.

Er rappelte sich auf. Im spärlich erleuchteten Wohnzimmer ging er leicht schwankend zum Apparat. Nach dem fünften Läuten nahm er ab.

Die Leitung war tot.

Scheiße! Wie er das haßte, wenn der andere einfach auflegte! Er fühlte sich dann immer vom Signal verhöhnt. Am ganzen Leib zitternd, hockte er sich neben das Telefon. Sein Herz pochte zum Zerbersten.

Was ist nur los mit mir?

Er fuhr zusammen. Das Telefon klingelte wieder. Erst beim zweiten Läuten nahm er ab.

»Hallo?«

Ein Rauschen. Das Echo einer Stimme in der Leitung. Noch mehr Rauschen.

»Ich höre nichts.«

Endlich kam etwas, das sich wie eine Stimme anhörte.

»Alex.« Wieder Rauschen. Dann ein Klicken. Das Rauschen erstarb.

Stille. Nur das Ticken von Großvaters Wanduhr unterbrach sie. Er starrte das orangefarbene Blumenmuster auf der Tapete an. Ihm war schlecht.

Das Muster schien ihn zu hypnotisieren. Die Blumen drehten sich in einem fort, gingen ineinander über.

Langsam sah er wieder klar.

Doch etwas anderes packte ihn und ließ ihn nicht mehr los. Es fing bei seiner Brust an und preßte ihm die Luft aus den Lungen. Er schrie vor Schmerzen auf. Seine Rippen zersplitterten mit einem gräßlichen Krachen. Als es seinen Kopf erreichte, brach seine Welt auseinander. Das Blumenmuster löste sich in seine Bestandteile auf, Blätter fielen zu Boden, die Blüten wurden von einem Wirbelsturm davon…

…und er flog mit dem Kopf voran durch die kalte, schwarze Nacht. Verzweifelt ruderte er mit den Armen und Beinen…

(O Gott!)

…seine Beine traten ins Nichts. Und es ging noch weiter hinaus in die Dunkelheit. Und hoch hinauf. Außer der schwarzen Luft und einem orangefarbenen Fleck sah er nichts.

Dann drehte er sich und

flatterte nach unten

Beim Aufprall splitterten die Knochen.

Die Wirbelsäule zerbarst.

(O Gott im Himmel)

Die Haut, die Muskeln, die Organe wurden zerfetzt. Sternenkonstellationen, Galaxien, Dunkelnebel entfalteten sich in himmlischer Pracht vor seinem Auge, bis auch all das zerplatzte.

(O GOTT! NICHT DIESE SCHMERZEN!!)

Ein Strudel von dunkelrotem Blut und dann…

Nichts.

Er sog die Lungen voll…

(Ich krieg' keine Luft!)

... und schrie auf einmal wie ein kleines Baby, das zum erstenmal Sauerstoff einatmet.

»NEIN!«

Er wußte nicht mehr, wo oben, wo unten war und plumpste auf den Sessel. Den Hörer hatte er immer noch in der Hand. Die Leitung straffte sich, und das Telefon fiel mit einem lauten Klingeln auf den Boden.

Kurz vor dem Kreisverkehr drückte Rivers auf die Hupe, daß es nur so dröhnte. Mit der Zärtlichkeit eines Liebhabers beim ersten Rendezvous lenkte er die Bitch zweimal um die Verkehrsinsel herum, dann bog er wieder in Richtung Bath ab. Vierter Gang – und sie fuhren hundert. Fünfter Gang – und die Nadel zuckte um die Hundertzwanzig-Marke.

Für den Kilometer auf der Schnellstraße brauchten sie nur eine halbe Minute. Die Ampel vorne stand auf Rot. Alex sah zu, wie der Zeiger rapide fiel.

Los schon, schalt um!

Siebzig... sechzig... fünfzig...

Mach doch!

Es wurde grün.

Jetzt aber Vollgas!

Als hätte er seine Gedanken gelesen, drehte Rivers wie wild am Gasgriff. Die Bitch heulte wütend auf. Mit achtzig donnerten sie über die Kreuzung. Und schon ratterten sie über die alte Brücke. Bei jedem Schlagloch senkte sich einem der Magen, aber gleich legte sich das Motorrad wieder sanft in die Kurve. Vor ihnen lag das Stadtzentrum. Es sah ganz danach aus, als wolle Staff noch einen Umweg machen, ehe sie nach Sion Hill fuhren, wo Tully wohnte.

Beim Gedanken an die dumme Nuß kniff Alex unwillkürlich die Augen zusammen. Da hatte Phillippa sich eindeutig den Falschen ausgesucht. Er wußte zwar nicht, was Staff genau vorhatte, aber eines stand schon jetzt fest: Die Party würde Tully so schnell nicht vergessen.

Um zehn vor neun hatte Harry Bledsoe endgültig die Schnauze voll. Am Freitagabend war doch immer die Hölle los. Die Fahrt von Bath nach Bristol hatte genau eine Stunde gedauert, weil es wegen eines Auffahrunfalls einen kilometerlangen Stau gegeben hatte. Aber der lag jetzt wenigstens hinter ihm. Bis neun Uhr dürfte er die Lagerhalle in Kingswood erreichen.

Er fragte sich, wie es dem kleinen Mark inzwischen gehen mochte. Am Morgen hatte er noch wie eine wandelnde Leiche ausgesehen. Mit Masern war eben nie zu spaßen. Gleich nach der Ankunft wollte er Kath anrufen und sich nach Markies Befinden und auch dem ihren erkundigen. Die Hochzeit mit Kath war der größte Glücksgriff seines Lebens gewesen. Nach nichts sehnte er sich im Augenblick mehr, als mit ihr vor dem Fernseher zu sitzen, in der Gewißheit, daß die Kinder sanft schlummerten.

Hinter ihm dröhnte eine Hupe. Harry legte den Gang ein und rollte langsam an. Der Verkehr war noch immer recht dicht.

»Bald bin ich daheim, Liebling«, murmelte er lächelnd.

Nach ihrer einstündigen Spritztour bogen sie gegen neun in die Sion Lane ein. Als erstes erblickten sie einen Streifenwagen vor Tullys Haus. Staff fuhr langsam heran, zögerte kurz und stellte den Motor ab.

Aus dem Haus drang überlaute Musik. Alex nahm den Helm ab und sah sich nach den Jungs in Blau um. Mit angewiderter Miene drehte er sich zu seinem Freund um. Mit den Bullen hatte er zu viele unangenehme Erfahrungen gesammelt.

»Ich geh' mal nachschauen, was los ist«, brummte Alex. Er legte seinen Helm auf den Sitz und ging auf das Haus zu. In diesem Moment brach Peter Gabriels' ›Solsbury

Hill‹ mitten im Refrain ab. Kurze Stille. Dann erhob sich wütendes Gemurmel. Nach kurzem Zögern ging er näher heran. Seine genagelten Absätze klapperten auf dem Pflaster. Plötzlich fuhr ein zweiter Polizeiwagen vor. Alex sprang hinter dem nächsten Busch in Deckung. Zwei Polizisten stiegen aus und marschierten auf ihre Kollegen zu, die mit drei Teenagern in ihrer Mitte aus dem Garten kamen. Alex erkannte Alan Birch, einen professionellen Dealer, im Vergleich zu dem Dawson der reinste Waisenknabe war.

Er drehte sich nach seinem Freund um. Staff war wie vom Erdboden verschluckt.

Die neu angekommenen Cops nahmen die zwei Jugendlichen, die Alex nicht kannte, in Empfang und führten sie im Polizeigriff zu ihrem Einsatzwagen. Nun tauchten Tully und ein paar andere, darunter auch Phillippa, am Gartentor auf und redeten auf den Einsatzleiter ein. Alex war jedoch zu weit weg, um etwas zu verstehen. Er hoffte nur, Staff würde Phillippa nicht sehen. Der Wortwechsel hielt an. Tully zog ein verstörtes Gesicht. Dann legte der Polizist seine schwere Hand auf die Schulter des Jungen und führte auch ihn zum Wagen. Phillippa stimmte ein lautes Protestgeschrei an. Tully drehte sich noch einmal um, drückte ihr die Hand und sagte etwas zu ihr, ehe er einstieg. Die Zurückgebliebenen sahen ihm verwirrt nach.

Alex wartete, bis die Polizeiautos fortfuhren, dann lief er zurück zum Motorrad. Er drehte sich noch einmal zu dem Haus um, doch Phillippa und die anderen waren verschwunden. Auch von Staff war nichts zu sehen. »Hey!« zischelte er.

Staff tauchte hinter einer Hecke auf.

»Sieht ganz nach einer Ra...«

»Ich hab's gesehen.« Staff schleuderte eine Zigarette auf den Boden und rammte den Stiefel mit aller Kraft gegen einen grünen Metro. Gleich noch einmal holte er weit aus und trat gegen den hinteren Kotflügel. Dann machte er mit dem linken Fuß weiter, bis vier Beulen das Auto zierten.

»Scheiße!«

Er fuhr herum, sprang hoch und packte den untersten Ast einer Ulme, der über eine Gartenmauer ragte. Ein Knacken, und er hatte einen Ast in der Hand. Den schwang er wütend und drosch auf die Windschutzscheibe ein.

Und noch einmal.

Und gleich wieder.

Aber bis auf einen Scheibenwischer ging nichts kaputt. Verärgert warf er den Ast weg und traktierte das Auto wieder mit den Füßen.

Ein Licht im Haus ging an.

»Los, weg hier!«

Schon saß Staff wieder auf der Bitch und trat auf den Kickstarter. Mit einem Donnern sprang die Maschine an. Er jagte davon, noch ehe sein Freund richtig saß. Fast wäre Alex auf dem Boden gelandet.

Vor der Hauptstraße ging Staff so abrupt vom Gas, daß Alex schon wieder von der Maschine zu fallen drohte, er konnte sich gerade noch an Staffs Schultern festkrallen. Nach einer scharfen Rechtskurve jagte Staff im vierten Gang die Cavendish Road hinunter. Alex klammerte sich an seinen Rücken. Unterwegs hätten sie beinahe einen Fußgänger über den Haufen gefahren. Er konnte sich gerade noch mit einem Sprung zur Seite retten.

Als sie durch Paragon ratterten mit seinen rußigen Hausfassaden, die den Charme des ausgebombten Dresden verbreiteten, ahnte Alex, wohin die Fahrt ging.

Vor dem Hong Kong Garden hielt Staff an. Schweigend stieg er von der Bitch und nahm den Helm ab. In seinen Augen glühte nach wie vor maßloser Zorn. Alex zwang sich zu einem Grinsen – vergeblich. Staff stolzierte wortlos an ihm vorbei und verschwand durch die ramponierte Doppeltür in der Kneipe neben dem Restaurant.

The Hat war eine heruntergekommene Kaschemme und lag in einer von den Stadtvätern anscheinend total vergessenen Gegend. Dabei war sie nur einen Katzensprung von der Broad Street mit ihren eleganten Geschäften entfernt. Hier, in den Seitengassen, herrschten aber Armut, Rauschgifthandel und gelegentlich Prostitution. Und im The Hat trafen sich die Verlorenen, die Ausgestoßenen, die Vergessenen, all diejenigen, die nicht in das Bild von Baths ordentlichen Beamten, Sekretärinnen, Verkäuferinnen und Bonzen paßten. Man konnte hereinplatzen, wann man wollte – auf ein, zwei Dealer, eine Clique von Rockern oder ganze Scharen von Hippies stieß man immer. Es wurde gedealt und von Träumen gefaselt, die so abgewetzt waren wie das Leder der Barhocker unter den Hintern der Säufer und Kiffer.

The Hat war die eigentliche Heimat der desillusionierten Jugendlichen. Hier wurden sie alle akzeptiert, tranken ihr Bier und ließen sich von der Jukebox die Ohren volldröhnen. The Strangler, The Pistols, Iggy, The Slits – die Juke Box spielte sie alle. Ein Hort des Nihilismus war der Pub jedoch nicht. Er war vielmehr ein Bindeglied zwischen den Generationen, die Heimat der Althippies, der letzten Sumpfblüten, die irgendein Wind aus den sechziger Jahren hierher geweht hatte, derer also, die lauthals verkündet hatten, sie wüßten alle Antworten, und der jüngeren, deren Credo von Anfang an gelautet hatte: *Uns ist alles egal*.

Auch Alex fühlte sich hier wohl. Und kaum schlug ihm innen der Lärm der Stooges' von 1969 entgegen, ließ sein Frust nach.

Staff schlängelte sich durch die dichtgedrängt stehenden Säufer. Über dem gesamten Raum hing der Geruch von Flower's Best Bitter, billigem Lagerbier und Schnaps. An der Bar angekommen, bestellte Staff ein Glas Skol und ein Guiness. Alex bahnte sich unterdessen den Weg in eine etwas stillere Ecke. Dabei achtete er darauf, keinen von den Skinheads am Fenster anzurempeln. In dieser Bar handelte man sich bei der geringsten falschen Bewegung schnell einen Kinnhaken ein.

Staff gesellte sich mit den Bieren zu seinem Freund. Da die Wut unvermindert in seinen Augen schwelte, konzentrierte Alex sich lieber auf sein Guiness. Ansprechbar war Rivers erst wieder, wenn er sich beruhigt hatte.

Rivers kippte sein halbes Bier in einem Zug herunter. »Was jetzt?« seufzte er.

Alex zündete sich eine Zigarette an. »Wie wär's mit der Spätvorstellung?«

»Blödsinn! Ich scheiß' doch auf die dämlichen Filme!«

Alex hob die Schultern. »Sonst weiß ich auch nichts.« Es stimmte. Ihm fiel wirklich nichts anderes ein, als sich bei Brutaloszenen die Zeitlupe zuzurauchen.

»Wir haben doch die Bitch«, schnaubte Staff. »Überleg dir, wo wir hinfahren können.«

»Bristol?«

»Ach was!«

»Die Autobahn?«

»Scheiß drauf!«

»Jetzt reg dich bloß mal wieder ab«, giftete Alex. Langsam nervte ihn das Ganze.

»Menschenskinder, deine Freundin ist sie ja nicht!«

»Schon gut, ich will ja nur...«

»Hör mal, ich bin sauer – okay?«

»Das hab' ich schon mitgekriegt«, meinte Alex nach einer Weile und gab ihm einen Klaps auf die Schulter. »Aber vergiß Tully doch. Der hockt jetzt bei den Bullen und redet sich den Mund fusselig, daß er ganz bestimmt nichts von dem Stoff gewußt hat.«

Staff antwortete mit einem bedächtigen Nicken.

Alex stellte sein Bier ab. »Ich muß mal wohin.«

Das Männerklo befand sich am anderen Ende des Pubs;

geschickt schlängelte sich Alex durch die Besucher. Besonders acht gab er bei einer Gruppe von Punks, die sich gerade mit zwei Bristol's Angels verbrüderten. Kurz vor der Klotür blieb er jäh stehen. Obwohl sie mit dem Rücken zu ihm stand, erkannte er die bullige Gestalt auf den ersten Blick. Es war dieselbe, die ihn seit allzu vielen Jahren bis in seine Träume verfolgte.

Hougan.

Mit Muskeln bepackte Einmetersechsundachtzig versperrten ihm den Weg zum Klo. Ausgerechnet dort mußte der schwarzhaarige Schläger zwei blutjunge Mädchen anmachen.

Scheiße!

Alex erstarrte. Ohne ihn zu berühren, kam er unmöglich ins Klo. Neben ihm stand auch noch eine Gruppe anderer finsterer Gesellen. In den letzten zwei Jahren hatte er mit seinem Intimfeind zwar nicht mehr direkt zu tun gehabt, aber mehr als ein Jahrzehnt Angst hatte ihn auf einen Pawlowschen Reflex konditioniert. Hougan bedeutete Ärger, Hougan bedeutete Schmerzen. Unwillkürlich fuhr er über die Narbe unter dem Kinn, ein Geschenk Hougans auf dem Rugbyfeld der Ralph Taylor. Seine Beine fingen an zu zittern. Mit einem Schlag verging ihm sein Bedürfnis.

»Das ist aber schnell gegangen!« rief Staff bei seiner Rückkehr. Alex tat es mit einem Schulterzucken ab. »Mir ist da eine Idee gekommen«, fuhr Staff mit einem bedeutungsvollen Grinsen fort. »Schauen wir doch mal im Circle vorbei. Wer weiß, vielleicht ist Alison dort.«

Mit einem erneuten Schulterzucken wandte Alex sich seinem Guiness zu. Begeistert war er nicht gerade von dem Vorschlag, und was Alison betraf...

Zwei Jahre lang hatten sie sich fast jeden Freitag abend im Circle, dem Jugendclub der St. Stephen's Church aufgehalten. Er war in der Gemeindehalle untergebracht, einem Alptraum von Gebäude aus der Mitte des neunzehnten Jahrhunderts. Gegründet hatte den Club Adam Gibson, der Sohn des Pfarrers. Mit der Kirche hatten sie zwar nie etwas am Hut gehabt, aber was blieb einem anderes übrig, als sich dort Unterhaltung zu verschaffen, wenn sonst nichts los war und Minderjährige in den Kneipen kein Bier bekamen?

Nachdem sie die Möglichkeiten der Halle ausgeschöpft hatten und ihnen Fußballspielen, Skateboard und vom Balkon klettern keinen Spaß mehr machten, hatten sie die dunklen Winkel des Gebäudes entdeckt. Dort trieben sie andere Spielchen, rauchten Shit in der leerstehenden Hausmeisterwohnung, warfen vom Balkon mit Wasser gefüllte Luftballons auf die Passanten und spielten im Schutz der dunklen Keller mit den Fingern an der feuchten, hungrigen Scham der Chormädchen. Wer solche Sachen im Schilde führte, für den waren die Versuchungen des Circle ein Paradies.

Eine Zeitlang hatte Alex begeistert mitgemacht, aber inzwischen war er daraus herausgewachsen. Die wirkliche Welt bot doch weitaus mehr – Sex, Drogen und Rock 'n' Roll. Richtig ausgelutscht war der Circle in seinen Augen. Doch ehe er protestieren konnte, hatte Staff sein Bier schon abgestellt und wühlte sich zur Tür durch.

Also tat Alex es ihm gleich. Er kippte sein Guiness runter und bahnte sich den Weg zum Ausgang. Wenigstens entging er auf diese Weise einem Quälgeist.

Als Alex aus der Tür trat, lief Staff bereits gute zweihundert Meter vor ihm die Straße hinunter. Weil der Circle in der Nähe lag, lohnte es sich nicht, mit der Maschine hinzufahren. Alex rannte ihm nach.

Die Tasse Tee stand unberührt auf dem Tisch. Den Kopf in die Hände gestützt, hockte Jamie davor.

In seinem Kopf herrschte vollkommene Leere. eine schiere Ewigkeit hatte er mit dem Telefon in den Händen auf dem Boden gesessen und den Apparat festgehalten wie ein Schiffbrüchiger den Rettungsring. Schließlich hatte er dann doch die Energie aufgebracht, sich in der Küche eine Kanne Tee zu brauen. So ein Täßchen, hatte er sich gedacht, würde ihn sicher aufmuntern. Jetzt stand es vor ihm, doch er hatte sein Interesse daran verloren.

Angst lag ihm im Magen wie ein unverdautes Marzipanbrot. Er kam sich unendlich verloren vor.

Alex.

Schemenhaft tauchte aus dem Nichts das Bild seines Bruders vor seinem inneren Auge auf.

Etwas stimmte da nicht.

Er versuchte das Bild zu befühlen, es zu begreifen, doch da tanzte es davon, verschwand in der Ferne.

Es war weg.

Sein Arm rutschte vom Tisch. Er fuhr hoch. Die Uhr auf dem Kaminsims zeigte fünf nach zehn. Er hatte vierzig Minuten geschlafen. Oder nein, geschlafen hatte er nicht wirklich. Es war ein Schwebezustand zwischen zwei Bewußtseinsebenen gewesen, so ähnlich wie bei dem Typen in dem Buch *Dead Zone* von Stephen King. Auch er war in einer solchen Todeszone gewesen, hatte im Nichts geweilt und war auf einer Welle außerhalb seiner selbst geschwommen.

Als kleines Kind hatte er sich schon einmal so gefühlt. Die Erinnerung war ihm abhanden gekommen, aber jetzt war ihm, als hätte sich die Sicherung wegen zu großer Strombelastung ausgeschaltet, und er brauchte sie nur wieder einzuschrauben.

Alex.

Alex war der Schlüssel. Alex war einmal auf den Geräteschuppen im Garten geklettert und hatte auf dem Dach entsetzlich angegeben. Jamie hatte nicht mitgemacht. Irgendwie war ihm schon vorher klar gewesen, daß sein Bruder runterfallen würde. Und tatsächlich war Alex ins Blumenbeet gestürzt.

Er hatte es gewußt.

Aber warum? Es war ihm ein Rätsel. Warum hatte er sich nicht mehr an den Sturz erinnern können? Der Rest war ihm doch auch noch gegenwärtig. Ein Nachbar hatte Alex ins Krankenhaus gefahren. Und seine Mutter war fürchterlich wütend und aufgeregt gewesen. Wütend, weil Alex ihr nicht gehorcht hatte, und aufgeregt, weil sie kein Auto hatte und auf die Hilfe des Nachbarn angewiesen war. Mit einem dicken Gips war Alex dann vom Krankenhaus nach Hause gekommen, und Jamie hatte ihn um die viele Freizeit daheim beneidet, während er weiter zur Schule mußte.

Anstatt nun aber die Spannung von ihm zu nehmen, steigerte die Erinnerung die Angst eher noch. Aus dem Klumpen in der Magengrube wurden Glassplitter. In seinem Bauch fing es an zu stechen und zu brennen.

Ein ganzes Bündel von Empfindungen brach über ihn herein, oder vielmehr ein Wirrwarr von einzelnen Erinnerungsfetzen: Gerüchen, Lauten – sie alle waren ihm fremd und zugleich so schrecklich vertraut.

Dunkelheit.

Staub.

Kalter Stein.

Echos. Eine Stimme aus einer Nische.

Eine Mädchenstimme.

(soooo langweiiiilig)

Er versuchte die Laute zu verstehen.

(... mag dich nich' ...)

Er versuchte zu sehen.

(... ibson ... die ... Schlampe ...)

Aber mehr als Ahnungen von Empfindungen und bruchstückhaften Erinnerungen kam dabei nicht heraus. Er war frustriert.

(... zeitverschwendung ... Freitag wieder ...)

Und dann sprangen auch die paar Fragmente davon. An ihre Stelle traten eine alles überwältigende Dunkelheit, schneidende Kälte und rasende Schmerzen.

(OH, TAT DAS WEH!)

Die Welt brach auseinander.

Die Uhr stand auf zwanzig vor zehn. Ihm wurde wieder schlecht. Er würgte, bis ihm die Kehle brannte. Schließlich zwang er sich, zur Linderung den Tee zu schlucken.

Mit Alex stimmte etwas nicht. Etwas ganz Schlimmes stand bevor.

(Aber was?)

wie fand er seinen Bruder, ehe es...

(Was?)

...zu spät war?

Alex schraubte die Cidreflasche auf, nahm einen tiefen Schluck und reichte sie seinem Freund. Alison Gibson, Adams Schwester, saß kichernd in einem alten Drehstuhl und wiegte eine halbleere Flasche Bacardi im Schoß. Angewidert rümpfte er die Nase. Das Mädchen war ja voll wie eine Haubitze!

»Mir is' langweilig«, lallte sie.

»Dann mach doch bei uns mit«, meinte Staff.

Im dunklen Keller konnte Alex vage sein Gesicht erkennen. Bis auf das gelbliche Laternenlicht von der Straße, das durch das schmale Fenster am anderen Ende hereinschien, war der Raum unbeleuchtet. Sehen konnte man da kaum etwas. Der Raum war gerade dunkel genug für Teenagergeheimnisse, von denen Alison jede Menge preiszugeben hatte. Einige kannte er bereits. Mit dreizehn hatte sie ihre Jungfräulichkeit verloren, mit sechzehn hatte sie drei Affären mit verheirateten Männern hinter sich (einer davon ein angesehenes Mitglied ihrer Kirche), und dazu stahl sie regelmäßig Kosmetika aus der Drogerie. All das hatte sie ihm eines Morgens erzählt, als er sich heimlich ins Pfarrhaus geschlichen und es mit ihr direkt unter Reverend Gibsons Nase getrieben hatte. Sie war es auch gewesen, die ihm das erste Mal in seinem Leben einen geblasen hatte. Auf dem Dach des Gemeindesaals war das gewesen, spät in einer Sommernacht. Danach waren sie eine Weile miteinander gegangen – sehr zum Entzücken seiner Mutter, war sie doch die Pfarrerstochter. Ihre permanente Treulosigkeit hatte er jedoch nicht ertragen. Alison konnte schlichtweg nicht genug kriegen. Ihm dagegen hatte eine friedliche, dauerhafte Beziehung vorgeschwebt, eine Weile zumindest.

Staff trank den Cidre in langen Zügen, dann reichte er ihn wieder Alex. Alison spielte weiter mit ihrer Rumflasche. Keiner sagte ein Wort. Der Druck in Alex' Blase wurde übermächtig. Er drückte Staff die Flasche in die Hand und verließ laut rülpsend den Raum.

Beim Pinkeln hatte Alex ein Gefühl der Schwerelosigkeit, als hätte er gerade einen Joint geraucht. Er beschloß, sich einen zu drehen, doch als er wieder in den Kellerraum trat, lenkte ihn Alisons erregtes Stöhnen davon ab. Sehen konnte er zunächst nichts. Beim Nähertreten bemerkte er, daß Staff ihr das rote Kleid bis über die Hüfte gezogen hatte und sich mit der rechten Hand unter ihrem Höschen zu schaffen machte, während sie sich gierig küßten. Mit fahrigen Bewegungen schnallte Alison ihm den Gürtel auf. Alex nahm einen tiefen Schluck Cidre und rülpste. Alison stöhnte.

»Tu doch nicht so fremd«, murmelte sie, als Staff den Mund von ihren Lippen nahm, und drehte den Kopf in Alex' Richtung. Alex trat näher heran. Sie griff nach ihm und streichelte sanft seine Wange. »Küß mich!« rief sie und fing wieder an zu stöhnen, denn Staff führte seine Finger tiefer zwischen ihre Schenkel. Alex stand nun dicht bei ihr. Ihre Zungen fanden sich. Erinnerungen an die Vergangenheit wurden in ihm lebendig: wie Alison ihn in der letzten Reihe im Kino geblasen hatte, und wie sie für ihn auf dem Boden der Vikarswohnung die Beine gespreizt hatte. Es war eine Mischung aus Ekel und Erregung, die in ihm hochschwappte.

Er trat hinter sie. Sie verdrehte den Kopf, versuchte weiter ihn zu küssen, erreichte aber seinen Mund nicht mehr. Er glitt mit der Zunge über ihr Ohr und spürte, wie sie erbebte, als er ihre Brüste zwischen die Finger nahm. Staff zog ihr das Höschen runter, hörte aber nicht auf, die Finger in sie hineinzuschieben – fester jetzt und schneller. Alison keuchte. »Langsamer.«

Staff achtete nicht auf sie. Den Gürtel hatte sie ihm gelöst. Nun versuchte sie, seinen Schwanz zu packen. »Nein, *langsamer*«, stöhnte sie. Staff grunzte nur.

Alex' Finger waren unter ihren Pullover geschlüpft und kneteten ihre vollen Brüste. Er griff so fest zu, daß sie aufquietschte.

»Bitte ...«

»Schsch.«

Alex sah, wie Staff nach der Cidreflasche griff. Plötzlich stieß sie einen Schrei aus. Statt des Fingers hatte er ihr den Flaschenhals hineingeschoben. Sie wand sich in Alex' Griff, aber gegen seine Arme vermochte sie nichts auszurichten. Monatelanges Training mit Gewichten hatte seine Muskeln gewaltig anschwellen lassen.

»Nein, bitte nicht – das tut weh!«

Ungerührt schob Staff die Flasche weiter hinein.

Und raus.

Rein.

Raus.

Rein.

Sie schrie auf. Alex spürte etwas Feuchtes über seine Hände laufen – Tränen. Er empfand nichts als Ekel und Enttäuschung. Und ein kleines bißchen Genugtuung.

Eigentlich bekam sie doch, was sie verdiente, die mannstolle Schlampe.

Dann merkte er, daß da der Alkohol und der Dope aus ihm sprachen, und nicht sein wahres Ich. Sein gesundes Empfinden blitzte kurz auf, als sei es ein verbotener Teil seiner selbst, der einen Sprung aus dem Versteck gewagt hatte.

Alisons Schreie gingen in ein schwaches Wimmern über.

»Den Drehstuhl«, befahl Staff und zog die Flasche heraus.

Alex zögerte.

Das ist Sadismus.

Aber seine dunkle Hälfte unterdrückte den Gedanken. All die Jahre, in denen die Mädchen ihm die kalte Schulter gezeigt hatten, kamen in ihm hoch. In einem fort hatten sie sich über ihn lustig gemacht. Nichts als Abfuhren und Erniedrigungen hatte er erlebt. Frances Clarke zum Beispiel, die Tochter des Lehrers an der Grundschule, der ihm das Leben zur Hölle gemacht hatte. Hingehängt hatte sie ihn, nur weil er ein Buch aus der Bibliothek geklaut hatte. Der vornehme Tonfall der Oberschicht klang ihm noch immer in den Ohren.

Der Hurst hat das Buch gestohlen!

Frances und ihre blöde Freundin Melanie, das fette Schwein, das ihn immer ausgelacht hatte. Aus ihm würde ja doch nie was werden, hatte sie gehöhnt. Einen so nutzlosen Kerl wie ihn würde ja nie ein Mädchen...

»Den Drehstuhl«, sagte Staff mit Nachdruck.

Alex gehorchte.

Er kam sich vor wie in *Uhrwerk Orange* und schleifte Alison zum Drehstuhl...

»NEIN!«

»Halts Maul!«

Alex stolperte nach vorne und drückte ihre Hände fest gegen die Lehne, während Alex sich hinter sie stellte. Alisons Hintern ragte über die Sitzfläche. Staff riß sich die Hose herunter. Sein Schwanz stand schon. Wie eine Rute deutete er in die Dunkelheit und tastete blind nach seinem Opfer.

Alex' Wut dehnte sich ähnlich einem Gummiband, drohte zu zerreißen und schnappte urplötzlich zurück. Er kam wieder zu Sinnen.

Das darfst du nicht...

In seine Gedanken kam Ordnung. Da wollte er nicht mitmachen. Nicht, wenn es so brutal war. Ihm wurde schlecht vor Angst, denn Staff packte wieder die Bacardiflasche.

»Staff, hör auf...«

»Halt sie fest!«

Von ihrem Streit angespornt, wehrte Alison sich heftiger und schrie aufs neue. Staff drückte ihr die Hand auf den Mund.

»Nein, Staff, das ist...«

»Was?«

»Sadismus.«

Staff hielt inne. »Piß dir nicht ins Hemd, du Memme!«

»Nein! Das darfst du nicht!«

»Leck mich am Arsch!«

Staff ließ die Flasche fallen, packte Alison an der Hüfte und machte Anstalten, von hinten in sie einzudringen.

Aus der Angst wurde ein Tier. Alex konnte – wollte – seinem Freund nicht mehr helfen. Das Tier gehörte zu der Gattung Trotz. Alex ließ Alison los. Sofort schlug sie um sich, und Staff verlor das Gleichgewicht. Als er zum Schlag ausholte, fiel Alex ihm in den Arm.

»Laß das!«

Es kam zu einem kurzen Kampf. Staff schüttelte Alex ab.

»Ist ja gut, ist ja gut.«

Alex packte ihn erneut.

»Ich hab' doch gesagt, es ist gut, verflucht!«

Alison war über den Stuhl gebeugt liegengeblieben. Tief aus ihrer Kehle stieg ein heiseres Schluchzen. Nach einer Weile zog sie sich den Rock über die Schenkel.

Alex musterte Staff. Der funkelte ihn wütend an. Selbst im fahlen Licht waren die Kerben der Anspannung unter seinen Mundwinkeln gut zu erkennen.

»Ist schon gut«, sagte er dann überraschend sanft und ließ die Arme fallen. »Du hast ja recht.«

Alex ließ ihn los, wenn er auch dem plötzlichen Stimmungsumschwung noch nicht ganz traute.

Und dann brach Staffs versteinerte Miene auf. Ein breites Grinsen spielte um seine Lippen. »Du hast ja recht.« Er zog die Hose hoch und stopfte sein erigiertes Glied unter den Reißverschluß. Wie ein anklagender Finger deutete es durch den Stoff.

»Komm, gehen wir«, sagte er.

Alison schluchzte laut.

In der West Lea Road wurde Jamie speiübel. Er taumelte zur nächsten Mauer, um sich dort abzustützen, würgte und würgte, aber nichts kam hoch. Es war einfach nichts mehr in seinem Magen.

(Alex, sei vernünf...)

Der Brechreiz verging so schnell, wie er gekommen war. Trotzdem wartete Jamie noch eine Weile, bis er wieder fest auf beiden Füßen stand.

Er mußte Alex finden.

Alex schwebte in höchster Gefahr.

(Aber wo?)

(...ganz falsch...)

Jamie hatte keine Ahnung, wo er ihn suchen sollte. Er wußte nur, daß er unmöglich ins Haus zurück konnte.

Newbridge Hill am Fluß unten zog ihn mit der Macht eines Magneten an. Dabei war es doch absolut widersinnig, die Straße, die zu Rivers' Haus führte, zu verlassen. Nur dort, so sagte er sich, würde er Alex finden. Aber was ergab heute noch einen Sinn? Er ließ sich vom Instinkt leiten und schritt schneller aus.

Effman legte Bledsoe die Hand auf den Arm.

»Danke fürs Warten, Harry.«

»Klar doch.« Bledsoe ließ sich den Lieferschein geben.

Es war jetzt sieben nach elf. Irgendwo schrillte eine Polizeisirene durch das nächtliche Bristol. Bledsoe wollte daheim sein, ein Bier in der Hand haben, die Füße vor dem Gasofen ausstrecken und nicht sechzehn Meilen vor Bath in der Kälte stehen. Aber wenigstens hatte er diese Woche hinter sich. Und bald war er ja zu Hause.

»Bis nächste Woche«, sagte Effman.

Biergeruch schlug ihm aus Effmans Mund entgegen. Aha, du hast dir schon eins hinter die Binde kippen dürfen, dachte Bledsoe. Aber zu Hause im Kühlschrank wartete ja sein Pils auf ihn. Und bestimmt hatte Kath an die Sandwiches für ihn gedacht.

Bledsoe sprang in die Fahrerkabine und ließ den Motor an. Effman hob die Hand zum Abschied.

Auf der menschenleeren Broad Street steuerten sie auf den Paragon zu. Seit ihrem Streit hatten sie kein Wort mehr gewechselt. Staff schwieg beharrlich vor sich hin, ganz so, als schämte er sich über sein Verhalten. Bevor sie gegangen waren, hatte Alex die inzwischen vollkommen apathisch dahockende Alison gerüttelt, bis sie ihn wahrnahm, und ihr gedroht:

»Wenn du ein Wort sagst, sorge ich dafür, daß dein Vater die Fotos kriegt.«

Es reichte Alison nicht, mit so vielen Kerlen, wie sie gerade kriegen konnte, zu bumsen. Sie mußte eine Erinnerungshilfe haben. Darum fotografierte sie alle nach dem Orgasmus. Aber auch diese Schwanzgalerie hatte sie nur am Anfang befriedigt, so war sie bald auf die Idee gekommen, sich mit ihrem jeweiligen Partner per Selbstauslöser beim Akt aufzunehmen. Der Star war natürlich sie. Mit ihrer Art von Beichte verhielt es sich freilich wie mit einem geheimen Tagebuch. Den Schreiber treibt die perverse Hoffnung, daß jemand es irgendwann doch einmal entdeckt und liest. Sie beging den folgenschweren Fehler, ihre Kunstwerke Alex zu zeigen. In der Woche darauf machte er mit ihr Schluß, allerdings nicht ohne zuvor ein paar von ihren Aufnahmen zu stehlen, unter anderem eine vom Küster, wie er im Pfarrhaus auf dem Sofa onanierte.

Obwohl also feststand, daß sie die Sache für sich behalten würde, hatte drückendes Schweigen auf den dreien gelastet. Staff versuchte nun seine Wut, Enttäuschung und seine Schuldgefühle durch schnelles Gehen abzureagieren. Mit gesenktem Kopf stürmte er voran in Richtung Innenstadt. Langsam lichtete sich der Dunst von Alkohol und Dope, und er fand wieder zu sich selbst.

Alex kannte Staff gut genug, um zu wissen, daß er keine Frauen vergewaltigte. Sein Amigo tat ihm leid, wie er so dahinstapfte, als drücke ihn ein immenses Gewicht nieder. Sie beide litten unter hoffnungsloser Langeweile und dem unausgesprochenen Wissen, daß die Zukunft nichts für sie bereithielt. Vor allem für Staff galt das. Seine Mutter soff wie ein Loch, sein Vater war nie da, und mit seinen Zeugnissen fand er so schnell keinen Job mehr. Dazu hatte er kein Geld, und mit seiner Freundin war auch Schluß. Alex seinerseits wollte zwar studieren, aber auf keinen Fall in einer Kleinstadt. Aber was kam danach? Arbeit? Als Buchhalter etwa? Als Beamter? Jawohl, arbeiten für ein kleines Haus, Frau und drei Kinder. Großartig! Und eines Morgens würde er aufwachen und feststellen, daß er ein übergewichtiger Geschäftsmann von fünfzig Jahren war wie all die anderen auch. Staff würde dann mit Frau, Kindern und einem Vorstrafenregister belastet in einer Sozialwohnung hausen. Wenn wir überhaupt so alt werden, sagte er sich. Bei Staff mußte er an einen bestimmten Song denken – ›My Generation‹. Wie ging der Text gleich wieder? Hoffentlich sterbe ich, ehe ich alt werde, oder so ähnlich. Gefängnis, Tod oder eine Nullachtfünfzehn-Sozialwohnung – das waren die Alternativen. Gab es überhaupt einen Unterschied?

In der Broad Street wandte Staff sich zu seinem Freund um.

»Danke. Ohne dich wäre ich wohl durchgedreht.«

»Vergiß es.« Alex zündete sich eine Zigarette an.

Sie stiegen eine steile Treppe zum Paragon hinunter. Alex fühlte sich an die Stelle im *Exorzist* erinnert, wo der Priester auf dem Höhepunkt seiner Glaubenskrise mit dem Dämonen ringt und stirbt. Der Kampf hatte ebenfalls in einem finsteren Durchgang stattgefunden.

Alex glaubte an nichts mehr. Sein Leben schien ihm eine lange, kerzengerade Straße. Mit Gold war sie nicht gepflastert, sondern ewig mit demselben öden, schwarzen Teer, und die Meilensteine hießen Geburt, Schule, Arbeit, Tod. Das zweitausendjährige Bath würde es auch nach seinem Tod noch geben, egal ob er mit fünfzig einem Herzinfarkt erlag oder schon lange vorher an Langeweile einging. Alex fühlte sich vom Gewicht der Kultur in dieser Stadt erdrückt, einer Kultur, die keinen Platz hatte für ihn. Daniel Defoe hatte schon recht gehabt mit seiner Feststellung, in Bath würden die schlimmsten aller möglichen Morde begangen – dort würde man die Zeit totschlagen.

Es gibt einfach keinen Gott und keinen Sinn, sagte sich Alex. Staff tippte ihm auf die Schulter. Er blieb verwirrt stehen.

»Was ist…?«

Staff deutete nach unten. »Schau doch mal.«

Ein paar hundert Meter unter ihnen rangen im Lichtschein einer Straßenlaterne zwei Gestalten miteinander.

»Könnte interessant werden«, meinte Staff. Den Blick auf die zwei geheftet, ging er weiter.

Alex zögerte noch. Das war ja ein total ungleicher Kampf. Der eine Widersacher war groß, breit und ungemein kräftig gebaut, der andere dagegen maß bestenfalls einssiebzig und war schmächtig. Und dafür mußte er büßen. Der Stärkere machte mit ihm, was er wollte. Mit seinen langen Armen hielt er ihn in sicherem Abstand, so daß der Kleine immer nur ins Leere schlug. Dann schleuderte er ihn mit einem Fausthieb gegen das Schaufenster einer Bäckerei.

Alex biß die Zähne aufeinander.

Hougan.

»Staff«, zischelte er.

Sein Freund drehte sich um. »Ich hab' schon kapiert.«

Unbändiger Zorn stieg aus Alex' tiefstem Innern hoch. Es war doch immer derselbe Tanz der Fäuste zum ewig gleichen Lied der Schmerzen.

Hougan hatte die Hände um den Kopf des Kleineren wie einen Schraubstock geklemmt – mit Ebenbürtigen schlug er sich nie. Das Motto war altbekannt: Reiz den anderen, bis er sich nicht mehr kennt, und dann setz an zum tödlichen Schlag. Hougan stieß den Kleinen jetzt rhythmisch mit dem Kopf gegen eine Haustür. Das dumpfe Klopfen war bis zu ihnen herauf zu hören.

Bei jedem Aufprall kamen Alex schmerzhafte Erinnerungen.

Hougan, wie er ihm in der Schule unvermittelt einen Kinnhaken versetzte.

Hougan, wie er ihm an einem verregneten Tag auf dem Heimweg auflauerte.

Hougan, wie er aus der Schule geworfen wurde, weil er einem Jungen auf dem Spielplatz die Zähne eingeschlagen hatte.

Hougan, wie er ihm beim Rugby gegen den Kopf trat und so tat, als wäre es unabsichtlich gewesen.

Hougan drosch dem Jungen die Faust mitten ins Gesicht. Ein gewaltiges Klatschen war zu hören. Der Junge prallte von der Wand zurück. Aus seiner zerquetschten Nase schoß Blut. Ein Schlag in den Magen, und er sackte zu Boden.

Alex schob den Kiefer wütend nach vorne. »Die Drecksau machen wir fertig!«

Brian nickte.

Hougan stand über dem zusammengekrümmt daliegenden Jungen und setzte zum Tritt an. Der andere hob hilflos den Arm. Bewußt langsam holte Hougan aus. Er weidete sich an dem angstverzerrten Gesicht. Daß Alex und Staff sich von hinten näherten, ahnte er nicht. Als sie sahen, daß er im nächsten Moment zutreten würde, stürzten sie sich auf ihn.

Er fuhr herum, doch schon bearbeitete Staff ihn mit Fausthieben. Hougan stolperte über den Jugendlichen und zog Staff mit sich nach unten, konnte aber nicht verhindern, daß Staff mit dem vollen Gewicht auf ihm landete. Staff traf ihn im Magen, doch Hougan schlug mit der Linken zurück und erwischte Staff an der Schläfe. Ein gräßlicher Schmerz jagte durch Staffs Kopf. Mit einem wütenden Brüllen schüttelte Hougan Staff ab und sah sich Alex gegenüber.

Alex zögerte. Das war ein Fehler. Hougan packte ihn an den Füßen und riß ihn kurzerhand um, so daß er auf der linken Schulter landete. Sein Sturzhelm flog in hohem Bogen davon. Er schrie vor Schmerzen auf. Obwohl sein Kopf noch dröhnte, landete Staff in diesem Moment einen Handkantenhieb in Hougans Gesicht. Hougan ächzte. »Du Scheißer!« brüllte Alex und trat nach Brians Hoden, traf aber nur den Hüftknochen. Staff sprang vor und trat ebenfalls zu – Hougan mitten in die Brust. Sein Gegner schlug mit dem Kopf auf das Pflaster.

»Der gehört mir!« brüllte Alex und stürzte sich auf Hougan. Mit beiden Fäusten trommelte er auf sein Gesicht ein, bis die Nase ein einziger Brei war. Im Arm hatte er rasende Schmerzen, aber noch rasender war seine Wut. Das verängstigte, verwundete Tier war in ihm erwacht. Es fletschte die Zähne und fuhr die Krallen aus. Jahre der Angst und der Demütigung brachen aus ihm heraus.

Und wieder schlug er mit aller Kraft zu.

Und noch einmal.

Und gleich wieder.

Alles verschwand in einem roten Nebel. Weder spürte noch hörte er, wie Hougans Kiefer barst und seine Zähne zerbrachen. Auch Staffs Schreie, er solle doch aufhören, bekam er nicht mit.

Er jagte die Faust ein fünftes Mal in Hougans Gesicht, auf die Wange diesmal. Der Kopf fiel in einem unnatürlichen Winkel zur Seite. Eine Stimme tief in Alex' geheimstem Inneren brach in ein hysterisches Lachen aus. »Du Drecksau! Du elende Drecksau!« kreischte er. Staff versetzte ihm einen Hieb und riß ihn von seinem Opfer weg.

Alex sprang hoch. Er hörte nicht auf zu toben. »Willst du auch anfangen, du Dreckskerl? Na los, komm her!«

Staff, dem der Kopf noch dröhnte, starrte Alex an, als sähe er ihn zum ersten Mal.

Alex bearbeitete Hougan erneut mit Fußtritten, da packte ihn Staff an der Schulter.

»Er ist tot.«

Erst nachdem er Alex noch einen Hieb versetzt hatte, erstarrte sein Freund.

»Was?«

»Er ist tot. Du hast ihm das Genick gebrochen. Mensch, Alex, er ist tot, verdammt!«

Er sah zu Hougan hinunter. Dessen Gesicht glich einem Hundepudding.

»O Gott... o mein Gott... neinneinneinnein, das ist nicht möglich...« Er schüttelte verzweifelt den Kopf. Sein Oberkörper schaukelte rhythmisch hin und her.

Die Stimme versagte ihm.

Staff warf einen Blick auf die Straße. Ein Motorengeräusch näherte sich.

»Komm schon, Alex, du mußt mir helfen.«

Er bückte sich und machte Anstalten, den Toten in die finstere Durchfahrt neben der Bäckerei zu schleifen. Alex schaukelte noch immer hin und her. Der halb bewußtlose Jugendliche stöhnte auf.

»Komm schon.«

Alex reagierte nicht.

»Scheiße!« sagte Staff und zog den Toten allein aus dem Laternenlicht.

Der Wagen war bald in Sichtweite.

»Alex!«

Langsam setzte Alex sich in Bewegung.

»Jetzt den anderen.«

Alex starrte ihn mit ausdruckslosen Augen an.

Staff beugte sich über den Jugendlichen. »Mach endlich, du dummer Sack!«

Der Wagen hatte sie schon fast erreicht.

Staff riß den halb Besinnungslosen hoch. Jetzt endlich begriff Alex. An die Stelle des Schocks trat nackte Panik. Er beugte sich über den Kerl und nahm ihn bei den Füßen. Gemeinsam mit seinem Freund schleppte er ihn in die Dunkelheit. In diesem Moment fuhr der Wagen vorbei.

Wieder stöhnte der Jugendliche.

»Was machen wir...«

Staff packte Alex am Arm. »Los, weg hier!« keuchte er und bückte sich nach den Sturzhelmen.

Alex zögerte. Verwirrt blickte er in die Durchfahrt.

»Jetzt aber weg!«

Alex ließ sich seinen Helm geben.

Jamie war fast schon am Fluß unten, da spürte er plötzlich ein Kribbeln im linken Arm. Nadelstiche rasten von der Schulter bis zur Hand hinunter. Er blieb stehen.

In der Upper Bristol Road herrschte an dieser Stelle fast völlige Finsternis. Das einzige Licht schimmerte von den orangefarbenen Straßenlaternen am anderen Flußufer herüber, wo die Lower Bristol Road in eine Landstraße überging. Über den offenen Feldern und den Motorbooten hing Grabesstille, und doch meinte er, die ganze Luft sei elektrisch aufgeladen. Sich den Arm massierend, setzte er sich auf eine Mauer.

(weg hier)

Mit dem blinden Vertrauen eines Pilgers ohne Augenlicht war er einem inneren Kompaß gefolgt. Sein Verstand war im Moment eine Tabula rasa. Er hatte aufgehört, bewußt zu handeln. Auf einmal schlug der Kompaß wild aus. Er war verwirrt. In seinem Kopf drehte sich alles.

(steh auf)

Der Gedanke war zu schwach. Er erreichte die bleiernen Glieder nicht. Auf was für einer unbekannten Straße er auch reiste, sein Ziel lag drüben, am anderen Flußufer. Und er hatte keinerlei Macht über die Ereignisse dort, was auch immer sich anbahnen mochte. Er war ein schiffbrüchiger Seemann und trieb in einem Boot ohne Ruder, der Willkür der Gezeiten ausgesetzt. Und dann stand die Kompaßnadel wieder still. Er erhob sich und ging weiter.

Staff ließ die Bitch gemächlich über den Queen Square tuckern. Ausnahmsweise hielt er sich an die Geschwindigkeitsbegrenzung. Alex kam es so vor, als kröchen sie im Schneckentempo.

Hougan war tot.

Er empfand rein gar nichts.

Keine Gewissensbisse, keine Panik, nicht die Spur von Übelkeit, obwohl sich ihm vorher auf dem Rückweg zum Motorrad der Magen noch umgedreht hatte und er eine heiße Brühe aus Guiness und Cidre auf den Bürgersteig gekotzt hatte.

Totale Leere.

Dabei hatte er ein so unnatürlich leichtes und klares Gefühl im Kopf.

Er hatte ihn erschlagen.

Alex lachte lautlos vor sich hin, während Staff den Weg zur Lower Bristol Road einschlug.

Die Uhr in der Fahrerkabine zeigte auf 11 Uhr 35. Harry bog in einem großen Bogen auf die Schnellstraße ab. Ein von Neonlampen beleuchteter kerzengerader Strich durch unterschiedlich hohe Hecken und dunkle Äcker – so bot sie sich ihm von seiner Warte aus dar.

Er gab Gas.

Müdigkeit befiel ihn. Er gähnte.

Heute lieferte er den Laster nicht mehr in der Firma ab. Er parkte ihn einfach vor seinem Haus und fuhr morgen damit in die Arbeit. Menschenskinder, sonst käme er ja erst nach Mitternacht heim – wenn der Scheißcapri überhaupt ansprang. Nein, nein, daß er heute noch am Motor rumbastelte, kam überhaupt nicht in die Tüte.

Nichts wie heim!

Endlich ein Bier und was zum Beißen.

Genau! Ab in die Lower Bristol Road, und in zehn Minuten war er zu Hause.

Das Schneckentempo ging Alex auf die Nerven. Er schob das Visier hoch und tippte Staff auf die Schulter.

»Nach Bristol, okay?« schrie er.

Staff nickte.

Staffs Bude reizte Alex nicht besonders, und das Haus seiner Mutter schien Lichtjahre entfernt zu sein.

Du kannst nicht mehr nach Hause.

Im Geist hatte er die Mauern der Vorstadtmittelklasse mit all der Sicherheit und Langeweile, die sie boten, längst übersprungen. Er war nicht mehr Alex Hurst, er war Alex der Drug. Er hatte Blut geleckt und war plötzlich ein ganz anderer. Nichts und niemand konnte ihm mehr etwas anhaben. Hougan war weg, und mit ihm die alten Ängste. Er spürte, daß auch Staff nicht mehr derselbe war. Sie hatten die Feuerprobe unbeschadet überstanden.

Entschlossen streckte er die Faust nach vorne und deutete eine Drehbewegung an. Staff nickte begeistert.

Vollgas.

Gemeinsam waren sie stark. Das Band zwischen den zwei wegen ihrer verschiedenen Herkunft ungleichen, doch dank ihrer Gefühle verbundenen Seelen war fester denn je. Unzertrennliche siamesische Zwillinge waren sie geworden.

Staff jagte die Bitch auf hundert hoch.

Alex strahlte. Alles andere war egal. Nur die Maschine zählte noch. Sie, das Tempo und die zwei Jungen verschmolzen zu einer einzigen donnernden, sich immer weiter beschleunigenden Bewegung.

Die Häuser wichen wieder den Fabriken, und die würden bald den weiten Feldern zu beiden Seiten der Schnellstraße Platz machen.

Er fühlte sich groß und stark und glücklich. Wie hieß es in dem Film von James Cagney?

»Top of the world.«

Ha ha! Du fliegst weit über dem Rest der Welt!

Alex lachte wild.

Jamies Bewußtsein brach auseinander, als er den Fuß auf die alte Brücke mit der holperigen Fahrbahn setzte.

Erst hatte er noch geradeaus nach vorne geschaut, doch auf einmal blickte er paradoxerweise aus einer großen Höhe auf sich selbst hinab. Eine winzige, von der Dunkelheit fast verschluckte Gestalt war er und starrte die Ampel am anderen Ende der Brücke an. die gespaltene Wahrnehmung hielt eine Sekunde, eine Ewigkeit an, dann fiel er vom Himmel herunter. Mit unvorstellbarer Geschwindigkeit sauste er dem Boden entgegen, raste auf seinen eigenen Körper zu. Er hörte riesige lederartige Flügel durch die Nachtluft rauschen. Sie gehörten uralten Wesen aus einer anderen Welt, denen die Zeit nichts anhaben konnte.

Etwas streifte seinen Körper. Er stieß einen Schrei aus, ein schrilles, die eigenen Ohren durchdringendes Heulen.

Stille. Totale Stille. Eine mit einem eigenartigen Versprechen befrachtete Stille.

Gräßliche Furcht ging von dieser Stille aus, dieser bislang ungeahnten, unvorstellbaren Stille, die jedes Nervenende, jedes Molekül bloßlegte.

Es ging dem Ende zu.

Harry rieb sich die müden Augen. Mit neunzig Sachen jagte er den Laster auf Bath zu.

Bleierne Müdigkeit kroch ihm über die Schultern. Er gähnte.

Eine halbe Meile noch bis zur Ampel, dann nichts wie rein in die Lower Bristol Road. Die Ampel stand auf Rot. Er bremste ab, hoffte aber, sie würde gleich umschalten.

Jamie sah den Laster die Schnellstraße hinunterholpern. Zugleich hörte er hinter sich ein Motorrad knattern. Es wurde immer lauter.

Die Ampel schaltete auf Grün, und der Laster gab Gas.

Das Knattern schwoll zum Donnern an.

Harry sah die Maschine auf sich zurasen. Im ersten Moment glich der Scheinwerfer dem runden Auge eines Zyklopenbabys, im nächsten dem eines ausgewachsenen Riesen.

Der Spinner fährt ja mindestens hundertfünfzig, dachte er und unterdrückte ein Gähnen.

Auf einmal wackelte der Scheinwerfer. Ein Funkenregen stieg in die Luft. Das Licht schoß geradewegs auf ihn zu.

Ehe Harry zum Schreien kam, schleuderte ihn ein Stoß in den Gurt. Sein Kopf wurde zur Seite gerissen. Das Motorrad hatte sich vorne in den Lastwagen gebohrt.

Harry brüllte.

Jamies Augen weiteten sich. Die Nacht explodierte mit dem ohrenbetäubenden Knall von fünf Zentnern Motorrad auf eineinhalb Tonnen Lastwagen.

Die Bitch machte beim Aufprall hundertfünfzig Sachen,

der Laster neunzig. Sie verkeilten sich also mit insgesamt zweihundertvierzig Kilometer pro Stunde ineinander.

Höchstgeschwindigkeit ging in Zeitlupe über. Jamie bekam so das grausame Spektakel bis ins Detail in übernatürlicher Schärfe mit.

Der Sozius flog über den Kopf des Fahrers hinweg und löste sich auf in einem roten Brei wie eine überreife Tomate, die gegen eine Wand geschleudert wird. Fleischfetzen, Knochensplitter regneten herab, während der Rest des Körpers gegen die Windschutzscheibe krachte. Die Kühlerhaube des Lasters schien das Motorrad am Stück zu fressen. Mit einem bösen Wolfsgrinsen sah sie mit an, wie aus Mensch und Maschine ein Wesen aus Muskeln und Blech, Eingeweiden und Motorenteilen wurde.

Der Laster kam von der Bahn ab und schlitterte noch hundert Meter weiter, direkt auf ein Haus zu. Blech und Metall wurden über den Teer geschleift, daß die Funken stoben, tiefe Furchen gruben sich in das dunkle Fleisch der Erde, dann kam der Laster Zentimeter vor der Mauer zum Stehen.

Mit der Endgültigkeit des Schlußvorhangs nach dem letzten Akt senkte sich plötzliche Stille über die Szene.

19. September 1980

Im Frost der letzten Nacht waren die Blumen auf dem Grab erfroren.

Jamie zog den Mantel enger um sich und blies in die Hände. Warum hatte er sich auch keine Handschuhe angezogen? Obwohl es Mittag war, lag der Friedhof einsam und verlassen da. Selbst die Vögel auf den Bäumen schwiegen. Das einzige Geräusch war das gedämpfte Rumpeln der Laster auf dem Rush Hill.

»Na, Alex, wie ist das so?«

Kaum stiegen seine Worte gen Himmel, da merkte er, daß er neben sich stand und sich beobachtete. Wenn sie jetzt in einem Film von Brian di Palma wären, sagte er sich, würde Alex gleich aus dem Grab vor ihm geschossen kommen.

Aber das war unmöglich.

Die Polizei und die Sanitäter hatten am Unfallort zunächst keine Leichen finden können. Alex hatte ganz einfach zu existieren aufgehört. Seine sterblichen Überreste waren bei dem Aufprall in alle Himmelsrichtungen verstreut worden. Hätte man nicht Stafford Rivers identifiziert – obgleich sein zerfetzter Körper sich mit solcher Wucht in die Kühlerhaube gebohrt hatte, daß es Stunden dauerte, bis er herausgeschweißt war – hätte die Polizei den Namen des Beifahrers nie so schnell ermittelt. Alex war der Alptraum eines jeden Gerichtsmediziners. Nichts paßte mehr zusammen bei diesem nur noch aus winzigen Einzelteilen bestehenden Puzzle. Das größte erhaltene Stück war die Wirbelsäule mitsamt einem Teil des Brustkorbs. Aber das Anschlußstück war unauffindbar. Es gab keine Glieder mehr, sondern nur noch Fragmente von Knochen, Hautfetzen, Muskelfasern, eine Handvoll Zähne und Teile des Schädels. Und das bißchen sollte man beerdigen? Wozu brauchte man einen Sarg, wenn das alles in zwei kleine Plastiktüten paßte? Die wenigen Überbleibsel taugten nicht einmal als Futter für die Würmer. Also hatte man die fünfzehn Pfund Überreste verbrannt. Auf einem Grabstein hatte seine Mutter jedoch bestanden. Er wurde neben der letzten Ruhestätte seines Vaters aufgestellt.

Jamie staunte, wie wenig ihn der Tod seines Bruders berührte. Beim Begräbnis hatte er nichts empfunden, und auch jetzt, als er auf die graue Schiefertafel mit Alex' Namen darauf starrte, fühlte er nichts. Vielleicht kam das in späteren Jahren. Das hatte zumindest der Hausarzt gemeint. Daran hatte er jedoch seine Zweifel. Zwar hatte er seinen Bruder geliebt, aber eher einer Pflicht folgend, wie es eben bei Geschwistern oft der Fall ist. Und nachdem das Chaos um die Beerdigung vorbei war, hatte er nur noch Erleichterung empfunden. Er hatte erwartet, in ihrem kleinen Haus würde Trauer herrschen, aber statt dessen kam es ihm auf einmal wie vollständig erneuert vor.

Er, Jamie Hurst, war neugeboren.

Er begriff, daß Alex einen riesigen Schatten über sein Leben geworfen hatte. Und kaum war dieser Sturm vorübergezogen, riß die Wolkendecke auf, und die Sonne wagte sich heraus. Der Schatten verfolgte allerdings immer noch seine Mutter. Wahrscheinlich würde er sie nie verlassen. Sie hatte sich zu sehr an ihr Schwarz gewöhnt, um jemals wieder die Kleider zu wechseln. Ein Jahr lag der Unfall jetzt zurück, doch sie schluckte noch immer Tranquilizer. Da half auch Julians Rückkehr nichts, der ihretwegen seinen Job auf der Erdölplattform in der Nordsee aufgegeben hatte. Jamie dagegen war von Tag zu Tat stärker geworden. Die letzten Prüfungen hatte er mit Glanz und Gloria bestanden, und er war auf dem besten Weg zur Universität von Oxford. Dazu hatte er im Januar seine erste Kurzgeschichte an eine angesehene Literaturzeitschrift verkauft. Im Augenblick arbeitete er an einem Roman. Allein im Sommer hatte er zweihundert Seiten geschrieben.

Sein Leben hatte plötzlich einen Sinn. Er begriff nun, wie es Saul auf dem Weg nach Damaskus ergangen sein mußte. Er war blind gewesen, konnte nun aber sehen, freilich nicht mit den Augen eines Siebzehnjährigen, sondern mit denen eines Altvorderen, der über geheimnisvolle, dem Rest der Menschheit vorenthaltene Kenntnisse verfügte. Damals hatte ihm sein Bruder die Sonne verstellt, jetzt badete er in Licht. Der Unfall hatte seine Wiedergeburt, seine Taufe bedeutet, einen Gnadenbeweis, dem die Fallstricke der Pubertät nichts anhaben konnten.

Alex hatte seinen düsteren Traum gelebt: schnell leben, früh sterben. Jetzt aber war Jamie an der Reihe. Da wo sein Bruder versagt, oder sein Ziel erreicht hatte – was, das hing ganz vom jeweiligen Standpunkt ab –, lag sein Ausgangspunkt. Er würde seine Ziele verwirklichen.

Nur ein Zweifel plagte ihn. Eine Frage vielmehr, von der er nicht wußte, ob er sie nicht lieber unbeantwortet lassen sollte.

Was war in jener Nacht geschehen? Und warum?

Als das Motorrad in den Laster gerast war, blieb er eine Ewigkeit – in Wirklichkeit freilich keine Minute – erstarrt stehen, dann ging er davon. Er empfand nichts von alledem, was einen in solchen Momenten eines plötzlichen, tragischen Todes eigentlich befallen sollte: Schock, Entsetzen, Bestürzung. Natürlich hatte er unmöglich sehen können, daß ausgerechnet Alex vor seinen Augen gestorben war. Diese schreckliche und zugleich befreiende Gewißheit kam erst später. Und doch *wußte* Jamie es in einer tieferen, einer primitiven Schicht seines Bewußtseins.

Er ging, ohne zu ahnen, daß im Laster noch ein Blinder saß, der in einem stillen Todeskampf lautlos brüllte, weil Glassplitter ihm die Stimmbänder durchtrennt hatten. Und auf dem Rückweg über den Fluß spürte er, wie ein Teil seiner selbst – die Unschuld vielleicht? – sich auf geisterhaften Flügeln in die Luft erhob und mit einem Knattern wie von Leder im Nachtwind und der Dunkelheit verschwand. Im Herzen empfand er einen nie gekannten Frieden. In diesem tranceähnlichen Zustand lief er nach Hause, legte sich ins Bett und fiel sofort in einen tiefen, traumlosen Schlaf. Weder Ängste aus der Welt der Erwachsenen noch Sorgen des Pubertierenden konnten den unschuldigen Schlummer des Neugeborenen stören. Am nächsten Morgen weckten ihn die Glocke und Sekunden danach das Kreischen seiner Mutter.

Jamies Welt hatte sich verändert.

Alex hatte eine Lüge gelebt. Gewoben hatten sie diejenigen, die aus Furcht vor der Isolation in ihrem eigenen Gefängnis hausten. Solange der Rasen ordentlich gemäht war, die Vorhänge mit dem Blumenmuster richtig hingen und die Schecks gedeckt blieben, gab es Selbstmord von Jugendlichen, Inzest, Alkoholismus, Drogenmißbrauch, Vergewaltigungen, Hunger oder Krieg allenfalls in den Zeitungen. In der Mittelklasse war man zu schlau – oder zu dumm – um sich von solchen Übeln berühren zu lassen. Aber Jamie wollte der Lüge auf den Grund gehen, wollte ihre Masken ausprobieren, die Wahrheit herausfinden, egal, wie häßlich sie war. Und wenn er einen Preis zu entrichten hatte, so wollte er dem Fährmann gern seinen Lohn geben und den Fluß ein letztes Mal überqueren, denn für ihn stand fest, daß er dann Wege durchschritten hatte, wie sie nur die wenigen Auserwählten kennen: die Träumer, die Verrückten, die Rastlosen.

Er mußte niesen. Die übliche Herbsterkältung bahnte sich an.

Daß er sich da in der kalten Septemberluft herumtrieb, war seiner Gesundheit auch nicht gerade förderlich.

»Tschüs, Alex.« Seine Stimme klang ungewöhnlich laut in dieser Friedhofsstille.

Als er sich zum Gehen wandte, bemerkte er eine Krähe, die auf einer alten Eiche hockte und ihn beobachtete.

Krächzend breitete sie ihre Flügel aus.

Jamie hatte dem Toten eine allerletzte Ehrung erwiesen.

Nun konnte er den steilen Anstieg zum Rush Hill bewältigen, auf dem seine Schule lag. Als er nur noch ein Punkt in der Landschaft war, erhob sich die Krähe in die Luft. Immer höher stieg sie in den klaren Himmel hinauf.

Bald war auch sie nur noch ein schwarzer Tupfen in der teilnahmslosen, tiefblauen Weite.

Für:
Piers Locke,
Alice Cooper,
und in Liebe – Kitty.
Das Unheimliche an dieser Geschichte: Sie ist gewissermaßen wahr.
Die alten Geister sind tot – lang sollen sie leben, die neuen Dämonen!

London im Januar 1990

J. S. RUSSELL

Die Stadt der Engel

J. S. Russell gibt es nicht. Darum auch die kurze Einführung.

Hinter dem Pseudonym ›J. S. Russell‹ verbirgt sich ein junger Südkalifornier, der unter einem anderen Namen Sachbücher verfaßt. ›Die Stadt der Engel‹, die im Herbst 1990 im Midnight Graffiti *erschien, ist seine erste Erzählung.*

Zur Zeit hat Russell mehrere Kurzgeschichten bei allen möglichen Horrormagazinen eingereicht. Es kann also gut sein, daß sein Künstlername bei Erscheinen von Splatterpunks *ein fester Begriff ist. Wenn nicht, dann dürfte sich mit ›Die Stadt der Engel‹ Russells nom de plume spätestens jetzt in jedem Hinterkopf festsetzen. Und zwar für immer. Denn hier haben wir eine Erzählung, die sich das abgegriffenste Klischee der Science-fiction vorknöpft – die Zeit nach einem nuklearen Holocaust – und es auf die gruseligst vorstellbare Weise demontiert.*

Bei der Geschichte mußte ich übrigens ganz schön lachen. Und das nicht nur einmal.

Andererseits sollte sie niemand ohne Brechtüte anfangen. Wenn sich an einer Splatterpunkgeschichte wüste Kontroversen entzünden, dann an der hier.

Ein Vorschlag.

Haben Sie in Ihrem Bekanntenkreis einen absolut hartnäckigen, sturen, unbelehrbaren Besserwisser, der sich durch nichts davon überzeugen läßt, daß aus dem Splatterpunk etwas Gutes kommen kann?

Ja? Dann geben Sie ihm doch ›Die Stadt der Engel‹ und sagen Sie ihm in Ihrem süßesten Tonfall, dies sei ein nüchterner Blick auf ein todernstes Thema. Sobald er sich ans Lesen macht, lächeln Sie einfach …

… lehnen sich zurück und genießen den Anblick.

Die Stadt der Engel

»Ich kau' mir 'n neues Arschloch«, brummelte Porky.

Den Satz wiederholte er unablässig seit Demodisk deswegen vor dem zerstörten Observatorium einen Lachkrampf bekommen hatte. Und das lag nun schon Stunden zurück. Am Anfang hatte Demo ihn noch korrigiert: »Ich kau' *dir* das Arschloch. *Dir*!« – aber Porky hatte ihn nur dämlich angegrinst, sich mit seinem dicken, fleischigen Daumen gegen die Brust geklopft und darauf beharrt: »Ich kau' *mir 'n neues* Arschloch.«

Wenn Porky sich erst mal was in den Kopf gesetzt hat, bringt ihn keiner mehr davon ab. Die Sache mit dem Baby neulich war ja so was. Wir standen vor dem alten Hollywoodschild, von dem allerdings nur noch ein H-O-L-Y übrig ist. Und dort stöberten wir so ein schwarzes Mädchen mit einem Baby auf dem Arm auf, das sich in der Ruine einer Armeebaracke versteckt hielt. Viridiana kann mit Bimbos nichts anfangen und hat das Mädchen gleich allegemacht. Das ging so ruckzuck, daß Demo und ich unsere Schwänze gar nicht schnell genug in Stellung bringen konnten. Na gut, Demo sagt, daß er nicht so heikel ist und seinen Schwanz überall reinsteckt, Hauptsache es hat einen Schlitz; er macht sich also gleich über sie her. Ich denke mir, ich probier's mit ihrem Mund, aber dann sehe ich, wie schief und schwarz ihre Zähne sind, und da ist es mir dann doch vergangen.

Also laß' ich Demo weitermachen und sehe Porky und Viridiana beim Tauziehen zu. Babyziehen müßte es eigentlich heißen. Es ist ein winziges, dürres Ding, aber es kreischt wie eine Rakete kurz vor dem Einschlag. Porky zieht an den Füßen, Viridiana am Kopf. Na ja, denke ich mir, ein dritter kann da auch nicht schaden, gehe rüber und packe es irgendwo in der Mitte. Aber der Teufel soll mich holen, wenn Viridiana nicht in dem Augenblick dem plärrenden Balg den Kopf verdreht, einfach so zum Spaß. Ein deutliches Knacksen, und dann ist Stille.

Auf einmal tut Viridiana ganz zerknirscht rum, aber ich kann deutlich das Lächeln in ihren Augen sehen. Porky regt sich entsetzlich auf. Er fuchtelt mit seiner 9mm Needler rum und schreit, daß er sie dafür durchsiebt, doch da kommt Demo grinsend zu uns zurück, stopft sich den Schwanz in die Hose und macht einen ganz tollen Vorschlag: »Wißt ihr was? Die kochen wir.« Da beruhigen sich die Gemüter wieder.

Bald darauf zerschneiden wir das Fleisch gemeinsam und kochen uns ein schönes Abendessen. Der Tag verblaßt schon wie eine alte Bluejeans.

Dann sitzen wir draußen und sehen uns den Himmel an. Der wurde so lila wie die großen Lilien, die überall aus den Trümmern der Stadt wachsen. Demo, Porky, Viridiana und ich mögen ja jetzt so eine Art Familie sein, aber das mit dem Schlafen ist immer noch eine komische Sache. Wie oft habe ich schon auf dem Rücken geschlafen und bin in der Nacht aufgewacht, weil Demo und Viridiana an meinem Schlauch rumgefummelt haben. Aber auf dem Bauch schlafen nützt mir auch nichts, denn dann würde Porky mir sein Ding in den Arsch stecken.

Deshalb wartete ich lieber, bis die anderen friedlich schlummerten. Mir war klar, daß Porky sich was Neues ausdachte, weil er seit dem Essen nichts mehr gesagt hatte und sich unablässig den Kopf kratzte und noch dämlicher dreinschaute als ohnehin schon. Am Ende muß ihn wohl ein Gedankenblitz gestreift haben, denn auf einmal ging es los mit dem Geschwätz über Schwangere und ihre ungeborenen Babys.

Irgendwann konnte Demo das nicht mehr hören und sagte: »Beim guten Elvis am Kreuz, was soll denn das schon wieder?«

Eine Minute lang hält Porky den Mund und starrt nur den Schmutz auf dem Boden an. »Ich hab' mir bloß was überlegt«, sagt er dann. »Wir müssen doch nur 'ne Schwangere auftreiben. Der schneiden wir dann den Kleinen aus dem Bauch. Jede Wette, daß so was noch tausendmal besser schmeckt als alles andere.«

Porky sah uns an wie ein kleiner Junge, der sich in die Hosen gemacht hat und nicht weiß, was die anderen dazu sagen werden. Viridiana lag gegen einen Baum gelehnt da und schien zu dösen. Die Hände hatte sie über ihrer gewaltigen Brust gefaltet. Sie schlug die Augen auf und beugte sich über Porky. Mit ihren drei Fingern strich sie ihm über das schüttere Haar. »Was, zum Teufel, ist los mit dir, Porky?« fragte sie ganz von oben herab. »Wo, in Ronald Reagans Namen, sollen wir denn eine Schwangere auftreiben?«

Porky sah drein wie ein begossener Pudel, aber die nächsten zwei Tage bekamen wir von ihm nichts anderes zu hören als Gefasel von den Babys. Drum war es irgendwie auch ganz wohltuend, als er mit dem Arschloch anfing, das er sich kauen wollte. Aber nach anderthalb Tagen vermißte ich direkt sein Geschwätz von den Babys.

Außer Essen gab es für ihn kein anderes Gesprächsthema.

Der Doc hatte es uns gesagt, aber auch ohne ihn hätte ich gewußt, daß es mit uns den Bach runterging. Porkys Gesicht war knallrot und aufgedunsen wie ein Ballon. Von seinen Wangen und Armen hing die Haut in langen, dünnen Streifen herunter. Dazu jammerte er über seine Knie. Sie würden bei jedem Schritt knarzen. Wenn er ging, hörte es sich wirklich an, als würden Kieselsteine gegeneinander klappern.

Viridiana ging es nicht besser. Aus so ziemlich jeder Pore kam Schleim heraus. Aus den Pusteln im Gesicht und dem Hals tröpfelte es unentwegt. Und der große

Fleck zwischen ihren Beinen schien jeden Tag zu wachsen. Und der Gestank erst! Zum Schluß entfernte sie sich vom Lager, und ich sah, wie sie sich das Hemd über den Kopf zog und ihre gewaltigen Brüste knetete. Dazu fluchte sie wie ein Droschkenkutscher. Als ich ihren Namen rief, drehte sie sich um. Und da sah ich, wie eine klebrige Flüssigkeit aus ihren Brustwarzen sickerte. So eine Farbe hatte ich noch nie aus einem Menschen kommen sehen, aber ich sagte kein Wort. Sie sah mich mit dem traurigen Blick eines Hundes an, und mir war klar, daß sie am liebsten losgeheult hätte. Aber sie hatte uns ja immer weismachen wollen, daß sie stärker sei als wir alle zusammen. Weil mir nichts zu sagen einfiel, entfernte ich mich stumm.

Bei mir tropfte es ja auch schon aus den unmöglichsten Stellen. Begeistert war ich ehrlich gesagt auch nicht gerade. Als einziger sah Demo noch einigermaßen gut aus, aber ich wußte, daß auch er Schmerzen hatte, innere. Von Tag zu Tag wurde er schrulliger, redete fast nur noch Blödsinn daher und konnte sich weder an unsere Namen noch an Wörter wie Gras oder Himmel erinnern. Hin und wieder rollte er wild mit den Augen und fraß alles mögliche verfaulte Zeug auf dem Boden. Dann war er aber wieder ganz der Alte und hielt uns mit seinen Witzen bei Laune.

Wie dem auch sei, der Doc sah auch nicht unbedingt berauschend aus. Aus seiner leeren Augenhöhle tropfte dauernd so klebriges Zeug. Es könne sich nur noch um Tage handeln, erklärte er uns. Die anderen sahen es, glaube ich, auch kommen. Nur der olle Porky wollte es nicht zugeben. Er quasselte unentwegt von dem Arsch, den er sich kauen wollte. Doch dann sprang er plötzlich den Doc an und verbiß sich in seinem Bauch. Er kriegte nur ein winziges Stückchen ab, weil wir ihn gleich fortzerrten. Der Doc nahm es ihm aber gar nicht mal so krumm.

»Wir Angelinos müssen doch zusammenhalten«, sagte er und kletterte in seinen Golfwagen. »Aus Zeiten wie diesen können wir alle was lernen.«

Viridiana schäumte vor Wut. Porky sei jetzt fällig, schrie sie, doch Demo und ich brachten sie wieder davon ab. Für uns drei stand allerdings fest, daß wir Porkys Äußerungen von nun an wohl etwas wörtlicher nehmen mußten.

Und dann beschlossen wir, weil sowieso schon alles egal war, am nächsten Morgen mitten ins Zentrum vorzustoßen. Ich versuchte mich an Los Angeles zu erinnern, aber das lag alles hinter einem dicken Schleier. Die Freeways fielen mir ein, die Läden und all die schönen Menschen, der Lärm, die Mexikaner, die an den Straßenecken Orangen und Erdnüsse verkauften – nichts davon war übrig. Ich dachte an die hohen Palmen, deren Namen ich mir nie hatte merken können – jetzt brauchte ich mir da keine Mühe mehr zu geben.

Und dann fiel mir dieser eine Tag wieder ein. Schreckliche Blitze hatte es geschleudert und Sturmwinde hatten gepeitscht. Komisch, daß es mir so natürlich vorgekommen war, so unvermeidbar. Ich weiß noch, daß ich es mir schon immer ganz abstrakt vorgestellt und mir auch überlegt hatte, wie es wohl danach sein würde. Dabei hatte ich aber mehr an Abenteuer und Romantik gedacht, wie in den netten alten Filmen, in denen die Leute Ledersachen anhatten und immer Autos ineinander rasten.

Wenn ich jetzt so zurückdenke, kann ich gar nicht glauben, daß das Ganze keine zwei Jahre zurückliegen soll. Ich meine manchmal, es müßten Jahrhunderte sein und komme mir vor wie der älteste Mensch, den es je gegeben hat. Und dann ziehe ich den alten Führerschein aus der Tasche und sehe mir das Foto von dem Fremden darauf an und sage mir: das bin ja ich.

Ich bin dreißig Jahre alt und werde den einunddreißigsten Geburtstag nicht mehr erleben. Manchmal, wenn ich nicht richtig schlafe, sondern so halb wach vor mich hinträume, sehe ich das Gesicht meiner Janey. Um alles auf der Welt möchte ich sie dann wieder neben mir spüren, sie auf mir liegen haben oder sie einfach nur anschauen, während sie sich beim Fernsehen einen ablacht. Komisch, wie sehr ich jetzt diese dämlichen Fernsehkomödien vermisse, seit es sie nicht mehr gibt.

Und dann sehe ich diese Bande in die Küche stürmen und sie von allen Seiten mit elektrischen Messern zerstükkeln und lachend in ihrem Blut tanzen, so wie damals Gene Kelly im Regen.

Und dann sage ich mir, *wenn sich was ändert, dann ändert es sich eben, und dagegen kann man auch nichts machen. Heulen und mit seinem Schicksal hadern hat ja doch keinen Sinn. Zurück können wir nicht. Eine Glocke, die geläutet hat, hat geläutet, und für die Toten gibt es kein Leben.*

Und dann bin ich ganz froh, daß es sich nur noch um Tage handeln kann.

Wer hätte gedacht, daß die verrückte Idee mit den Babys Porkys Tod sein würde?

An den Schatten erkannten wir schon, daß wir uns dem Zentrum näherten. Gehört hatte ich ja schon von ihnen, aber geglaubt hatte ich es nie. Doch sie waren überall. Die schwarzen Silhouetten von den Leuten, die um den Aufschlagpunkt herumgestanden hatten. Ihre Körper hatten sich in Luft aufgelöst, aber ihre Schatten waren auf ewig in den rissigen Beton gebrannt.

Demo konnte es natürlich nicht lassen und veranstaltete mit der Hand und der Taschenlampe Schattenspiele, daß den Silhouetten Schwänze und Titten wuchsen. Dazu piepste er wie Mickey Mouse. Es war ja auch irgendwie witzig, aber richtig gelacht hat keiner von uns. Dafür war unser Ende viel zu nah. Mich juckte überall die Haut, daß ich meinte, ein ganzer Ameisenhaufen würde über mich laufen und mich beißen. Mein Körper war teilweise schon ganz weich, und ich hatte Angst, ich würde gleich platzen wie eine überreife Tomate, wenn jemand mich zu fest drückte.

Porky zerfloß wie Eis unter der Wüstensonne. Die Haut am Gesicht und den Armen hing ihm in Fetzen herunter, und die Muskeln und Sehnen glänzten so rosa wie die Leber beim Metzger. Er keuchte und humpelte wie ein Hund mit drei Beinen, schwadronierte aber weiter von seinen schwangeren Frauen.

Wir bogen in die Reste einer Straße ein – vielleicht war's sogar der Sunset Boulevard –, und da sah Porky sie in einer Lache Elvis weiß was liegen. Sofort stürzte er auf sie zu, daß die Knochen knackten. Ich wollte ihn festhalten, aber Viridiana fiel mir in den Arm. So sah ich tatenlos zu, wie Porky den aufgeblähten Körper umdrehte und mit seinen schuppigen Klauen den Bauch aufriß. Es klang, als zerfetzte eine Sturmböe ein Segel. Das schwarze Fleisch bot gar keinen Widerstand, und im nächsten Augenblick wurden gurgelnde Gase freigesetzt. Ein schmutzig roter Geysir sprudelte aus dem fauligen Kadaver in die Höhe und bespritzte Porkys enthäutete Wangen. Das schien er aber gar nicht zu merken. Er schaufelte weiter wie ein Besessener brackigen Schleim aus dem Torso und wühlte in dem brüchigen Gewebe nach einem Fötus. Dann bekam er etwas kleines, rundliches zu fassen, eine verschrumpelte Niere vielleicht. Die rammte er sich in den Mund und kaute hingebungsvoll.

»Ja!« hörte ich ihn zwischendurch mit vollem Mund rufen. »Gut – hmmmm!«

Plötzlich weiteten sich seine Augen. Er fing an zu würgen, aber mit einem solchen Getöse, daß man meinen konnte, ein Rohr wäre geplatzt. Unvermittelt verstummte er und sackte vornüber zusammen. Mit dem Gesicht landete er mitten auf dem Kadaver, der beim Aufprall wie ein verfaulter Kürbis platzte. Für uns stand schon fest, daß Porky mausetot war.

Ich wollte ihn ja dort liegenlassen. Vielleicht war seine letzte Ruhestätte einst sogar ein schönes behaartes Möschen gewesen, doch ausgerechnet Viridiana kam da auf eine ganz andere Idee. So schnitt Demo Porky in Stücke, und die kochten wir auf kleiner Flamme. Solange wir aßen, schwiegen wir – richtig unnatürlich war das. Aber dann dachte ich, wo immer Porky sich jetzt auch aufhielt, das Mahl war sicher in seinem Sinn.

Ich meinte, die Augen würden mir aus den Höhlen springen. Und die Zunge fühlte sich an wie ein zersplittertes Stück Holz. Am Wegesrand fanden wir mutierte Blumen und staunten über die fließenden surrealen Farben vor dem Hintergrund der untergehenden Sonne. Die dünnen Wolken sahen aus wie Wolle am seidigen, malvenfarbenen Himmel, und für einen Bruchteil glaubte ich mich daran zu erinnern, was Schönheit bedeuten konnte.

Demo war wieder einmal geistig weggetreten, aber das hatte nun auch nichts mehr zu bedeuten. Ich warf einen Blick zu Viridiana hinüber. Lag es am Zwielicht oder an der Art und Weise, wie sie den Kopf drehte? Auf alle Fälle glaubte ich sie so zu sehen, wie sie einmal als junges Mädchen gewesen sein mußte – hübsch und voller Träume.

Ich ging zu ihr hinüber und legte die Hand auf ihre Schulter. Unter der Berührung zerbröselten ein paar Knochen. Sie starrte mich erst erschrocken an, doch dann nahmen ihre Augen einen anderen Ausdruck an. Sie schien zu verstehen.

Wir zogen uns gegenseitig aus, ängstlich darum bemüht, einander möglichst wenig von der Haut abzureißen. Dann legten wir uns in das Bett aus den herrlichen Farben. Sie war eine tropfende Masse, und ich nehme nicht an, daß ich viel anders aussah. Sie spreizte die Beine, und ich legte mich auf sie und schlüpfte hinein. Ich glitt ein bißchen tiefer als richtig oder natürlich gewesen wäre, aber das kümmerte uns genausowenig wie die klatschenden Geräusche, die dabei entstanden. Ich hatte das Gefühl, daß es so war, wie es schon immer gewesen ist, und es war schön so. Viridiana gab eine Art Miauen von sich – es hörte sich glücklich an. Ich selbst war ja seit jeher ein stummer Fisch beim Bimpern, aber auch mir machte es Spaß.

Danach blieb ich noch auf ihr liegen. Ich schloß die Augen und dachte an die Zeit mit Janey. Ich glaube, so glücklich hatte ich mich nie zuvor gefühlt.

Irgendwann rollte ich mich dann doch zur Seite – genau in dem Augenblick, als Demo auf uns zugeschlendert kam. In den Händen hielt er einen sperrigen Gegenstand. Direkt über Viridianas Kopf blieb er stehen und grinste sie von oben herab an. Und dann schoß er zwei kleine Löcher in ihre Augen. Weiß Elvis, wo er das Luftgewehr gefunden hatte.

Viridiana gab keinen Laut von sich. Sie hörte ganz einfach zu atmen auf, als dunkelrote Tränen aus ihren Augenhöhlen spritzten und die Wangen hinabströmten.

Ich sah Demo fragend an. Sein Grinsen reichte jetzt von einem Ohr zum anderen. Ich stand auf und gab ihm einen freundschaftlichen Klaps auf den Kopf, doch das werde ich nie wieder tun. Er kicherte zwar, aber ich spürte, wie in seinem Hinterkopf etwas verrutschte.

»Tja, die hätten wir wohl beide genagelt«, sagte er.

Lachend ging ich mit ihm dem Meer entgegen, über dem die Sonne versank.

Ich kann's gar nicht oft genug sagen. Dieser Demo ist eine Wucht.

GEORGE R. R. MARTIN

Der Fleischhausmann

1

Im Fleischhaus

Auf direktem Wege verließen sie die Erzfelder zum erstenmal: Trager und die anderen, die älteren Burschen, die fast erwachsenen Männer, die ihre Leichen neben den seinen führten. Cox war der älteste und erfahrenste der Truppe, und er sagte, daß Trager demnächst mitkommen müsse, ob er nun wollte oder nicht. Darauf lachte einer der anderen und meinte, Trager würde wohl nicht einmal wissen, wie er es anstellen sollte; aber Cox, die heimliche Autorität unter ihnen, stieß ihm in die Seite, worauf dieser seinen Mund hielt. Und als Zahltag war, folgte Trager den Kerlen ins Fleischhaus, ängstlich zwar, aber doch irgendwie voller Neugier. Er gab dem Mann unten sein Geld und bekam dafür einen Zimmerschlüssel.

Nervös, mit schlotternden Knien, betrat er den düsteren Raum. Die anderen waren in ihre Zimmer gegangen und hatten ihn mit ihr allein gelassen (nein, mit dem *Ding*, nicht mit ihr, sondern mit dem *Ding*, rief er sich ins Gedächtnis zurück, vergaß es jedoch sofort wieder): in einem häßlichen, grauen Schlafzimmer mit dem Licht einer einzigen, schwachen Glühbirne.

Er stank nach Schweiß und Schwefel, wie alle Bewohner von Skrakky, dagegen konnte man nichts machen. Es wäre besser gewesen, hätte er zuvor baden können, aber ein Bad gab es hier nicht, nur ein Waschbecken, ein Doppelbett mit Laken, die selbst in dem schütteren Licht drekkig aussahen, und eine Leiche.

Sie lag da, nackt, starrte ins Nichts und atmete flach. Ihre Beine waren gespreizt, bereit. Ob sie wohl immer so daliegt, fragte sich Trager, oder hatte der Mann vor ihm sie so zurückgelassen? Er wußte es nicht. Er wußte, wie man es anstellen mußte (Jawohl, das wußte er, er hatte es in den Büchern, die Cox ihm gegeben hatte, gelesen; außerdem gab es Filme, die man sich anschauen konnte, und so weiter), aber viel mehr wußte er auch nicht. Außer vielleicht, wie man Leichen führt. Darin war er gut, der jüngste Führer in Skrakky, aber das mußte er auch sein. Man hatte ihn gezwungen, auf die Führerschule zu gehen, als seine Mutter starb. Dort mußte er hart lernen, also tat er es. Das hier, das hatte er noch nie getan (aber er wußte, wie es geht, ja, ja, das *tat* er); aber es war eben das erstemal.

Langsam näherte er sich dem Bett und setzte sich unter dem Aufächzen der Sprungfedern an den Rand. Er berührte sie, das Fleisch war warm. Natürlich, der Körper lebte immerhin, irgendwie. Unter den schweren weißen Brüsten schlug ein Herz, sie atmete. Nur das Gehirn fehlte. An seiner Stelle war jetzt ein totes Synthesehirn. Sie war nichts als Fleisch, ein weiterer Körper, den ein Leichenführer kontrollieren konnte, so wie die Mannschaft, mit der er Tag für Tag unter dem schwefligen Himmel arbeitete. Sie war keine Frau. Also konnte es für Trager egal sein, daß er nur ein Junge war, ein milchgesichtiger Knabe, der nach Skrakky stank. Sie (nein, das *Ding*, so war's doch, oder?) würde schließlich nichts dagegen haben, sie konnte gar nichts dagegen haben.

Ermutigt, erregt, zog der Junge seinen Leichenführeranzug aus und stieg zu dem weiblichen Fleisch ins Bett. Er war sehr erregt; seine Hände zitterten als er sie streichelte und ganz genau ansah. Ihre Haut war sehr weiß, ihr Haar dunkel und lang, aber selbst der Junge konnte sie nicht hübsch finden. Ihr Gesicht war zu flach und breit, ihr Mund stand offen und das Fett an ihren Gliedern hing weich und wabbelig herab.

Auf den riesigen Brüsten, rund um die dicken Brustwarzen, hatte der letzte Kunde an den Stellen, wo er sie gebissen hatte, den Abdruck seiner Zähne hinterlassen. Trager untersuchte diese Stellen und fuhr mit dem Finger darüber. Dann, als ob er sich über sein Zögern ärgerte, griff er nach einer Brust, quetschte sie hart, kniff die Warze so lange, bis er sicher war, daß ein richtiges Mädchen vor Schmerzen schreien würde. Die Leiche bewegte sich nicht. Während er noch zudrückte, stieg er über sie und berührte die andere Brust mit den Lippen.

Und die Leiche reagierte.

Sie warf sich gegen ihn, hart. Ihre fleischigen Arme schlangen sich um seinen pickligen Rücken und zogen ihn heran. Trager stöhnte und griff ihr zwischen die Beine. Sie war heiß, feucht und erregt. Er zitterte. Wie hatte man das nur so einrichten können? Konnte sie sich wirklich so erregen, oder hatte man da etwas Künstliches in sie eingebaut, oder...?

Er mochte sich darüber jetzt keine Gedanken machen. Er fummelte, nahm seinen Penis, führte ihn ein und stieß. Die Leiche klammerte ihre Beine um ihn und stieß im gleichen Rhythmus zurück. Es war ein gutes Gefühl, wirklich gut, besser als alles, was er sonst mit sich selbst anstellte, und irgendwie war er stolz darauf, daß sie so feucht und erregt war.

Es dauerte nicht lange. Er war zu unerfahren, zu jung, zu eifrig, um es länger hinausschieben zu können. Er brauchte nur ein paar Bewegungen – aber das war auch alles, was sie brauchte. Sie kamen zur gleichen Zeit, ein roter Schimmer huschte über ihre Haut, sie bäumte sich gegen ihn und zitterte lautlos.

Danach lag sie wieder da wie eine Leiche.

Trager war erschöpft und befriedigt, aber ihm blieb noch etwas Zeit und die hatte er schließlich bezahlt. Er erforschte ihren Körper, berührte sie überall, rutschte über sie und schaute alles gründlich an. Die Leiche bewegte sich wie totes Fleisch.

Er verließ sie wieder, wie er sie angetroffen hatte. Sie lag auf dem Bett, mit dem Gesicht nach oben, die Beine gespreizt. Fleischhausgefälligkeit.

Der Horizont war eine Wand, bestehend aus Fabriken, nichts als Fabriken, mit dampfenden Schloten, die rote Schatten in den schwefelverdunkelten Himmel ausspuckten. Der Junge sah es, aber bemerkte kaum etwas. Er saß hoch oben auf seiner Erzabbauanlage, im zweiten Geschoß einer Monster-Maschine aus rostendem, gelb lackiertem Metall mit gewaltigen Zähnen aus Diamant und gehärtetem Stahl. Er hatte ein dreifaches Abbild vor seinen ermüdenden Augen. Deutlich und klar sah er das Kontrollpult, vor dem er saß, das Steuerrad, die Kraftstoffzufuhr, den glänzenden Bedienungshebel für die erzfressenden Schaufeln, die Reihe der Lichter, die Störungen in der Schmelzanlage unter seinen Füßen registrierten, die Bremse und die Notbremse. Aber das war nicht alles, was er sah. Trübe und schwach erschienen sie wie Echos: Sich überlagernde Abbilder von zwei weiteren Führerständen, fast identisch mit seinem, in denen sich Leichenhände schwerfällig über Instrumente bewegten.

Trager führte diese Hände, langsam und sorgfältig. Gleichzeitig kontrollierte ein anderer Teil seines Bewußtseins seine eigenen Hände, seine wirklichen Hände. Leise summte der Leichenführer mit dünner Stimme, festgeschnallt in seinen Gurten.

Zu beiden Seiten von ihm bewegten sich die beiden anderen Erzmühlen auf gleicher Höhe. Die Leichenhände zogen die Bremse; die Maschinen dröhnten auf und hielten an. Sie standen in einer Reihe, unten in einer Ecke der steil abschüssigen Grube, eine häßliche, abschreckende, alles verschlingende Riesenbande, halb im Dunkel verschwunden. Die Grube dehnte sich beständig aus; an jedem Tag wurden neue Schichten aus Fels und Erz abgetragen.

Früher hatte sich hier eine Bergkette befunden, aber daran konnte sich Trager nicht mehr erinnern.

Der Rest war leicht zu bewältigen. Die Maschinen standen jetzt in einer Reihe zueinander. Die Mannschaft synchron zu bewegen, war bloß noch ein Kinderspiel; jeder mittelmäßige Führer konnte das. Die Sache wurde erst dann so richtig kompliziert, wenn man verschiedene Leichen verschiedene Arbeiten verrichten ließ. Aber ein guter Leichenführer war auch dazu in der Lage. Für die Berufserfahrenen war eine achtköpfige Mannschaft nicht ungewöhnlich – acht Körper in einer einzigen Steuerung zusammengefaßt, durch einen Kopf und acht Synthesehirne in Bewegung gesetzt. Alle Toten waren nur auf eine einzige Steuerung abgestimmt. Der Führer, der diese Steuerung trug und die Gedanken der Leichen in seiner unmittelbaren Umgebung dachte, konnte die Toten wie eigene Ersatz- oder Nebenkörper bewegen. Oder sogar wie seinen eigenen Körper. Falls er gut genug war.

Trager überprüfte schnell seine Filtermaske und seinen Gehörschutz, bediente darauf die Treibstoffzuführung, setzte die Maschine in Gang und ließ die Lasermesser und -bohrer aufleben. Seine Leichen äfften jede Bewegung nach. Lichtstöße zuckten durch das Dämmerlicht, das über Skrakky lag. Selbst durch seinen Gehörschutz vernahm er noch das entsetzliche Heulen der auf- und abreißenden Erzschaufeln. Das felsfressende Maul war breiter als die gesamte Höhe der Maschine.

Rumpelnd und quietschend, in perfekt geschlossener Formation, wühlten sich Trager und seine Leichenmannschaft immer tiefer durch den Fels der Grube. Bevor das gewonnene Material in die Fabriken auf der anderen Seite dieses Industriekomplexes befördert wurde, mußte tonnenweise das Metall aus der Erde gerissen werden, eingeschmolzen, veredelt und weiterverarbeitet werden, während das wertlose Felsgestein pulverisiert und in die verseuchte, kaum mehr zu atmende Luft hinausgeblasen wurde. Am Abend würde er fertigen Stahl abliefern.

Die Maschinen begannen ihren Abstieg und Trager dachte, daß er ein guter Führer sei. Aber die Führerin im Fleischhaus – Mensch, die mußte eine Künstlerin sein. Er stellte sie sich irgendwo im Keller vor, wie sie jede ihrer Leichen über Voll- und Psi-Schaltkreise beobachtete und sie alle zur Wonne der Kundschaft bewegte. War es doch nur ein Glücksfall, daß die Nummer so perfekt ausfiel? Oder war sie immer so gut? Aber wie, *wie* konnte man ein Dutzend Leichen bewegen, ohne überhaupt in ihrer Nähe zu sein. Wie konnte man es nur hinbekommen, daß sich alle *verschieden* bewegten, alle erregt blieben und alle, was die Bedürfnisse und Rhythmen anging, so exakt zu ihren jeweiligen Kunden paßten?

Die Luft hinter ihm war schwarz und erstickte im Steinstaub, seine Ohren dröhnten, und der weit entfernte Horizont war eine glühende, rote Wand, unter der gelbe, felsfressende Ameisen krabbelten. Trager berührte dies nicht; konzentriert führte er die unter ihm vibrierende Maschine über das Abbaugelände.

Die Leichen gehörten der Gesellschaft. Sie lagerten im Leichendepot. Trager hatte einen Raum, ein Schlafzimmer für sich allein in einem Stahlbetongebäude, in dem eintausend weitere Schlafzimmer untergebracht waren. Die Nachbarn, die er kannte, konnte er an den Händen abzählen, aber irgendwie kannte er sie wiederum alle; sie waren alle Leichenführer. Hier lebten sie in einer Welt von schweigenden, dunklen Korridors und einer endlosen Reihe verschlossener Türen. Der Aufenthaltsraum, bestehend aus Luft und Plastik, war ein verstaubter, verlassener Ort, an dem sich die Mieter niemals trafen.

Die Abende waren lang, die Nächte schienen kein Ende zu nehmen. Trager hatte sich zusätzliche Lampen für seine Zelle gekauft, und wenn er sie alle zusammen einschaltete, brannten sie so hell, daß seine seltenen Besucher mit den Augen blinzeln mußten und sich über das gleißende Licht beschwerten. Aber selbst für ihn kam jede Nacht die Zeit, da er nicht mehr lesen konnte. Dann mußte er die Lichter ausschalten, und die Dunkelheit kehrte wieder zurück.

Sein Vater, schon lange verstorben und fast vergessen, hatte ihm einen Schatz an Büchern und Tonbändern hinterlassen. Trager bewahrte sie alle auf. Die Wände seines Raumes waren damit zugestellt, noch mehr davon standen in großen Stapeln gegen ein Bettbein gelehnt und rechts und links von der Badezimmertür. Manchmal ging er mit Cox und den anderen aus, um zu trinken, zu lachen und richtigen Mädchen nachzustellen. Er versuchte, die anderen so gut wie möglich zu kopieren, aber dazugehörig fühlte er sich nie. Deshalb verbrachte er die meisten Nächte zu Hause, las und hörte Musik und ließ seine Erinnerungen aufleben oder dachte nach.

In jener Woche steckten seine Gedanken in einem heillosen Durcheinander. Der Zahltag näherte sich, und Cox würde ihn bedrängen, mit ins Fleischhaus zu gehen, und ja, ja, er wollte es sogar. Er hatte sich gut gefühlt, war erregt, denn zum erstenmal fühlte er sich stark und männlich. Aber es war so einfach, billig, *dreckig*. Da mußte doch noch mehr sein, oder? Liebe, was auch immer es sein mochte? Mit einer wirklichen Frau mußte es schöner sein, mußte es einfach besser sein, aber die gab es nicht im Fleischhaus. Draußen hatte er auch noch keine getroffen, aber es fehlte ihm auch immer die Courage, ein Mädchen anzusprechen. Er mußte es versuchen, er *mußte*; was für ein Leben würde er sonst führen?

Während er beschloß, nicht mehr mit ins Fleischhaus zu gehen, onanierte er unter der Bettdecke, ohne sich überhaupt darauf zu konzentrieren.

Diesesmal war es ein anderer Raum mit einer anderen Leiche. Fett und schwarz, mit hellorangem Haar. Weniger attraktiv als die vorige, falls das noch möglich war. Aber Trager hatte große Lust, und diesmal konnte er länger durchhalten. Es war wieder eine absolut perfekte Vorstellung. Sie bewegte sich genau im gleichen Takt wie er, sie kam im gleichen Augenblick wie er, sie schien alle seine Wünsche zu kennen.

Andere Besuche: Mit zweien auf einmal, mit vieren, sechsen. Er war nun Stammgast im Fleischhaus, so wie die anderen Arbeiter. Er war besser als die anderen, so glaubte er. Er konnte sich im Fleischhaus behaupten, führte seine Leichen und Erzabbaumaschinen so gut wie jeder andere, aber grübelte immer noch und träumte. Er würde sie alle rechtzeitig verlassen, aus Skrakky verschwinden, etwas aus sich machen. Sie würden immer Fleischhausmänner bleiben, aber Trager wußte, er war zu mehr im Stande. Daran glaubte er fest.

Er bewunderte die Führerin im Fleischhaus immer mehr, ja, schließlich verehrte er sie. Vielleicht könnte er sie irgendwie einmal treffen, dachte er. Immer noch ein Junge, immer noch hoffnungslos naiv, war er sicher, sie lieben zu können. Dann würde er sie weg vom Fleischhaus hin zu einer sauberen, leichenfreien Welt entführen, in der sie glücklich miteinander leben könnten.

An einem Tag erzählte er Cox und den anderen in einem Moment der Schwäche von diesem Traum. Cox sah ihn an, schüttelte den Kopf und grinste. Ein anderer kicherte, und dann fingen sie alle an, lauthals zu lachen. »Was bist du für ein *Arsch*, Trager«, sagte Cox schließlich. »Da gibt's keinen *Führer*! Sag bloß, du hast noch nie etwas von Rückkopplung gehört?«

Unter ständigem Gelächter erklärte er ihm alles. Er erklärte, daß jede Leiche an eine Steuerung, die unter dem Bett installiert ist, angeschlossen wurde, er erklärte, daß jeder Kunde sein gemietetes Fleisch selbst führte, erklärte, warum außer den berufsmäßigen Führern keiner die Fleischhausfrauen bewegen konnte. Und mit einemmal wußte der Junge, warum der Sex mit ihnen immer so perfekt war.

In dieser Nacht, allein in seinem Raum mit allen weiß und heiß brennenden Lampen, dachte Trager über sich nach. Er kam zu dem Schluß, daß es das Fleischhaus sein mußte. In dem Fleischhaus war irgendeine Falle, eine Falle, die ihn ruinieren könnte, all seine Träume und Hoffnungen, sein ganzes Leben zerstören könnte. Er würde nicht mehr dahin zurückgehen, es wäre zu leicht. Er wollte es Cox zeigen, er wollte es allen anderen zeigen. Er wollte den schweren Weg gehen, das Risiko auf sich nehmen, wenn es sein mußte, alle Schmerzen ertragen. Vielleicht käme es der Freude, der Liebe zugute.

Trager ging nicht mehr ins Fleischhaus. Er fühlte sich stark, entschieden und überlegen und ging wieder in sein Zimmer. Die Jahre vergingen, während er dort las, träumte und darauf wartete, daß das Leben beginnen würde.

2

Im Alter von einundzwanzig Jahren

Josie war die erste.

Sie war wunderschön, sie war immer wunderschön gewesen, und das wußte sie. Das hat sie geformt, zu der gemacht, die sie war. Sie hatte ihren eigenen, freien Kopf. Sie war sehr lebendig, selbstsicher und erobernd. Wie Trager war auch sie erst zwanzig, als sie sich trafen, aber sie hatte bereits mehr Lebenserfahrung, und sie schien auf einige Fragen die Antworten zu wissen. Er liebte sie vom ersten Augenblick an.

Und Trager? Was war aus ihm geworden, Jahre nach

seinen ersten Fleischhauserlebnissen? Er war gewachsen, war breiter und schwerer geworden, hatte sowohl mehr Muskeln als auch mehr Fett angesetzt, war oft launisch, schweigsam und verschlossen. Er bewegte eine komplette fünfköpfige Mannschaft über die Erzfelder, mehr als Cox, mehr als irgendeiner von denen. Nachts las er seine Bücher, manchmal in seinem Raum, manchmal in der Aufenthaltshalle. Er hatte schon lange vergessen, daß er in der Hoffnung dort hinging, jemanden zu treffen. Verläßlich, solide und kühl: das war Trager. Er trat niemandem zu nahe, keiner trat ihm zu nahe. Selbst die Qualen hatten sich gelegt, ließen dennoch innere Narben zurück. Aber Trager bemerkte sie kaum, ihn kümmerten sie nicht.

Er paßte jetzt in seine Umgebung, zu seinen Leichen.

Nein – nicht ganz. In ihm steckte noch der Traum. Da war dieser Glaube, dieser Hunger, das Sehnen. Es war stark genug, ihn vom Fleischhaus fernzuhalten, von dem primitiven Leben, das sich die anderen ausgesucht hatten. Und manchmal, in trostlosen, einsamen Nächten, wurde dieses Gefühl noch stärker. In solchen Momenten erhob er sich von seinem Bett, zog sich an und ging stundenlang die Korridors entlang, seine Hände tief in die Taschen gesteckt, während sich irgend etwas in seinen Magen krallte und wimmerte. Bevor er seine Gänge beendete, entschloß er sich jedesmal, etwas zu unternehmen, sein Leben vom nächsten Tag an zu verändern.

Aber immer wenn der Morgen kam, waren die stillen, grauen Korridors halb vergessen, die bedrohlichen Visionen verblaßt. Er mußte daran denken, sechs röhrende, rüttelnde Maschinen durch die Grube zu steuern. Er verlor sich in seiner Routine, und das würde Monate anhalten, bevor die Gefühle zurückkehrten.

Dann Josie. So trafen sie sich:

Er arbeitete auf einem neuen, sehr ergiebigen und noch kaum abgebauten Feld, einer riesigen Fläche aus gesprengtem Fels und Schutt. Ein paar Wochen zuvor waren dort noch ein paar Berge gewesen. Aber das Sprengkommando der Gesellschaft hatte diese Gegend systematisch mit nuklearen Sprengsätzen eingeebnet, und nun folgten die Erzabbaumaschinen. Tragers fünfköpfige Mannschaft war eine der ersten auf diesem Gelände. Die Abwechslung tat ihm gut. Die alte Grube war leergeschürft. Hier mußte er sich ganz neuen Schwierigkeiten und Gefahren stellen. Geröllsteinchen, Felssplitter und tennisballgroße Steinfäuste kamen im staubigen Wind kreischend auf einen zugeschossen. Es schien alles aufregend und gefahrvoll. Trager schützte sich mit einer gefütterten Lederjacke, Helm, Filtermaske, Sicherheitsbrille und Ohrklappen. Er steuerte seine sechs Maschinen und sechs Körper mit verwegenem Stolz, zermahlte Schutt zu Staub, öffnete einen Weg für die nachfolgenden Maschinen und erkämpfte sich Meter um Meter, um an so viel Erz wie möglich heranzukommen. Eines Tages wurde seine Aufmerksamkeit plötzlich durch eines seiner Synchronaugen abgelenkt. Das Kontrollicht einer leichengeführten Maschine blinkte rot auf. Trager reagierte mit seinen Händen, mit seinem Kopf, mit einem fünffachen Satz Leichenhänden. Sechs Maschinen hielten an, dann leuchtete ein anderes Rotlicht auf. Dann noch eins, und noch eins. Und schließlich alle Lampen auf dem Kontrollpult, alle zwölf. Eine Anlage war ausgefallen. Er fluchte und blickte quer über das Trümmerfeld hin zur Maschine. Er versuchte die Leiche wieder in Schwung zu bringen, aber die Lichter leuchteten weiter rot. Über Funk rief er nach dem Techniker.

Sie kam in einem einsitzigen Geländefahrzeug, das aussah wie eine Träne aus wabenartigem, schwarzem Metall. Trager hatte sich bereits von den Gurten gelöst, kletterte die Sprossen an der Seite der Anlage hinunter und eilte quer über den Felsschutt zu der stilliegenden Maschine. Gerade als er die Maschine besteigen wollte, traf Josie auf ihn. Sie begegneten sich am Fuß des gelben Metallberges, im Schatten seiner Stufen.

Sie hatte eine Menge Felderfahrung, das erkannte er sofort. Sie trug einen Overall, Ohrschützer und eine Sicherheitsbrille, genau wie die Führer. Ihr Gesicht war mit Fett beschmiert, um es vor dem ätzenden Steinstaub zu schützen. Aber sie war immer noch wunderschön. Ihr Haar war kurz, hellbraun und vom Wind zerzaust. Wenn sie ihre Sicherheitsbrille hob, kamen zwei grün leuchtende Augen zum Vorschein. Sie ging sofort an die Arbeit.

Sie stellte sich kurz vor, fragte ihn ein paar Details – alles sehr geschäftsmäßig –, öffnete deren Reparaturschacht und kroch hinein, hinein in die Innereien des Antriebs, des Schmelzwerkes und der Veredlungsanlage. Es dauerte nicht lange. Ungefähr nach zehn Minuten war sie wieder draußen.

»Geh da nicht hinein!« sagte sie und strich ihre Haare aus der Stirn. »Die Maschine hat ein Leck. Radioaktive Flüssigkeit läuft aus.«

»Oh«, sagte Trager. »Wird sie in die Luft fliegen?«

Josie schien sich über seine Bemerkung zu amüsieren. Sie lächelte, und es war, als ob sie ihn ansehen würde, *ihn*, Trager, nicht nur den Leichenführer. »Nein«, sagte sie. »Sie wird sich selbst einschmelzen. Es wird nicht einmal heiß hier draußen, da genügend Abschirmungen eingebaut sind. Geh bloß nicht rein!«

»Klar. Was soll ich machen?«

»Ich vermute, den Rest der Mannschaft bewegen. diese Maschine wird wohl verschrottet werden. Sie hätte schon längst einmal generalüberholt werden müssen. In der Vergangenheit ist zu viel daran herumgeschustert worden. Verrückt ist das. Sie gehen ständig kaputt, aber immer wieder schickt man sie zum Einsatz. Wann kommen die selbst darauf, daß da etwas nicht stimmt? Man lügt sich selbst nur etwas vor, wenn man glaubt, daß sich die Fehler beim nächsten Einsatz von selbst beheben.«

»Du hast vermutlich recht«, sagte Trager. Sie lächelte

ihn an, verschloß den Einstieg und wollte wieder zurückgehen.

»Warte«, sagte er. Es rutschte ihm heraus, bevor er es unterdrücken konnte. Josie drehte sich zu ihm herum, neigte den Kopf zur Seite und schaute ihn fragend an. Von dem Stahl, dem Stein und dem Wind entlieh sich Trager entschlossen die Stärke. Hier unter dem schwefligen Himmel erschienen ihm seine Träume plötzlich nicht mehr so unmöglich. Vielleicht, dachte er, vielleicht.

»Ich bin Greg Trager. Kann ich dich wiedersehen?«

Josie grinste. »Natürlich. Komm heute abend vorbei!« Sie gab ihm die Adresse.

Als sie gegangen war, kletterte er wieder in seine Erzmühle. All seine fünf starken Körper sprühten feurig und lebendig, und er kaute den Felsen durch – fast schon mit ein wenig Vergnügen. Das dunkle, rote Glühen in der Ferne sah beinahe aus wie ein Sonnenaufgang.

Als er Josie besuchte, traf er außer ihr vier weitere Leute an, Freunde von ihr. Sie feierten so etwas wie eine Party. Josie gab eine Menge Parties, und von diesem Abend an war Trager auf allen Gast. Josie sprach mit ihm, lachte mit ihm, *mochte* ihn. Sein Leben änderte sich grundlegend.

Zusammen mit Josie sah er Gegenden von Skrakky, die er vorher noch nie gesehen hatte, unternahm er Dinge, die er vorher nie unternommen hatte:

Er stand mit ihr zwischen all den Menschen, die sich abends auf den Straßen versammelten. Er stand mit ihr in dem staubigen Wind und dem kränklich gelben Licht zwischen fensterlosen Betongebäuden, stand und freute sich, während ölverschmierte Roboter in gelben, rumpelnden Lastzügen hin und her und rauf und runter rasten.

Er schlenderte mit ihr durch die fremdartig leisen, weißen und sauberen Untergrundbüros, durch die hermetisch abgeschlossenen, mit Klimaanlagen ausgestatteten Korridore, wo die weltfremden Papiertiger und Geschäftsführer der Gesellschaft lebten und arbeiteten.

Er vertrieb sich mit ihr die Zeit in den Vergnügungszentren, den riesigen, niedrigen Gebäuden, die von außen wie Lagerhäuser aussahen, aber voll waren mit farbigen Lichtern, Spielräumen, Cafeterias, Musikhallen und endlos langen Bars, vor denen meist Führer zu finden waren.

Er ging mit ihr in die Sporthallen der Wohnkasernen und schaute Führern zu – ungeübteren als er selbst –, die ihre Leichen mit ungeschickten Fäusten aufeinander losgehen ließen.

Er saß mit ihr und ihren Freunden in geselligen Runden, und sie belebten dunkle, stille Kneipen mit ihren Worten und ihrem Lachen. Und einmal schien es Trager, als starrte Cox durch den Raum zu ihnen herüber. Da lächelte er und lehnte sich ein wenig enger an Josie.

Er beachtete kaum die anderen, die Josie um sich herum versammelte. Wenn sie ihre wilden Vergnügungsrunden machten, zu sechst oder zehnt, bildete sich Trager ein, daß er mit Josie ausgehen würde und die anderen nur beiläufig zu ihnen gestoßen waren.

Ab und zu kam es auch vor, daß sie allein miteinander waren, bei ihm oder bei ihr. Dann sprachen sie von fernen Welten, über Politik, Leichen und das Leben in Skrakky, über Bücher, die sie beide gelesen hatten. Sportarten, Freunde oder Vorlieben, die sie teilten. Sie hatten viel gemein. Trager sprach viel mit Josie, aber nie sagte er das, was er ihr so gern sagen wollte.

Er liebte sie, das war ihm klar. Im ersten Monat hatte er das bereits geahnt, und es dauerte nicht lange, bis er davon überzeugt war. Er liebte sie. Es war das Gefühl, auf das er so lange gewartet hatte. Es überraschte ihn, als seine Sehnsucht am stärksten war.

Aber mit der Liebe kam die Qual. Er konnte sie ihr

nicht gestehen. Ein dutzendmal hatte er es versucht, nie fand er die Worte. Was, wenn sie ihn nicht lieben würde?

Seine Nächte waren immer noch einsam, in dem Zimmer mit dem weißen Licht, seinen Büchern, seiner Qual. Er war jetzt einsamer als zuvor. Der Frieden seiner Routine, seines Halb-Lebens mit den Leichen war zerstört. Tagsüber steuerte er seine große Erzmühle, bewegte seine Leichen, zermahlte Gestein, schmolz Erz, und in seinem Kopf legte er die Worte zurecht, die er Josie sagen würde. Wenn er sich endlich durchringen könnte, die Worte und den Mut aufbringen könnte, dann würde alles gut werden. Das sagte er sich jeden Tag und grub sich schnell und tief in den Fels.

Wieder zu Hause, war all seine Sicherheit verflogen. Verzweifelt mußte er erkennen, daß er sich selbst etwas vormachte. Er war ihr Freund, nichts weiter, nie würde er ihr mehr bedeuten. Sie waren kein Liebespaar und würden keins werden. Die wenigen Male, wo er den Mut aufgebracht hatte, sie zu berühren, lächelte sie nur und entfernte sich unter irgendeinem Vorwand, so daß er sich nie sicher sein konnte, ob sie ihn nun abgewiesen hatte oder nicht. Er unternahm wieder seine einsamen Wanderungen durch die Korridore, verstört, verzweifelt. Und alle seine Wunden brachen wieder auf.

Er mußte an sich glauben können, das wußte er, er rief es laut aus. Er mußte aufhören, sich selbst zu bemitleiden. Er mußte etwas unternehmen, sich Josie anvertrauen. Ja, er nahm es sich fest vor.

Und sie würde ihn lieben, schrie der Tag.

Und sie würde ihn auslachen, erwiderte die Nacht.

Trager schlich ein ganzes Jahr lang um sie herum, ein Jahr voller Qualen und Versprechungen, das erste Jahr, in dem er wirklich *lebte*. Darüber waren sich Tag- und Nachtstimme einig; endlich lebte er. Niemals würde er in diese Leere der Zeit vor Josie zurückkehren. Niemals würde er wieder ins Fleischhaus gehen. Wenigstens so weit war er gekommen. Er konnte sich ändern, und eines Tages würde er stark genug sein, um es ihr zu sagen.

An einem Abend besuchte ihn Josie zusammen mit zwei anderen Freunden in seinem Zimmer. Die Freunde mußten jedoch schon früh wieder gehen. Fast zwei Stunden waren sie allein und sprachen miteinander, dann mußte auch sie gehen. Trager bot sich an, sie nach Hause zu begleiten.

Als sie die Korridore entlanggingen, legte er seinen Arm um sie und beobachtete ihr Gesicht, beobachtete das Licht- und Schattenspiel auf ihren Wangen, wenn sie vom Hellen ins Dunkle gingen. »Josie«, begann er. Er fühlte sich so wohl, so gut, so warm; es kam einfach heraus. »Ich liebe dich.«

Und sie blieb stehen, löste sich von ihm und wich einen Schritt zurück. Ihr Mund öffnete sich ein wenig, und in ihren Augen flackerte etwas. »Oh, Greg«, sagte sie. Weich. Traurig. »Nein, Greg, sag das nicht, nein!«

Trager zitterte kaum spürbar, seine Lippen bewegten sich stumm, und seine Hand hob sich zärtlich an ihre Wange. Sie wandte den Kopf ab.

Das erstemal in seinem Leben brach er in ein lautes Schluchzen aus. Und dann kamen die Tränen.

Josie nahm ihn mit in ihr Zimmer. Dort saßen sie sich auf dem Boden gegenüber und sprachen, ohne sich zu berühren.

J.: ... ahnte es schon lange ... hab' versucht, dich davon abzubringen, Greg, konnte es dir aber nicht so direkt sagen und ... ich wollte dich nicht verletzen ... du bist so gut ... nimm's dir nicht so zu Herzen ...

T.: ... wußte es die ganze Zeit ... daß es nie ... hab' mich selbst belogen ... wollte daran glauben, selbst wenn es nicht wahr ... tut mir leid, Josie, entschuldige 'tschuldigetschuldigetschuldige ...

J.: ... hab' Angst, du wirst wieder so, wie du warst ... tu's nicht, Greg, versprich's ... du kannst nicht einfach aufgeben ... du mußt weiterglauben ...

T.: ... warum? ...

J.: ... ohne den Glauben hast du gar nichts ... tot ... du kannst mehr ... bist ein guter Führer ... verlaß Skrakky, geh woanders hin ... das ist kein Leben hier ... irgend jemand ... du schaffst es, du schaffst es, glaub nur daran, glaub fest daran ...

T.: ... du ... werd' dich immer lieben, Josie ... immer ... wie kann ich jemanden finden ... keine ist wie du, niemals ... so wie du ...

J.: ... oh, Greg ... sehr viele ... mußt dich nur umschauen ... offen und ehrlich ...

T.: (lacht) ... offen und ehrlich? ... das erstemal, daß ich wirklich mit jemandem spreche ...

J.: ... kannst immer mit mir sprechen, wenn du willst ... ich mag mit dir sprechen ... hatte genug von denen, die immer nur ins Bett wollen ... sollten lieber Freunde bleiben ...

T.: ... Freunde ... (Lachen) ... (Tränen) ...

3

Gute Vorsätze

Das Feuer war schon lange heruntergebrannt. Stevens und der Forstmeister schliefen bereits, aber Trager und Donelly saßen immer noch neben der glühenden Asche. Sie sprachen verhalten, weil sie die anderen nicht aufwekken wollten, aber ihre Worte hallten wider in der aufgewühlten Nachtluft. Der ungerodete Wald lag dunkel hinter ihnen. Es herrschte eine Totenstille in ihm. Alles Wild von Vendalia war vor dem Lärm der Traktorenflotte geflohen.

»... eine komplette sechsköpfige, Traktoren steuernde Mannschaft, ich verstehe genug davon, um zu wissen, daß dies nicht leicht ist«, sagte Donelly. Er war ein blasser, schüchterner Junge, liebenswürdig aber unsicher. Trager fand sich in einigem, was Donelly gestelzt von sich gab, wieder. »Du wärst der Richtige für die Arena.«

Nachdenklich nickte Trager, seine Augen auf die Asche geheftet, in der er mit einem Stock herumstocherte. »Mit der Absicht kam ich auch nach Vendalia. Bin einmal bei den Gladiatorenkämpfen gewesen; einmal nur, aber das reichte aus, um meine Pläne zu ändern. Ich vermute, ich hätte sie gut führen können, aber allein der Gedanke daran machte mich krank. Hier draußen, tja, ich verdiene nicht annähernd so viel wie in Skrakky, aber dafür ist die Arbeit – wie soll ich sagen? – sauber. Verstehst du?«

»Irgendwie schon«, antwortete Donelly. »Trotzdem, du weißt ja, es ist nicht so wie früher, daß wirkliche Menschen in der Arena kämpfen. Nur Fleisch. Du kannst lediglich noch die Körper so tot machen, wie es ihr Geist schon ist. Von dieser vernünftigen Seite kann man es auch betrachten.«

Trager lächelte. »Du bist zu vernünftig, Don. Du solltest mehr *fühlen*. Hör zu! Wenn du das nächstemal in Gidyon bist, besuch die Gladiatorenkämpfe. Es ist so abscheulich. *Abscheulich!* Leichen stolpern herum mit Äxten, Schwertern und Morgensternen in den Händen, hauen und hakken gegenseitig auf sich ein. Eine ekelhafte, perverse Schlächterei, mehr ist das nicht. Und das Publikum, wie es nach jedem Treffer schreit. Und *lacht*. Sie *lachen*, Don! Nein.« Er schüttelte heftig den Kopf. »Nein!«

»Aber warum nicht? Ich verstehe dich nicht, Greg. Du wärst gut darin, der Beste. Ich habe beobachtet, wie du unsere Mannschaft führst.«

Trager blickte auf und musterte den Jungen, der ruhig und abwartend dasaß. Er erinnerte sich an Josies Worte: offen und ehrlich, sei offen und ehrlich. Den Trager von früher, den Trager, der ohne Freunde und allein in einer Unterkunft für Führer in Skrakky wohnte, den gab es nicht mehr.

»Da gab's mal ein Mädchen«, sagte er langsam, sich öffnend. »In Skrakky, Don, da gab's ein Mädchen, das ich liebte. Es hat nicht geklappt. Deshalb bin ich hier, vermutlich. Ich suche jemand anderen, etwas Besseres. Das gehört alles dazu, verstehst du?« Er brach ab, machte eine Pause und versuchte nachzudenken. »Dieses Mädchen, Josie hieß sie – ich wollte, daß sie mich auch liebt... Verstehst du?« Seine Worte klangen hart. »...mich bewundert und all den Käse. Jetzt, ja, natürlich, ich könnt' was aus mir machen, wenn ich Leichen in der Arena führen würde. Aber Josie könnte nie jemanden lieben, der einen Job hat wie *diesen*. Sie ist nicht hier, klar, aber trotzdem... nach so einer Person suche ich, als ein Arena-Leichenmeister finde ich sie nie.« Er stand plötzlich auf. »Ich weiß auch nicht. Aber das ist nun mal wichtig für mich. Josie, jemanden wie sie, irgendwann. Bald, hoffe ich.«

Donelly saß schweigend neben der Asche, als Trager sich allein in den Wald entfernte.

Sie waren eine kleine, aber schlagkräftige Gruppe: Drei Führer, ein Forstmeister und dreizehn Leichen. Mit Trager an der Spitze, rodeten sie tagtäglich riesige Areale des Waldes. Er warf seine sechsköpfige Mannschaft mit ihren Traktoren gegen die Wildnis von Vandalia, gegen die gigantischen Stämme, das graue, stachelige Dickicht und die fleischigen Lianengewächse, gegen den feindlichen Dschungel. Diese Traktoren waren kleiner als die Erzmühlen, die er in Skrakky gesteuert hatte, bewegten sich aber schnell auf ihren Luftkissen, waren kompliziert und schwer zu steuern. Trager führte sechs davon mit Leichenhänden und einen siebten mit seinen eigenen Händen. Vor den kreischenden Sägen und Lasermessern fiel jeden Tag eine weitere Wand der Wildnis. Hinter ihm her kam Donelly; er bewegte drei berghohe Sägewerke, die die gefallenen Bäume in Bauholz für Gidyon und andere Städte in Vendalia verarbeiteten. Darauf folgte Stevens, der dritte Führer, mit einer Flammenkanone, die Niederwuchs und Baumstümpfe einäscherte, und einer Erdpumpe, die den gerodeten Boden zu Farmland verarbeiteten. Der Forstmeister war ihr Vorarbeiter. Das Rodungsverfahren war eine Wissenschaft.

Saubere, harte, anstrengende Arbeit. Trager reifte durch sie heran. Er wurde schlank und athletisch. Sein Gesicht bekam schärfere Züge und einen dunkleren Teint unter der heiß brennenden Sonne von Vendalia. Seine Leichen waren fast ein Teil von ihm, so leicht bewegte er sie, so leicht bewegten sie ihre Traktoren. Sie waren kaum mehr von lebendigen Menschen zu unterscheiden. Manchmal war Tragers Kontrolle so sicher, die Echos so klar und stark, daß er sich nicht mehr wie ein Führer, der eine Mannschaft bedient, fühlte, sondern eher wie ein Mann mit sieben Körpern. Sieben Körper, die auf dem schwülen Wind des Dschungels ritten. Er glaubte manchmal, sogar ihren Schweiß zu spüren.

Auch die Abende, wenn die Arbeit des Tages beendet war, genoß er. Trager hatte dort so etwas wie Frieden gefunden, ein Gefühl, dorthin zu gehören, etwas, das er in Skrakky nie verspüren konnte. Die vendalianischen Forstmeister, die zwischen dem Wald und Gidyon hin- und herpendelten, waren recht nett und freundlich. Stevens war ein herzlicher Kumpel, der zwischen seinen Späßen selten Zeit hatte, etwas Ernsthafteres zu reden. Und Donelly, der unsichere Junge, die ruhige Stimme der Vernunft, wurde zu seinem Freund. Er war ein guter Zuhörer, einfühlsam, mitfühlend, und der neue, offene und ehrliche Trager war ein guter Erzähler. In Donellys Augen glühte etwas Neid oder Eifersucht, wenn Trager von Josie erzählte. Trager wußte, oder glaubte zu wissen, daß Donelly er selbst war, der ehemalige Trager, derjenige vor Josie, der noch keine Worte finden konnte.

Mit der Zeit jedoch, durch die Gespräche über Tage und Wochen, fand Donelly seine Worte. Dann hörte Trager zu und teilte mit ihm den Kummer. Und er fühlte sich gut dabei. Er war Hilfe, er verlieh Stärke; er wurde gebraucht.

Jede Nacht saßen sie neben der Asche und tauschten Träume aus. Und webten einen hoffnungsvollen Teppich aus Versprechungen und Illusionen.

Josie hatte Trager viel gegeben, aber sie hatte ihm auch etwas genommen: die segensreiche Dumpfheit, die Fähigkeit, das Denken abzuschalten, den Kummer zu vergessen. Wanderte er in Skrakky nur ab und zu durch die Korridore, sah ihn der Wald weit öfter auf seinen Spaziergängen.

Immer wenn sie ihre Gespräche beendet hatten und Donelly schlafen gegangen war, geschah es, daß ihm Josie in der Einsamkeit seines Zeltes begegnete. Tausend Nächte lag er da, die Hände hinter dem Kopf gefaltet, und starrte an das Kunststoffgewebe des Zeltes, während in seinem Innern die Nacht wieder auflebte, in der er ihr seine Liebe gestanden hatte.

Er erinnerte sich an alles, durchlebte immer wieder den Kampf und verlor. Dann ging er über die gerodeten Felder in die schweigsame Dunkelheit des Waldes, bahnte sich einen Weg durch das Unterholz und schob die niedrig hängenden Zweige zur Seite, bis er ans Wasser kam. Dort setzte er sich hin, an einen schaumbedeckten Tümpel oder einen gurgelnden Bach, der schnell und ölverpestet im Mondlicht dahinfloß. Dann warf er Steine ins Wasser, schleuderte sie so fest er konnte in die Nacht und lauschte auf den Aufprall.

Stundenlang saß er da, warf Steine und dachte nach; und oft ging darüber wieder die Sonne auf.

Gidyon: die Stadt, das Herz von Vendalia, genau wie Slagg, Skrakky und New Pittsburgh und all die anderen Leichenwelten, die widerlichen, häßlichen Orte, in denen Menschen Leichen für sich arbeiten ließen. Turmhohe Gebäude aus schwarzem und silbernem Metall, scheinbar schwebende Luftgebilde, die im Sonnenlicht aufblitzten und nachts ein mattes Licht ausstrahlten. Ein riesiger, hektischer Raumflughafen, wo Frachter auf unsichtbaren Feuerlanzen aufstiegen und herabsanken, Parkanlagen mit polierten Parkett-Fußwegen, in gelblichem Grau glänzend: Gidyon.

Die faulende Stadt. Die Leichen-Stadt. Der Umschlagplatz für Fleisch.

Die Ladungen der Frachter waren Menschen, Kriminelle, Landstreicher und Unruhestifter aus anderen Welten, gekauft mit der harten vendalianischen Währung. (Und es gab Gerüchte über Passagierflugzeuge, die während ihrer Linienflüge in Touristenländer auf mysteriöse Weise verschwunden waren.) Die meisten dieser hoch aufschießenden Türme waren Kliniken, in denen Männer und Frauen starben, und Leichenhäuser, in denen Tote geboren wurden, um arbeiten zu können. Überall auf den Geschäftsstraßen standen die Läden der Leichenverkäufer und die Fleischhäuser.

Die Fleischhäuser von Vendalia waren bekannt für ihre garantiert schönen Leichen.

Trager saß unter einem Sonnenschirm eines Straßencafés. Auf der anderen Seite der Straße stand ein Fleischhaus. Er nippte an dem bittersüßen Wein und wunderte sich darüber, wie schnell sein Urlaub vergangen war, und er versuchte krampfhaft, seinen Blick von der anderen Straßenseite fernzuhalten. Der Wein lag warm auf seiner Zunge, seine Augen blickten ruhelos umher.

Zwischen ihm und dem Fleischhaus gingen Männer die Straße auf und ab. Braungebrannte Leichenführer aus Vendalia, Skrakky und Slagg, fettleibige Händler, idiotisch dreinblickende Touristen aus den sauberen Welten wie dem Alten Europa und Zephyr. Er saß da, trank seinen Wein, schaute und fühlte sich entsetzlich isoliert. Er konnte diese Menschen nicht berühren, nicht in ihre Nähe kommen. Er wußte nicht, warum es so unmöglich war. Er hätte doch aufstehen, auf die Straße gehen und jemanden festhalten können, aber dennoch wäre er niemandem nahegekommen. Der Fremde hätte sich losgerissen und wäre davongelaufen. So war es während seines ganzen Urlaubs, ständig. Er rannte durch alle Bars von Gidyon, wollte tausend Bekanntschaften erzwingen und hatte nie Erfolg.

Der Wein war alle. Trager schaute mit stierem Blick auf das Glas, drehte es in seiner Hand. Dann stand er auf und zahlte die Rechnung. Seine Hände zitterten.

Es ist schon so lange her, dachte er, als er die Straße überquerte. Josie, dachte er, verzeih mir.

Trager kehrte zurück zum Camp in der Wildnis, und seine Leichen steuerten wie wild geworden ihre Luftkissentraktoren durch den Wald. Am Lagerfeuer war er ungewohnterweise sehr schweigsam, er redete den ganzen Abend kein Wort mit Donelly. Bis schließlich Donelly, gekränkt und irritiert, ihm in den Wald hinein folgte. Er fand ihn am Rande eines kleinen tot-schwarzen Baches. Er saß da; vor seinen Füßen lagen gesammelte Steine, die er ins Wasser schleuderte.

T.: ... war wieder dort ... nach all den guten Vorsätzen ... trotzdem bin ich reingegangen ...

D.: ... ist doch egal ... denk daran, was du mir gesagt hast ... glaube weiter feste an dich ...

T.: ... habe geglaubt ... was hat es genützt? ...

D.: ... du hast gesagt, ich soll nicht aufgeben. Das muß auch für dich gelten ... wiederhole alles, was du mir erzählt hast, alles, was Josie dir erzählt hat ... jeder findet irgendeinen ... man muß nur suchen ... du mußt ... offen und ehrlich ... man braucht Mut zum Suchen ... hör auf, dir leid zu tun ... hast du mir hundertmal erzählt ...

T.: ... ist verdammt besser gesagt als getan ...

D.: ... Greg ... bist kein Mann fürs Fleischhaus ... bist ein Träumer ...

T.: (seufzt) ... ja ... aber ... warum tu' ich mir das nur an? ...

D.: ... willst du lieber wieder so wie früher sein? ... kein Kummer, kein Leben? ... wie ich? ...

4

Erfolg und Niederlage

Sie hieß Laurel. Mit Josie hatte sie nichts gemein, bis auf eines. Trager liebte sie.

Hübsch? Trager fand nicht, wenigstens nicht zu Anfang. Sie war zu groß, einen halben Kopf größer als er. Vorne hatte sie ein bißchen wenig vorzuweisen, hinten dafür ein bißchen viel. Am schönsten war ihr Haar, rotbraun im Winter und glühend blond im Sommer. Es fiel lang und glatt über ihre Schultern, und wenn der Wind es durchwühlte, sah es aufregend wild aus. Aber sie war nicht schön, nicht so, wie Josie schön war. Dennoch wurde sie seltsamerweise mit der Zeit immer schöner. Vielleicht lag der Grund darin, daß sie abnahm, oder daß Trager sich immer mehr in sie verliebte und sie durch Kinderaugen betrachtete. Vielleicht war es so, weil er ihr *sagte*, daß sie hübsch sei. Möglich, daß das bloße Aussprechen diese Wandlung bewirkte. So war es auch, als Laurel ihm sagte, er sei ein kluger Mann. Ihr Glaube schenkte ihm tatsächlich Weisheit. Was auch immer der Grund war, nachdem sie sich eine Zeitlang kannten, war Laurel wirklich schön.

Sie war fünf Jahre jünger als er, sauber, unschuldig und schüchtern. Josie war eher das Gegenteil gewesen. Laurel war intelligent, romantisch und eine Träumerin. Sie war bewundernswert frisch und eifrig. Sie war schrecklich unsicher und voller nagender Sehnsüchte.

Gidyon war noch fremd für sie. Sie kam als Studentin der Forstwissenschaft aus dem Hinterland von Vendalia.

Trager hatte gerade Urlaub und machte einen Besuch in der Forstschule, um einen Lehrer zu begrüßen, der zuvor in seinem Team gearbeitet hatte. Sie trafen sich im Büro des Lehrers. Trager machte Ferien in der Stadt, die voll war von Fremden und vielbesuchten Fleischhäusern. Laurel war allein. Er zeigte ihr die schillernde Dekadenz von Gidyon, fühlte sich gut und erhaben dabei, während sie sehr beeindruckt war.

Die zwei Wochen gingen schnell um. Es kam der letzte gemeinsame Abend. Trager fürchtete sich plötzlich. Er führte sie in einen Park am Fluß, an dem Gidyon liegt. Dort setzten sie sich auf eine niedrige Steinmauer am Ufer des Flusses. Eng beieinander, aber sie berührten sich nicht.

»Die Zeit vergeht so schnell«, sagte er, nahm einen Stein und schleuderte ihn flach und hart über das Wasser. Er blickte ihm gedankenversunken nach, wie er über die Wellen hüpfte und dann verschwand. Dann blickte er sie an. »Ich bin so aufgeregt«, sagte er lachend. »Ich... Laurel. Ich möchte nicht fort.«

In ihrem Gesicht war nichts zu lesen. Verstand sie? »Die Stadt ist schön«, stimmte sie zu.

Trager schüttelte heftig den Kopf. »Nein. *Nein*! Nicht die Stadt. Du. Laurel, ich glaube, ich... ach...«

Laurel lächelte ihn an. Ihre Augen strahlten. Sie schien glücklich. »Ich weiß«, sagte sie.

Trager wollte es nicht glauben. Er streckte die Hand aus und berührte ihre Wange. Sie wandte ihren Kopf zu ihm und küßte seine Hand. Sie lächelten sich an.

Er fuhr kurz zum Forst-Camp zurück, um zu kündigen. »Don, *Don*, du mußt sie treffen«, rief er. »Siehst du, es ist doch möglich, *ich* habe es geschafft. Man muß nur daran glauben und es immer wieder versuchen. Ich fühle mich so verdammt gut, daß es fast nicht mehr erlaubt sein kann.«

Donelly, in seiner steifen, vernünftigen Art, wußte nicht, wie er auf diese ungestüme Fröhlichkeit reagieren sollte. »Was wirst du tun?« fragte er ein wenig unsicher. »Willst du in der Arena arbeiten?«

Trager lachte. »Wohl kaum – du weißt, wie ich darüber denke. Irgend etwas werde ich schon finden. In der Nähe des Raumflughafens gibt es ein Theater. Dort werden Pantomimen von Leichendarstellern aufgeführt. Ich habe einen Job bekommen. Die Bezahlung ist zwar miserabel, aber ich werde nahe bei Laurel sein. Und das allein zählt.«

Beide machten sie nachts selten ein Auge zu. Zu Anfang wenigstens. Sie redeten, kuschelten sich aneinander und liebten sich. Es war eine einzige Freude, ein Spiel, eine großartige Entdeckung, die sie im Bett machten. Trager störte es kaum, daß es nicht so hundertprozentig klappte wie im Fleischhaus. Er brachte ihr bei, offen und ehrlich zu sein. Er offenbarte ihr jedes kleine Geheimnis von sich, und er wünschte, er hätte mehr gehabt.

»Arme Josie«, sagte Laurel manchmal nachts und preßte ihren warmen Körper fest an den seinen. »Sie hat ja keine Ahnung, was ihr da entgangen ist. Ich bin glücklich. So einen Mann wie dich gibt es bestimmt nicht noch einmal.«

Und Trager antwortete dann jedesmal: »Aber *ich* bin noch glücklicher.«

Darüber stritten sie dann, lachend.

Donelly kam nach Gidyon und arbeitete auch für das Theater. Er sagte, daß ohne Trager die Forstarbeit keinen Spaß mehr machte. Die drei verbrachten viel Zeit miteinander, und Trager schäumte über vor Glück. Er hatte Laurel schon viel von Donelly erzählt und freute sich, daß sie sich so gut verstanden. Er wollte, daß Donelly sehen konnte, *wie* glücklich er war und was ein fester Glaube bewirkt.

»Ich mag sie«, sagte Donelly, nachdem er sie das erstemal gesehen hatte.

»Das ist gut«, erwiderte Trager.

»Nein«, sagte Donelly. »Greg, ich mag sie *wirklich.*«

Sie verbrachten *sehr* viel Zeit miteinander.

»Greg«, sagte Laurel eines Nachts im Bett. »Ich glaube, daß Don... ja, hinter mir her ist. Verstehst du?«

Trager drehte sich zu ihr um und richtete sich auf. »Mein Gott«, sagte er.

»Ich weiß nicht, wie ich mich verhalten soll.«

»Vorsichtig«, sagte Trager. »Er ist sehr verletzlich. Du bist vielleicht die erste Frau, die ihn überhaupt interessiert. Sei nicht zu hart gegen ihn. Er braucht nicht den Kummer durchzumachen, den ich erlitten habe, verstehst du?«

So gut wie im Fleischhaus war ihr Verkehr nie. Und nach einer Weile begann Laurel, sich zu verschließen. Immer öfter wandte sie sich, gleich nachdem sie miteinander geschlafen hatten, von ihm ab. Die Zeit, in der sie noch bis in die Morgendämmerung über alles mögliche redeten, war vorbei. Vielleicht hatten sie sich nichts mehr zu sagen. Trager bemerkte, daß sie oft seine Geschichten selber zu Ende erzählte. Es war ihm fast unmöglich, mit einer Geschichte aufzuwarten, die er ihr nicht bereits erzählt hatte.

»*Das* hat er gesagt?« Trager stieg aus dem Bett, schaltete das Licht an und setzte sich. Seine Stirn war in Falten gelegt. Laurel zog die Decke bis an ihr Kinn.

»Also gut, und was hast *du* gesagt?«

Sie zögerte. »Das kann ich dir nicht sagen. Es geht nur Don und mich etwas an. Er sagte, es wäre nicht fair, daß ich dir alles das erzähle, was zwischen ihm und mir vorgeht. Und damit hat er recht.«

»*Recht*! Aber ich erzähle dir doch auch alles. Erinnerst du dich nicht an das, was wir...«

»Ich weiß, aber...«

Trager schüttelte den Kopf. Seine Stimme klang jetzt nicht mehr so aufgeregt. »Was ist eigentlich los, Laurel? Ich habe plötzlich Angst. Ich liebe dich, erinnerst du dich? Und du hast gesagt, du liebst mich. Wie kann sich das nur so schnell ändern?«

Ihr Gesicht nahm wieder sanftere Züge an. Sie richtete sich auf und streckte ihre Hand nach ihm aus. Die Decke glitt über ihre vollen, weichen Brüste. »Oh, Greg«, sagte sie. »Mach dir keine Sorgen. Ich liebe dich, für immer. Aber ich glaube, ich liebe ihn auch. Verstehst du?«

Trager beruhigte sich ein wenig, legte sich in ihre Arme und küßte sie innig. Er unterbrach den Kuß. »He«, sagte er etwas spöttisch, um das Zittern in seiner Stimme zu unterdrücken, »wen von uns beiden liebst du *mehr*?«

»Dich natürlich, immer nur dich.«

Lächelnd setzte er den Kuß fort.

»Ich weiß, daß du es weißt«, sagte Donelly. »Ich finde, wir sollten darüber reden.«

Trager nickte. Sie standen hinter den Kulissen des Theaters. Drei seiner Leichen stellten sich hinter ihm auf, verschränkten die Arme und sahen aus wie grimmige Leibwächter. »Also gut.« Er blickte ihm fest in die Augen. Donellys Gesicht war mit einemmal ernst. »Laurel hat mich gebeten, so zu tun, als ob ich von nichts wüßte. Sie sagt, du würdest dich irgendwie schuldig fühlen. Aber so tun, als ob. Das zerrt ganz schön an den Nerven, Don. Es wird Zeit, daß wir über alles offen und ehrlich sprechen.«

Donelly wandte seine blaßblauen Augen ab und vergrub die Hände in seinen Taschen. »Ich möchte dir nicht weh tun«, sagte er.

»Dann tu es auch nicht!«

»Aber ich kann auch nicht so tun, als ob ich gar nicht existierte. Ich lebe und ich liebe sie, genau wie du.«

»Du bist doch mein Freund, Don. Verlieb dich in eine andere. So bereitest du dir bloß eine Menge Kummer.«

»Ich habe mit ihr mehr gemein als du.«

Trager starrte ihn an.

Donelly schaute ihm wieder in die Augen. »Ich weiß nicht. Ach, Greg. Sie liebt dich ja doch mehr, das hat sie gesagt. Ich hätte nie etwas anderes erwarten dürfen. Ich komme mir so vor, als wäre ich dir in den Rücken gefallen. Ich ...«

Trager blickte ihn immer noch unverwandt an. Endlich lächelte er. »Ach, Shit, das ist einfach zuviel für mich. Also, Don, du bist mir nicht in den Rücken gefallen, hör auf, red nicht so. Wenn du sie wirklich liebst, muß es vermutlich so kommen, verstehst du? Ich hoffe nur, alles geht gut aus.«

Später in der Nacht, im Bett mit Laurel: »Ich mach' mir seinetwegen Sorgen«, sagte sie.

Sein zuvor so sonngengebräuntes Gesicht war aschgrau geworden. »Laurel?« sagte er, zutiefst verunsichert.

»Ich liebe dich nicht mehr. Es tut mir leid, dir das sagen zu müssen, aber so ist es. Vor kurzer Zeit schien es noch so, aber das liegt bereits wie ein Traum hinter mir. Ich weiß nicht einmal mehr, ob ich dich wirklich je geliebt habe.«

»Don?« sagte er hölzern.

Laurels Wangen röteten sich. »Sag jetzt nichts Schlechtes über Don. ich hab's satt, daß du ihn immer herunterzumachen versuchst. Er redet nur gut über dich.«

»Oh, Laurel. *Erinnerst* du dich nicht? An das, was wir uns sagten, wie wir fühlten? Ich bin doch dieselbe Person, der du damals das alles gesagt hast.«

»Aber ich habe mich verändert«, sagte Laurel hart, tränenlos und warf den Kopf zurück. »Ich erinnere mich sehr wohl, aber ich fühle einfach nicht mehr wie damals.«

»Bitte«, sagte er und streckte die Hand nach ihr aus.

Sie wich einen Schritt zurück. »Rühr mich nicht an! Wie ich dir sagte, Greg, es ist *vorbei*. Du solltest jetzt gehen. Don wird jeden Moment kommen.«

Es war schlimmer als mit Josie. Tausendmal schlimmer.

5

Rastlos

Er versuchte, beim Theater zu bleiben. Die Arbeit machte ihm Spaß, und er hatte Freunde dort. Aber Donelly war auch jeden Tag da. Er lächelte und war freundlich zu ihm. Manchmal kam auch Laurel und traf ihn, wenn die Show vorüber war. Dann gingen sie Arm in Arm fort. Trager stand jedesmal da und sah ihnen nach, obwohl er sich vornahm, sie nicht zu beachten. In solchen Augenblicken wühlte, schmerzte und schrie es in ihm.

Er kündigte. Er wollte sie nicht mehr sehen. Er wollte seinen Stolz behalten.

Der Himmel war hell von den Lichtern in Gidyon, die Luft war voller Lachen, aber es war dunkel und ruhig im Park.

Trager stand steif an einem Baum gelehnt, seine Augen auf den Fluß gerichtet, seine Hände fest gegen die Brust gepreßt. Er stand da wie eine Statue, atmete kaum. Nicht einmal seine Augen bewegten sich.

Die Leiche kniete vor einer niedrigen Wand und schlug mit den Fäusten dagegen, bis sie mit Blut besudelt war und die Hände nur noch aus Klumpen zermalmten Fleisches bestanden. Die Schläge klangen dumpf und trokken, hin und wieder unterbrochen durch das Kratzen, wenn der Knochen am Stein entlangfährt.

Bevor er überhaupt die Zelle betreten konnte, mußte er zahlen. Darauf wartete er über eine Stunde, bis man sie fand und zu ihm durchschaltete. Endlich, durch, endlich: »Josie.«

»Greg«, sagte sie und grinste dabei auf ihre unverkennbare Art. »Hätte ich mir eigentlich denken können. Wer sonst könnte mich schon aus dem fernen Vendalia anrufen? Wie geht's?«

Er erzählte es ihr.

Das Grinsen verschwand von ihrem Gesicht. »Oh, Greg«, sagte sie. »Es tut mir leid. Aber laß dich dadurch nicht unterkriegen. Die nächste Erfahrung wird besser sein. Das ist immer so.«

Ihre Worte konnten ihn nicht trösten. »Josie«, sagte er, »wie ist das Leben bei euch so? Vermißt du mich?«

»Oh, na klar. Alles läuft recht gut hier. Es ist halt immer noch das alte stinkende Skrakky. Aber bleib, wo du jetzt bist! Es ist besser für dich!« Sie nahm kurz ihren Blick vom Bildschirm. »Wir machen besser Schluß, bevor die Rechnung zu hoch wird. Schön, daß du mal angerufen hast. Mach's gut!«

»*Josie*«, sagte Trager. Aber der Bildschirm war bereits erloschen.

Nachts vergaß er sich manchmal selbst. Dann ging er an seinen Hausschirm und rief Laurel an. Wenn sie sah, wer am anderen Ende der Leitung war, verengten sich ihre Augen, und sie unterbrach sofort die Verbindung.

Dann saß er in seinem dunklen Zimmer und dachte an die Zeit zurück, als seine Stimme sie noch sehr, sehr glücklich machte.

Die Straßen von Gidyon sind nichts für Spaziergänge in der Nacht. Zu jeder Zeit sind sie hell erleuchtet und voller lebender wie toter Menschen. Und überall an den Boulevards und Einkaufsstraßen stehen Fleischhäuser.

Josies Worte hatten ihre Kraft verloren. In den Fleischhäusern verlor Trager seine Träume und fand dafür Entspannung. Die besinnlichen Abende mit Laurel und der ungeschickte Sex seiner jungen Jahre gehörten der Vergangenheit an. Trager nahm seine Fleischgespielinnen hart und kurz, fast brutal, bumste sie wortlos und mit rüder Kraft bis zu dem unausweichlichen perfekten Orgasmus. Manchmal ließ er sie, so wie er es im Theater gelernt hatte, erotische Pantomimen darstellen, um besser in Stimmung zu kommen.

In der Nacht. Qualen.

Er glaubte, wieder auf den Korridoren zu sein, den niedrigen, düsteren Korridoren des Wohnheims für Leichenführer in Skrakky. Nur jetzt waren die Gänge labyrinthartig verschlungen, und Trager hatte längst die Orientierung verloren. Die Luft war dick, und es braute sich ein grauer Nebel zusammen, der immer dichter wurde. Bald, so fürchtete er, würde er nichts mehr sehen können.

Hin und her ging er, auf und ab, aber er stieß immer nur auf weitere Korridore, die ihn auch nirgends hinführten. Die Türen waren unheimliche, schwarze Rechtecke ohne Klinken, immer für ihn verschlossen. An den meisten ging er achtlos vorbei. Ein paarmal jedoch blieb er vor einer Tür stehen, durch deren Rahmenfugen Licht austrat. Dann klopfte er wie wild an der Tür. Aber keiner antwortete ihm jemals.

So lief er weiter durch den Nebel, der immer dunkler und dichter wurde und seine Haut zu ätzen schien, ging vorbei an Tür für Tür für Tür, bis er weinte und müde, blutende Füße hatte. Und dann, weit hinten, am Ende eines langen, langen Korridors, der vor ihm lag, konnte er eine geöffnete Tür erblicken. Durch die Öffnung strahlte helles Licht, das seine Augen blendete. Durch die schallte heitere Musik und das Lachen von Menschen. Trager rannte, obwohl seine Füße schmerzten und seine Lungen durch den Nebel, den er einatmete, brannten. Er rannte und rannte, bis er endlich die offene Tür erreichte.

Jedoch jedesmal, wenn er dort ankam, sah er, daß es sein Raum war, und der war leer.

Während ihrer kurzen gemeinsamen Zeit fuhren sie einmal hinaus in die Wildnis und liebten sich unter dem Sternenhimmel. Später kuschelte sie sich an ihn und streichelte ihn sanft. »Woran denkst du?« fragte er.

»Ich denke über uns nach«, sagte Laurel. Ein Zittern ging durch ihren Körper. Der Wind frischte auf. »Manchmal fürchte ich mich, Greg. Ich hab' Angst, daß etwas geschieht, was uns auseinanderbringt. Ich will, daß du mich nie verläßt.«

»Darüber brauchst du dir keine Sorgen zu machen«, sagte er. »Das werde ich nie tun.«

Jetzt quälte er sich jede Nacht vor dem Einschlafen mit diesen ihren Worten. All die schönen Erinnerungen hinterließen Tränen bei ihm; die schlechten versetzten ihn in wortlose Wut.

Er schlief mit einem Gespenst an seiner Seite, einem übersinnlichen, wunderschönen Gespenst, mit der Hülse eines toten Traums. Wenn er aufwachte, war er allein.

Er haßte die beiden. Und er haßte sich dafür, daß er sie haßte.

6

Duvaliers Traum

Ihr Name ist nicht von Bedeutung; ihr Aussehen nicht wichtig. Was allein zählt ist, daß es sie *gab*, daß es Trager immer wieder versuchte, daß er sich dazu zwang, sich Mut machte und nicht aufgab. Er *versuchte* es.

Aber irgend etwas fehlte. Etwas – Magisches?

Die Worte waren immer dieselben.

Wie oft kann man sie wohl aussprechen, fragte sich Trager, sie aussprechen und gleichzeitig daran glauben, so wie man sie beim erstenmal glaubte? Einmal? Zweimal? Dreimal, vielleicht? Oder hundertmal? Und die, die es hundertmal sagen können, sind sie wirklich so sehr viel besser in der Liebe? Oder nur im Selbstbetrug? Sind sie nicht vielmehr Menschen, die schon lange aufgehört haben zu träumen und das Wort Liebe für etwas anderes verwenden.

Er sagte die Worte. Dabei hielt er sie, drückte sie an sich, küßte sie. Er sagte die Worte, und er wußte ihre Bedeutung mit absoluter Sicherheit; er glaubte es nicht nur zu wissen. Er sagte die Worte und *versuchte* es.

Und sie antwortete ihm mit den gleichen Worten, und Trager bemerkte, daß sie ihm nichts bedeuteten. Immer wieder sprachen sie das aus, was sie gerne voneinander hören wollten. Aber beide wußten sie, daß sie sich bloß etwas vormachten.

Sie versuchten es *qualvoll.* Aber immer, wenn er seine Hand nach ihr ausstreckte, so wie es die Rolle dem Schauspieler vorschreibt, eine Rolle, die er schon so oft gespielt hat, wenn er seine Hand nach ihr ausstreckt und ihre Wange berührt, dann fühlt er – daß die Haut glatt, weich und schön ist. Und mit Tränen bedeckt.

7

Echos

»Ich möchte dir nicht weh tun«, sagte Donelly, trat nervös von einem Bein aufs andere und schaute so schuldbewußt drein, daß sich Trager bereits schämte, einen Freund in Verlegenheit gebracht zu haben.

Er wollte ihre Wange berühren, aber sie wandte sich von ihm ab.

»Ich wollte dir niemals weh tun«, sagte Josie, und Trager war traurig. Sie hatte ihm so viel gegeben, während er bei ihr nur ein Gefühl der Schuld hinterließ. Ja, er war verletzt, aber ein stärkerer Mann hätte sich dies nie anmerken lassen.

Er berührte ihre Wange, und sie küßte seine Hand.

»Es tut mir leid, dir das sagen zu müssen, aber so ist es«, sagte Laurel. Und Trager war verloren. Was hatte er getan, wo hatte er Fehler begangen, wie hatte er alles ruiniert? Sie waren sich doch so sicher gewesen. Sie hatten so viel aneinander gehabt.

Er berührte ihre Wange, und sie weinte.

Wie oft kann man sie aussprechen, hallte seine Stimme wider. Sprich sie aus und glaube daran, so wie man sie beim erstenmal glaubte?

Der Wind war schwarz und schwer von Staub. Flakkernde, rötliche Flammen pulsierten am Himmel. In der Erzgrube stand eine junge Frau mit Sicherheitsbrille und Filtermaske, mit kurzem, braunem Haar und Antworten. »Sie gehen ständig kaputt, aber immer wieder schickt man sie zum Einsatz«, sagte sie. »Wann kommen die selbst darauf, daß da etwas nicht stimmt? Man lügt sich selbst nur etwas vor, wenn man glaubt, daß sich die Fehler beim nächsten Einsatz von selbst beheben.«

8

Trager, älter geworden

Die gegnerische Leiche ist riesig und schwarzhäutig. Ihr Körper ist muskulös, ein Ergebnis langen Trainings. Sie ist die stärkste Leiche, die Trager jemals gesehen hat. Sie bewegt sich in langsamen Schritten gebückt über den mit Sägemehl bedeckten Boden, in der einen Hand ein blankes Breitschwert. Von seinem Sessel aus, oben am Rande der Arena, beobachtet Trager den Gladiator. Der andere Leichenführer ist vorsichtig, übervorsichtig.

Tragers Toter, ein drahtiger Blonder, steht da und wartet, von seiner Hand hängt ein Morgenstern herab bis auf das blutdurchtränkte Sägemehl des Kampfplatzes. Trager wird ihn erst schnell und präzise genug bewegen, wenn die Zeit dafür reif ist. Der Feind weiß das, genau wie die Zuschauer.

Plötzlich reißt die schwarze Leiche das Breitschwert nach oben und stürmt vor, auf ihren Vorteil der Reichweite und Schnelligkeit vertrauend. Aber der genau berechnete Schlag durchschneidet nur Luft. Tragers Leiche ist längst nicht mehr da, wo der Hieb niedergeht.

Er sitzt bequem hoch über dem Kampfplatz / seine Füße unten in der Arena, besudelt mit Blut und Sägemehl / die Leiche erhält Tragers Befehl / schwingt den Morgenstern – und der große Ball mit den Stahlzacken fliegt hoch und wirbelt herum, fast träge, fast hypnotisch langsam und zermalmt den Hinterkopf des Feindes, als dieser versucht, dem Schlag auszuweichen. Der Schädel scheint zu explodieren und in blutigem Rauch aufzugehen, und die Menge grölt.

Trager läßt seine Leiche die Arena verlassen und erhebt sich dann, um seinen Applaus entgegenzunehmen. Dies ist sein zehnter Totschlag. Bald wird er der Inhaber des Titels sein. Nach all seinen Rekorden wird man ihm den entscheidenden Kampf nicht mehr verweigern können.

Sie ist wunderschön, seine Dame, seine Liebe. Ihr Haar ist kurz und blond, ihr Körper schlank, anmutig, fast athletisch mit den wohltrainierten Beinen und den kleinen, festen Brüsten. Ihre Augen sind hellgrün, und sie strahlen ihm immer ein Willkommen entgegen. In ihrem Lächeln liegt eine seltsame, erotische Unschuld.

Sie erwartet ihn im Bett, wartet darauf, daß er von der Arena heimkommt, wartet auf ihn mit all ihrer Zuneigung und Liebe. Wenn er eintritt, richtet sie sich auf, lächelt ihn an, und die Bettdecke ist um ihre Hüfte gerafft. In der Tür stehend bewundert er ihre Brüste.

Sie merkt es, bedeckt schüchtern ihren Körper und errötet. Trager weiß, es ist falsche Scham, alles Spiel, alles falsch. Er nähert sich dem Bett, setzt sich an den Rand und streckt seine Hand aus, um ihre Wange zu streicheln. Ihre Haut ist sehr weich. Sie schmiegt sich gegen seine Hand. Dann zieht Trager die Decke zur Seite, gibt jeder Brust einen zärtlichen Kuß und küßt darauf leidenschaftlich ihren Mund. Sie erwidert seinen Kuß, mit Hingabe. Ihre Zungen tanzen.

Sie lieben sich, er und sie, langsam und sinnlich, verschlungen in lang anhaltender Umarmung. Die Körper bewegen sich ohne Stocken in perfekter Harmonie. Jeder kennt die Wünsche des anderen. Trager stößt, und sein anderer Körper übernimmt den gleichen Rhythmus. Er streckt seine Hand aus und trifft ihre Hand. Sie erleben gleichzeitig ihren Höhepunkt (immer, denn der Orgasmus wird durch das Gehirn des Führers ausgelöst). Sie küssen sich.

Danach spricht er mit ihr, seiner Dame, seiner Liebe. Man sollte immer danach ein Gespräch führen; das hat er schon vor langer Zeit gelernt.

»Du hast Glück«, sagt er ihr manchmal. Sie kuschelt sich an ihn und bedeckt seine Brust mit kleinen Küssen. »Sehr viel Glück. Draußen belügt man dich nur, Liebes. Man betrügt dich mit einem dummen, blendenden Traum und fordert dich auf, daran zu glauben und ihn wahrzumachen. Man sagt dir, daß für jeden irgend jemand da ist. Aber das ist alles falsch. Die Welt ist nicht gerecht, sie ist nie gerecht gewesen. Man rennt einem Phantom nach und verliert, verliert immer. Versuch es noch einmal, heißt es dann. Aber das ist Geschwätz, leeres Geschwätz.

Keiner wird den Traum jemals finden; wer das versucht, betrügt sich selbst. Es ist eine gemeine Lüge von verzweifelten Menschen, in der Hoffnung, sich selbst davon überzeugen zu können.«

Aber dann kann er nicht weitersprechen, denn sie wandert mit ihren Küssen immer tiefer seinen Körper hinunter. Trager wirft seiner Liebe ein Lächeln zu und streichelt zärtlich ihr Haar.

Von allen grausamen Lügen, die du hörst, ist die grausamste jene, die Liebe genannt wird, sagt er sich. Aber ist dies nicht auch nur eine Hoffnung der Verzweifelten?

REX MILLER

Das Klassentreffen

Bis zur Veröffentlichung seines ersten Buchs war Rex Miller so gut wie unbekannt. Das änderte sich 1987, als er mit Slob *den Polizeibeamten Jack Eichord von der Chicagoer Mordkommission einführte. Eichord, der sich auf Psychopathen spezialisiert hat, tritt auch in den folgenden Romanen* Frenzy, Stone Shadow *und* Slide *als Held auf.*

Slob *war ein Ereignis ersten Ranges. Angesichts des neuen Riesentalents kamen keine geringeren als Harlan Ellison (›In Slob brodelt es‹) und Stephen King (›Ich konnte es nicht mehr beiseitelegen, so fesselnd war es‹) ins Schwärmen. Zugleich hat Miller mit diesem Buch, das sich in puncto Sex und Gewalt kein Blatt vor den Mund nimmt, eine Grenze überschritten. Er gliedert die wesentlichen Anliegen der Splatterpunks in die Krimitradition ein.*

Und, was noch wichtiger ist: Slob *macht die Welt mit dem vier Zentner schweren Killer, Lustmörder und Hundenarr Daniel ›Chaingang‹ Bunkowski bekannt. Der trotz alledem urkomische Chaingang avancierte auf Anhieb zur Kultfigur. Eine ganze Reihe von Kurzgeschichten um ihn herum (z. B. ›Sweet Pea‹ und ›The Luckiest Man in the World‹) schürten noch das Feuer. Inzwischen ist Bunkowski sogar zum Comichelden aufgestiegen (die Chaingang-Reihe bei Northstar Productions). Mit soviel Popularität konnte niemand rechnen. Zwar ließ Miller ihn in* Slob *sterben, aber ihm blieb gar keine andere Wahl, als ihn für* Slice *wieder zum Leben zu erwecken.*

Bei all dem Trara wollen wir jedoch Chaingangs Erfinder nicht aus den Augen verlieren. Rex Miller hat längst bewiesen, daß er keine Eintagsfliege ist. Mehr als zwanzig Jahre lang war er einer der gefragtesten Diskjockeys in den Radiostationen von St. Louis, Chicago, New York und Los Angeles. 1966 konnte man ihn im ganzen Land als DIE Stimme von Dodge hören. Nicht vergessen sei seine ellenlange Erfolgsliste als freiberuflicher Radiosprecher. Er hat für Pat Boone geschrieben und produziert und kann auf Veröffentlichungen seiner Kurzprosa in verschiedenen Anthologien verweisen, unter anderem in Alfred Hitchcocks Mystery Magazine*; seit 1971 ist er alleinverantwortlicher Eigentümer der ›Rex Miller's Killer Collectible and Vintage Videos‹, einem äußerst erfolgreichen Postversand, bei dem man im Bereich Video und Comics und Kultobjekte die ausgesuchtesten Leckerbissen von* I Walked With a Zombie *bis hin zu einem ›Captain Midnight Mystic Eye Detector Ring‹ bestellen kann.*

Rex Miller ist in der Welt herumgekommen.

Seine Aushängeschilder sind aber immer noch Chaingang und Eichord. Die Geschichten um sie herum sind geprägt von Brutalität und einem unheimlich schnellen Tempo – nichts für zart besaitete Gemüter. Als Komödienschreiber galt Miller bislang nicht; gerade darum ist ›Klassentreffen‹ eine besondere Delikatesse. Bei der Zusammenstellung dieser Anthologie hatten Rex und ich unheimlich viel Spaß miteinander. Und in dieser Erzählung über Voodoo, Verstopfung und ein Klassentreffen zeigt Miller, daß nicht nur in Gesprächen mit ihm gelacht werden kann.

Das Klassentreffen

»Sie können jetzt ins Sprechzimmer«, erklärte die junge Arzthelferin und wandte sich sofort wieder um. »Wenn Sie mir bitte folgen würden, Mr. Bryant...« Er legte sein zerfleddertes *People* auf den Stoß zu den anderen Zeitschriften und trottete ihr gehorsam nach.

Bubba Bryant gehörte nicht zu denjenigen, bei denen Frauen zweimal hinsehen. Ja, länger als unbedingt nötig wollte ihn niemand, weder Mann noch Frau, anschauen. Er war ein Fettsack von der allerhäßlichsten Sorte. Und das zeit seines Lebens. Also seit siebenundfünfzig Jahren. Genausolang hörte er auf den Spitznamen Bubba. Ledig. Hatte immer bei Papa und Mama gelebt, bis erst der Papa und danach die Mama das Zeitliche gesegnet hatte. Und jetzt wohnte er allein in dem kleinen Haus.

»Na, paßt du noch durch die Tür?« rief der Arzt in einem Ton aufrichtig klingender Herzlichkeit. »Du warst doch bestimmt schon hundert Jahre nicht mehr bei mir.«

»Ja, ja, ich weiß. Was für einen Eindruck hast du, Ronald – ich meine, Herr Doktor?«

»Kann ich noch nicht sagen, Bubba. Nennen sie dich noch so?«

»Mmhmm«, erwiderte Bubba verlegen. Allerdings wurde er kaum noch etwas genannt, denn er war kontaktscheu, wie seine Mama es immer umschrieben hatte. Bubba war ein Einzelgänger.

»Weißt du...«, der Arzt ließ sich von der Sprechstundenhilfe ein Klemmbrett geben und füllte beim Sprechen ein Formular aus, »...als ich heute früh die Terminliste durchgegangen bin, ist mir gleich dein Name aufgefallen. Erst habe ich an diese Busgesellschaft da gedacht, aber dann ist es mir gekommen: Bubba Bryant? Das kann doch nur mein alter Schulkamerad sein!« Er lachte. »Was ist denn aus dir so geworden?«

»Nicht viel. Ich lebe immer noch in der Stadt.« Er sah verlegen an seinen fetten Beinen hinunter.

»Wie kommt es, daß wir dich nie bei unseren Klassentreffen sehen? Es ist immer recht lustig. Aber dieses Jahr mußt du dich endlich blicken lassen. Wir feiern das vierzigste Jubiläum. Die ganze Bande kommt. Ein paar hat es nach New York verschlagen, einige nach Kalifornien, und der Jimmy Dale Potter kommt sogar aus Hawaii angereist.«

Weil sie Bubba in der Schule gern gehänselt hatten, war er den alten Kameraden nach Möglichkeit meist aus dem Weg gegangen. Er verabscheute sie alle miteinander.

»Na gut, ich will es versuchen.«

»Schön. Aber was führt dich jetzt hierher? Setz dich hin und quatsch dich mal richtig aus.«

»Danke. Ich leide seit ungefähr einer Woche unter einer ziemlich schlimmen Verstopfung.«

»Mmhmm. Soso. Das werden wir schon wieder hinkriegen.«

Doktor Ronald Ross kriegte die Sache mit Bubba nicht hin. Er verschrieb ihm ein sündteures Medikament, machte sich ein bißchen auf seine Kosten lustig und knöpfte ihm für die Sprechstunde einen horrenden Betrag ab, nur Abhilfe schuf er nicht. Als sich Bubba achtundvierzig Stunden später immer noch vergeblich aufs Töpfchen setzte, wurde er allmählich unruhig.

»Bubba?« dröhnte ihm die Stimme des Arztes aus dem Telefonhörer entgegen. »Die Dämme sind noch nicht gebrochen, hm?«

»Hä?«

»Du hast deine Gedärme noch nicht entleeren können?«

»Nein, Sir.«

»Tja, Bubba, dann laß dich noch mal bei mir blicken.

Wie wär's mit morgen um halb vier? Nach ein paar Röntgenaufnahmen werden wir mehr wissen. Klingt ganz nach einem Geschwür.« Er gab ein für seinen Beruf unübliches Lachen von sich. Aber er hatte es ja nur mit Bubba zu tun. »Na ja, ein kleiner Eingriff, und die Sache hat sich.«

»Äh – darf ich bestimmte Sachen nicht mehr essen?«

»Im Augenblick ist noch keine Diät nötig. Wie lange hast du das jetzt schon – neun Tage, sagst du? Tja, von mir aus kannst ein Kalb schlachten, wenn du Lust hast.«

Am nächsten Tag betastete Doktor Ross Bubba Bryants Dickdarm, untersuchte mittels einer Darmspiegelung die Geheimnisse seiner Innereien, walkte ihn durch, fertigte Röntgenaufnahmen an und kam zu dem verblüffenden Ergebnis: »Bubba, dir fehlt ja überhaupt nichts.«

»Hä?«

»Physiologisch läßt sich keine Ursache erkennen. Das legt den Schluß nahe, daß deine Beschwerden psychischer Natur sein könnten. Und in deinem Alter kann man natürlich Ernährungsgewohnheiten nie ganz ausschließen. Du hast über fünfzig Pfund Übergewicht, Kumpel. Da hilft nur eins: eine strenge Diät. Nur noch Rohkost und soviel Wasser wie möglich. Dazu verschreibe ich dir das umwerfendste Laxativ, das es zur Zeit gibt. Zusammen werden wir den Durchbruch auf alle Fälle schaffen, Bubba.«

»Okay.«

Doch der Durchbruch stellte sich nicht ein. Inzwischen waren seit seinem letzten Stuhlgang dreizehn Tage vergangen. Bubba Bryant war auf das höchste beunruhigt. Jahrein, jahraus hatte er in schöner Regelmäßigkeit sein Geschäft verrichtet, und jetzt auf einmal tat sich seit dreizehn Tagen überhaupt nichts mehr. In ihm schrillten sämtliche Alarmglocken.

Am dreizehnten Tag bestand Bubbas Abendmahl aus einem Weizenkleienbrei, einer Viertelschale gekochten

Spinat, einer halben gebackenen Kartoffel, einer halben Schale Gemüsesuppe, einem Eßlöffel Sirup mit Hydrolase sowie zwei von den so überaus wirksamen Pillen, die Doktor Ross Poopalotz nannte.

Um zehn Uhr abends verspürte Bubba immer noch nicht den Ruf der Natur. Langsam bekam er nicht nur panische Angst, ihn packte auch eine fürchterliche Wut. Er stapfte aus dem Haus und stürmte in die nächste Pizzeria. Dort bestellte er zwei extragroße Pizza la Bomba mit der dreifachen Menge Käse, der vierfachen Menge Wurst und allem sonstigen Drum und Dran bis auf Artischocken. Und das alles verschlang er. Auf der Rechnung standen am Ende 29,80 Dollar inklusive Mehrwertsteuer. Anschließend suchte Bubba eine Kneipe heim und spülte die Pizzen mit acht Gläsern Bier herunter. Vollgefressen wankte er heim. Alles oder nichts! lautete jetzt seine Devise – und wenn es seine Henkersmahlzeit gewesen sein sollte.

Am nächsten Morgen – es war der vierzehnte – wachte Bubba schweißgebadet auf. Schlecht war ihm nicht. Er hatte nur entsetzliche Angst. Und so ging er auch aus dem Haus. Nicht das geringste tat sich in seinen gewaltigen Innereien. Kein Völlegefühl, kein Unwohlsein, kein Bedürfnis, aufs Klo zu gehen. NICHTS! Den halben Tag irrte er ziellos in der Stadt umher.

Am frühen Nachmittag befand er sich irgendwo im Ghetto. Ein kleiner Laden, den er noch nie zuvor gesehen hatte, fiel ihm auf. Er trat ein und sah sich um, ohne freilich zu wissen, was er überhaupt suchte. Er hatte nur das Gefühl, hier irgendwie heimisch zu sein.

»Suchen Sie was Bestimmtes?« fragte eine alte Negerin.

»Nein, Ma'am, ich, äh...«

»Sie wollen sich einfach so umsehen?« half sie ihm.

»Mmhmm.« Er blickte verlegen zu Boden.

»Na, wo drückt dich der Schuh?«

»Ähh? Wie bitte?«

»Was für ein Problem hast du, Kleiner?«

»Äh, gar keins.« Er ging zur Tür. Auf dem Schild draußen stand: MADAME DRUT: KERZEN. Sie verkaufte Kerzen, vor allem schwarze. Dazu seltsame Wurzeln und andere komische Sachen. Fläschchen mit unverständlichen Aufschriften.

»Komm noch mal rein«, sagte sie. Als Bubba sich umdrehte, winkte sie ihn mit gekrümmtem Zeigefinger zu sich her. Zögernd trat er näher.

»Wieviel Geld hast du denn, mein Kleiner?«

»Keine Ahnung.«

»Sieh nach.«

Er zog das Geld aus der Tasche und zählte es vor ihren Augen. »Acht Dollar und ein paar Zerquetschte.«

»Soviel kostet das Fläschchen hier. Acht Dollar und ein paar Zerquetschte. Gib's mir.«

Er legte das Geld auf den Ladentisch, und sie reichte ihm ein unbeschriftetes Fläschchen mit einem weißen Pulver darin.

»Jeden Tag um Mitternacht nimmst du einen Löffel davon ein. Genau einen, nicht zwei und auch nicht eineinhalb, verstanden?«

»Jawohl, Ma'am.«

»Das machst du drei Tage hintereinander.« Da sie anscheinend nichts mehr zu sagen hatte, steckte Bubba das Fläschchen ein und trollte sich nach Hause.

Um Punkt zwölf Uhr Mitternacht schluckte er den ersten Löffel mit diesem Mittelchen. Es schmeckte abscheulich. Angewidert spuckte er das meiste wieder aus.

In den folgenden Nächten hielt er sich genauer an sie Anweisungen der Frau. Und am siebzehnten Morgen seiner Verstopfung schüttete Bubba den gesamten Rest des pulverigen Zeugs in eine Rührschüssel, verquirlte es mit Schokolade und machte sich einen Kakao.

In seinem Bauch fing es an zu gären. Den siebzehnten, achtzehnten, neunzehnten und zwanzigsten Tag verbrachte Bubba größtenteils im Bett. Er spürte, wie seine Körperflüssigkeit austrocknete, wie sie sich verdünnte, durch die Poren nach außen trat und verdunstete. Seine Lebensfunktionen schränkten den Betrieb immer mehr ein. Er sah den Tod kommen.

Bubba lag im abgedunkelten Haus und versuchte, soweit ihm das möglich war, an nichts zu denken. Die Augen hielt er geschlossen. Sollte doch passieren, was auch immer kam.

Am Nachmittag des zwanzigsten Tags weckte ein gräßlicher Schmerz Bubba aus einem Nickerchen. Nein. Ein Schmerz war es nicht. Eher ein Unwohlsein. Eine Mißempfindung im Darm. Ein Druck. Das Gefühl war so sonderbar, daß er kurz überlegte, ob er den Notarzt alarmieren sollte. Aber im nächsten Augenblick erkannte er die Ursache dieses Gefühls. Er mußte AUFS KLO! O Gott! Endlich! Er rannte los und konnte gerade noch rechtzeitig die Hose herunterziehen. Gott Vater im Himmel, liebster Herr Jesus, endlich, endlich, o ja, o ja, o JA! JAWOHL! JAWOHLWOHLJA! SCHÖNER ALS JEDER SEX!! AAAAHHHHHHHHHHHHHHHHHHHHHHHHHHHH-HHHHHHHHHHHHHHHHHHHHHHHHHHHHHH-HHHHHHHHHHHHHHHH!

Endlich machte Bubba wieder Kaka. Aber schön war das nicht. Es war phänomenal! Es war eine Orgie in Braun! Es war Bubbas größtes Erfolgserlebnis!

Bubba Bryant war ein glücklicher Mann. Er verbrachte einen herrlichen Tag. Er rief beim Arzt an. Jawohl, er wollte unbedingt zum vierzigsten Klassentreffen kommen. Er versuchte, Madame Drut zu erreichen, fand aber ihre Nummer nicht. Er ging ins Ghetto und suchte sie in ihrem Laden, doch dort hing ein anderes Schild. Sie war weitergezogen.

Am Morgen des einundzwanzigsten Tags nach einem nie erlebten, herrlich tiefen Schlaf wachte er mit einem schrecklichen Gefühl in der Magengegend auf. O Gott, war ihm schlecht! Wenn Kinder solche Schmerzen hatten, rannten sie heulend zur Mama, und die holte gleich den Arzt, denn so kündigte sich meistens ein Blinddarmdurchbruch an. Speiübel war ihm. Und wieder brachte er gerade noch die Hose runter, und ab ging die Post.

Grummmelgrummelgrrrrrrrrrrrrrrrruuuuuuuuuuuuuuuuuuummmmmmmmmmmmmmmmeellllllllllllllllllllsprrotzzzzz. Mit einem Furzen, Poltern, Donnern platzte und schoß es heraus aus der braunen Autobahn, der super Schokobananenchiefspecial war unterwegs! HAHAHAHAHAAAAAAAAAAALLLLLLLLLLLEEEEEEEEELLLLLLLLLLLLLUUUUUUUUUUUUUUUUUUUKKKKAAAAAAAHHHHHHHHHHHHHHHHHHHHHHHHHHHHH! PUHH! Und weiter glitschte, zischte, spritzte die Lawine! O GOTT! Gewaltig war gar kein Ausdruck. Das waren ja UNGEHEUERLICHKEITEN, und sie stellten alles in den Schatten, Stuhl und Nicht-Stuhl. Furchterregende Exkremente waren das, wie sie diese Welt nie und nimmer hervorbrachte, nein, sie kamen direkt aus der Hölle. Das Klo war längst voll. Sitzenbleiben ging nicht mehr.

Er mußte in die Hocke. Er heulte, brüllte, griff in einem fort nach hinten und drückte die Spülung. Dann wagte er doch einen Blick. War das alles aus ihm herausgequollen? Fast hätte er das Bewußtsein verloren. So kippte er nur um und landete mitten drin.

Den Rest des Tages verbrachte er auf dem Klo und putzte. Am Morgen des zweindzwanzigsten Tages krabbelte er aus dem Bett, noch ehe der Wecker schrillte, und rannte ein paar Straßen weiter zu einem verwilderten Grundstück, auf dem ein verlassenes Haus stand. Als es wieder losging, war er schon drinnen. Es katapultierte ihn zum Fenster hinaus. Das war kein Superschokobananechiefspecial mehr, das war ein brauner Horror*berg*, der aus ihm platzte, schoß und in die Höhe wuchs. Die Schmerzen waren grauenhafter als bei der Geburt von tausend Stachelschweinen. WUMM! Den ganzen Tag blieb er inmitten des Gestanks auf dem Unkraut liegen. Erst mit Einbruch der Dunkelheit stahl er sich heim und spritzte sich mit dem Gartenschlauch ab.

In der Nacht schlief er wieder wie ein Neugeborenes. Am Morgen des dreiundzwanzigsten Tages unterdrückte er das Bedürfnis. Um die Mittagszeit watschelte er mit O-Beinen wie die Karikatur eines Cowboys. Irgendwie gelang es ihm, es sich bis sieben Uhr zu verkneifen. Und um Punkt sieben traf er im Sonntagsanzug in seiner ehemaligen High School ein.

Das Brodeln ließ sich nicht länger beherrschen.

Er konnte gerade noch die Tür aufreißen und schreien: *Hi, allerseits! Bubba ist da!«*

Sein Gesicht war in Schweiß gebadet, aber er verzerrte es zu einem gewaltigen Grinsen. Und dann wirbelte Bubba herum, ließ die Hose fallen und füllte die Aula mit seinen zutiefst empfundenen wahren Gefühlen für seine ehemaligen Schulkameraden.

ROBERTA LANNES

Zeit für den Abschied

Im Gegensatz zu den meisten anderen in diesem Buch vertretenen Autoren kenne ich Roberta Lannes nicht persönlich. Wir haben nur am Telefon ein bißchen miteinander geplaudert. Aber wenigstens hat sie dem Vertrag zum Abdruck von ›Goodbye Dark Love‹ (erstmals erschien die Geschichte 1968 in der von Dennis Etchinson herausgegebenen Anthologie Cutting Edge*) eine kurze Mitteilung beigefügt. Darin äußert sie ein paar interessante Gedanken zu ihrer Erzählung im besonderen und zum Splatterpunk ganz allgemein. Einen Auszug aus ihrem Begleitschreiben vom Januar 1990 möchte ich zitieren:*

»Als ›Zeit für den Abschied‹ entstand, gab es im Horror zwar schon die neue Tendenz zu fragwürdigen Exzessen, aber der Begriff ›Splatterpunk‹ tauchte erst später auf. Zugegebenermaßen nehme ich mir in meiner Geschichte, was Sex und Gewalt betrifft, kein Blatt vor den Mund. Von mir aus kann man das auch extrem nennen, aber auf keinen Fall exzessiv. Der Splatterpunk, bei dem es per Definition um Blut, Innereien und brutalsten Sex geht, will die niedersten Bedürfnisse der Leser ansprechen. Ich dagegen setzte das Extreme nur ein, um meine Prosa um das Element der sinnlichen Erfahrung zu bereichern. Die genaue Beschreibung, sofern sie sparsam instrumentalisiert wird, fängt da an, wo der Exzeß aufhört. Sie ist kein Selbstzweck, sondern führt fort vom Werk an sich in den persönlichen Erfahrungsbereich. ›Zeit für den Abschied‹ hat eine eng umrissene Stoßrichtung und ist deshalb weitaus mehr als bloße Unterhaltung, die den Leser mit ein paar Schocks niederknüppeln soll. Mit meiner Prosa erzeuge ich eine Kraft, wie sie ansonsten nur noch im persönlichen Erleben nachvollzogen werden kann. Eine

›Splatterpunkerin‹ bin ich nicht! Eine Stilistin mit dem Hang zur expliziten Illustrierung dagegen unbedingt. Und möglicherweise auch eine leicht versnobte Literatin.«

Seufz. Schon wieder ein Beitrag von jemandem, der kein Splatterpunk sein will.
Auch gut. Roberta Lannes ist kein unbeschriebenes Blatt. Ihre Erzählungen und Gedichte sind in verschiedenen Anthologien und Literaturzeitschriften erschienen. Gegenwärtig arbeitet sie an einem Roman mit dem Titel The Glass Tomb.

Ich habe ›Goodbye, Dark Love‹ im Zug zwischen Tarrytown und Philadelphia gelesen. Und war ganz schön mitgenommen, muß ich sagen. Auf seine Weise (auch wenn ich es eher als ein Fragment ansehe und keine voll entwickelte Geschichte) ist die Erzählung wahrhaft subversiv, gelingt es der Autorin doch, Nekrophilie (aus der Sicht einer Frau) als etwas Erregendes darzustellen und zugleich ihre zutiefst empfundene Empörung über eine Gesellschaft zum Ausdruck zu bringen, die ein solch wichtiges und komplexes Thema totschweigt.

Zeit für den Abschied

Marla strich sich mit den Fingern über den Morgenrock und schlug ihn vorne auf. So beugte sie sich über das Bett, in dem er lag – still und tot.

Sie ließ den Rock von den Schultern gleiten. Mit einem gedämpften Geräusch, ähnlich dem Flügelschlag eines Schwans, fiel er auf den Boden. Sie sah zu ihren Brüsten hinunter – und dann auf die langsam grau werdende Gestalt. Nun ergriff sie eine Brustwarze zwischen den Fingern. Mit der anderen Hand berührte sie sein nach wie vor erigiertes Glied unter der Decke. Sie packte fester zu. Gleichzeitig massierte sie sich die Knospe, bis sie hart und aufrecht nach oben stand. Der Atem kam ihr stoßweise. Mit dem marmornen Schwanz konnte sie machen, was sie wollte, ihn stoßen, reiben, kneten. Sie wurde immer erregter. Ihre Finger glitten hinunter zu ihrem Schoß, teilten die Schamlippen, ertasteten das Knöpfchen. Es kitzelte. Es vibrierte. Vibrierte heftiger. Sie war der Klimax nahe.

»Nein, nein«, flüsterte sie. »So nicht.«

Sie ließ ihn los und nahm auch die Hand von sich selbst weg. Eigentlich wollte sie fort von hier – nicht nur körperlich. Sie zwang sich, an die Welt draußen zu denken, damit ihr Leben von neuem beginnen konnte, dachte daran, wie sie Lügen und müde Blicke austauschten. Sie lauschte den entfernten Stimmen. Motorgeräusche. Seine Armbanduhr tickte. Im Zimmer nebenan kam gedämpfte Musik aus dem Radio. Verspielt klang sie. Und weit, weit weg. Beruhigend.

Ein Schreien. Das Baby. Mrs. Lopez' Baby.

Marla lächelte.

Das war ja so vollkommen.

So neuartig.

So unglaublich – halt, nein, das nicht.

Sie packte das steife Glied wieder fester. Herrlich. Nur sie brauchte zu wollen. Sie bestieg ihn. Sie schob die rote Rute in die Öffnung ihrer Erregung und ließ sich fallen. Der Orgasmus kam sofort. Und hielt an. Wieder und wieder rammte sie sein Ding in sich hinein. Ein absolut starrer Eiszapfen in ihrem warmen, lebendigen Fleisch.

Plötzlich stieg ihr ätzender Uringestank in die Nase. Er erinnerte sie an öffentliche Klos, dunkle Unterführungen, Parks. Es hatte entsetzlich gestunken. Auch in der Kälte. Dunkelgraue Wände waren um sie herum aufgeragt. Auf ihnen hatten weiße Turbane aus Papier gethront. Die Leute hatten es einfach hingeschleudewrt, als hätten sie mit ihren Fäkalien Kunst schaffen wollen. Warum hatte er es immer ausgerechnet an solchen Orten mit ihr treiben müssen?

Dort. Damals. In besseren Tagen. Einmal hatte er sie zu einem Volksfest mitgenommen. Es war ein heißer, sonniger Tag gewesen. Sie trug ihr neues Sommerkleid, ein Geschenk von ihm. Rosa war es. Und sehr knapp. Er gewann beim Scheibenschießen einen Stofftintenfisch für sie, kaufte ihr Zuckerwatte und fuhr mit ihr auf der Achterbahn. Zweien seiner Kumpel, die ihnen zufällig über den Weg liefen, stellte er sie als ›meine Zukünftige‹ vor. Sie lächelten sie an und sagten ihm, sie sehe umwerfend aus. Ein steiler Zahn. Damals hatte er sie angesehen. Hatte ihr tief in die Augen geschaut. Als hätte er sie zum ersten Mal erblickt. Und sie hatte gehofft, es würde sich alles zum Guten wenden. Eines Tages. Vielleicht.

So war sie damals gewesen. Sie schnitt eine Grimasse. Und wie sah sie jetzt aus? Auf seinem leblosen Schwanz hockte sie, aufgespießt. In Ekstase war sie. Endlich ging es einmal nach ihrem Willen.

Ein Klopfen an der Wohnungstür fuhr ihr durch Mark und Bein.

Sie erstarrte. Ein Krampf kündigte sich im Fuß an. Stimmen vernahm sie nicht. Außer dem eigenen Keuchen hörte sie keinen Laut. Wieder klopfte es. Wie ein Schuß peitschte es durch die Wohnung. Aber wer sollte das schon sein? Es war einfach niemand. Trotzdem schwappte Panik in ihr hoch. Sie biß die Zähne fest aufeinander. Dann entfernten sich Schritte. Der Fremde, oder wer auch immer es sein mochte, ging.

Marla atmete auf.

Das Herz tat ihr ein kleines bißchen weh. Ein Stechen stieg aus ihrem tiefsten Innern nach oben und brach ihre wütende Lust. Es kroch weiter bis in ihre Kehle und entlud sich in einem unterdrückten Schrei. Ihre Freundinnen. Wo waren sie jetzt? Am Anfang war er sehr nett zu ihnen gewesen, hatte viel mit ihnen gelacht und hatte sich in ihrer Gesellschaft wohl gefühlt. Dann hatte er sie ihr nach und nach verboten. Seine Freunde hatte sie nie gesehen. Sie waren Teil seiner Welt gewesen, einer Welt, die er ihr, wie er sagte, zu ihrem eigenen Besten lieber vorenthielt. Reichte es denn nicht, daß sie jemanden hatte, der sie liebte, der sie beschützte? Ihre Freundinnen hatten niemanden. So ließ sie zu, daß er ihre ganze Welt wurde und sie, soweit möglich, ein Teil der seinen.

Dann aber kam der Tag, an dem sie begriff, daß er sie zu sehr beschützt hatte.

Sie riß sich los von ihm, stand auf und zog sich den Morgenrock an. Den Blick auf ihn gerichtet, ging sie um das Bett herum. Auch im Tod wirkten seine Züge noch markant. Weit aufgerissene klare blaue Augen. Geweitete Nasenflügel. Adlernase. Leicht geöffnete volle Lippen. Einfach einladend. Sie beugte den Kopf dicht über den seinen. Da war er wieder, der allzu vertraute Alkoholgeruch. Säuerlich. Sie bedeckte seine Lippen mit den ihren. Ihre Zunge suchte die vertrauten warmen Stellen. Er nahm ihr die Wärme weg, aber sie war vergeudet an ihn.

Sie rieb ihren Mund an seinem Gesicht und stellte fest,

daß ein Bartschatten auf seinen toten Wangen gewachsen war.

Fahles Spätnachmittagslicht fiel durch vergilbte Jalousien in die Wohnung. Die Atmosphäre war die eines Traums. Des Traums, den sie sich nie zu merken gewagt hatte. Sie hatte ihn sich selbst stets verboten, und das seit langer Zeit. Der Traum hatte mit Auswahl zu tun gehabt. *Mit einem anderen Mann, mit jedem, nur nicht ihm.*

Sie konnte nicht sagen, wann ihre Liebe, ihre Begierde, ihre Abhängigkeit von ihm in das Gegenteil umgeschlagen waren. Als seine bloße Ankunft sie hatte zusammenzucken lassen? Als sie sich schon seines Geruchs wegen abgewandt hatte? Als jeder Körperkontakt sie angewidert hatte? Aber zugleich hatte auch sie sich verändert. Langsam. Beständig. Unwiderruflich. Am Ende war es aus gewesen mit dem bittersüßen Knistern zwischen ihnen. Sie merkte, daß er einen Krieg gegen sie geführt hatte, obwohl sie nie eine Feindin hatte sein wollen. Er war es, der mit List und Sabotage den Sieg davontrug, der unnachgiebig die Bedingungen diktierte. Eine Ein-Mann-Armee, die ohne jeden Grund in den Krieg gezogen war. Den einen Tag gab er sich verspielt, am nächsten war er grausam. Und so ging es weiter, bis ein Körnchen in ihr Wurzeln faßte. Ihre Hingabe verkehrte sich in Zorn. Das Körnchen blieb nicht allein. Eine Handvoll wurde daraus, ein Feld, eine Scheune. Und sie lief über.

Er hinterließ ihr sein Geld und sonstiges Hab und Gut, aber das bedeutete ihr nichts. Sie wollte einen anderen. Irgendeinen Mann, der sie voller Zärtlichkeit liebte, der offen und lieb zu ihr war. Jetzt hatte sie die Wahl. Ihre Ketten hatte sie endlich gesprengt. Sein Tod war die Freigabe. Er hatte sie in ihr eigenes Leben entlassen. Und sie würde das Beste daraus machen.

Sie blitzte ihn an. Ein ganz neues Gefühl der Stärke floß durch sie.

»Du wirst mir nie wieder sagen, daß keiner mich haben

will. Und deine Lügen höre ich mich nicht mehr an. Nur bei dir soll ich einen Orgasmus haben? Da lache ich ja!«

Sie kniete sich knapp vor seinem Gesicht hin und schlug den Morgenrock auf. Ihre Finger glitten zwischen die üppigen Schamlippen, teilten sie gierig. Die andere Hand schob eine Brust bis an den Mund. Die Zunge glitt über die Warze und schoß hin und her, bis sie sich erregt aufstellte.

»Schau genau hin...« Ihre Stimme war ein heiseres Flüstern. Sie fing an, auf ihren Fingern zu schaukeln und kam ins Stöhnen, ins Keuchen.

Dann fiel sie aufs Bett zurück. Erschöpft schnappte sie nach Luft. Sie mußte husten. Sie hatte sich total verausgabt und blieb mehrere Minuten regungslos liegen. Als ihr Atem sich wieder normalisiert hatte, stützte sie sich auf dem Kissen auf und griff nach den Zigaretten auf dem Nachtkästchen. Sie zündete sich eine an und blies ihm den Rauch ins Gesicht. Während sie in tiefen Zügen rauchte, spielte sie mit den Narben an ihrem Bauch und Brustkorb. Dann drehte sie den Stummel um und steckte ihm das glühende Ende in den feuchten Mund. Mit einem Zischen erlosch die Zigarette.

Der Abend nach einem langen Tag am Strand fiel ihr wieder ein. Sie hatte sich einen entsetzlichen Sonnenbrand geholt. Am ganzen Körper war ihre Haut mit Blasen übersät. Und er kümmerte sich rührend um sie. Er trug Salben auf und machte ihr kühlende Umschläge. Bis sie endlich einschlief, hielt er ihr die Hand, legte ihr Eiswürfel auf die gesprungenen Lippen und tröstete sie mit liebevollen Worten. Am nächsten Morgen, noch ehe sie richtig wach war, lag er auf ihr und nahm sich, was sie ihm angeblich schuldete. Die Schmerzen...

»Na, tut das gut? Du hast mir doch gesagt, daß Freude und Schmerzen nahe beieinander liegen. So nahe? Geht's dir jetzt auch so, du Dreckskerl? Was wußtest du schon? Du wolltest mich nur brandmarken, mich fürs Leben entstellen, damit mich sonst keiner mehr will. Du wolltest deiner Sache ganz sicher sein. Ja, ja, das hätte dir so gefallen. Mir weh tun, das konntest du. Dir war schon klar, daß mir eine Lüge wegen der Narbe eingefallen wäre, wenn einer sie wirklich mal gesehen hätte. Und daß ich umsonst gelogen hätte, weil jeder sofort merkt, woher sie kommen. Und daß keiner dir so was zugetraut hätte, das war dir auch klar. Nein, nein. So was kann sich nur die doofe Marla selber antun. Ha!«

Sie zündete sich wieder eine Zigarette an.

Die Lüftungsanlage pfiff, knatterte, dann surrte sie wie gewohnt weiter. Durch das schwarze Gitter im Fenster drang der Straßenlärm ins Zimmer. Sie hatte sich oft vorgestellt, es sei ein Radio, das die Geräusche der Stadt live übertrug. Den herben Rhythmus. Das Heulen. Das Pfeifen des Winds. Das Maschinendonnern. Das Hämmern des Regens. Die Sirenen. Die Musik, die allein sie verstand. Er hatte sie für dumm, wenn nicht übergeschnappt gehalten. Aber er hatte nie etwas begriffen. Sie versengte ihm die Wange. Haare brutzelten. Es stank.

Unten blieb ein Bus stehen. Bremsen quietschten. All die Lügner, Vergewaltiger, Betrüger, Drecksäue, verlogenen Arschlöcher, Schleimscheißer, Scheinheiligen und wirklich Verrückten waren dort versammelt. Drängten sich im Bus, um heim in die eigene Hölle zu kommen. Bald fuhr die nächste Ladung vor. Und alle dünsteten in ihrem eigenen Zorn, verspritzten ihre Enttäuschung, suchten falsche Hoffnung hinter affigem Fernsehlächeln. Was gab es eigentlich noch auf der Welt? Was?

Nach und nach brannte sie kleine Löcher in seine Brust. Ein winziges Herz nahm Gestalt an. Die Wunde beruhigte sie. Sie schlug den Morgenrock zurück und sah auf das Herz hinunter, das er auf ihren Bauch tätowiert hatte. Ohne zu lächeln, denn schön war das nicht. Niemand würde es für schön halten. Auch das hatte er gewußt. Sie drückte die Zigarette auf seinem Nabel aus.

Langsam fing er zu stinken an. Nach Scheiße. Nach verdorbenem Gemüse aus der Dose. Nach Schimmel, Pisse, Schweiß und Erbrochenem. Sie würgte. Dann schnippte sie das Feuerzeug an und hielt die Flamme dicht an sein linkes Auge. Fast erwartete sie, es würde in einem Reflex zuklappen, doch es quoll mit einem Zischen heraus. Mit angehaltenem Atem verfolgte sie, wie die Flamme das ganze Auge verzehrte. Zurück blieb nichts als ein rauchendes Loch. Sie machte sich über das andere Auge her. Ein Brechreiz zwang sie zum Aufhören.

Langsam wurde es Zeit. Sie ging in die Küche, wo sie ein großes Tranchiermesser, eine Schachtel Duftkerzen und sechs Müllsäcke fand.

Als erstes zündete sie die Kerzen an und verteilte sie im Raum. Der Gestank schien nachzulassen. Nun machte sie sich daran, den Leichnam sorgfältig auseinanderzuschneiden. Sie wollte nicht brutal zu Werke gehenn, aber die Arbeit war schwerer als erwartet. Mit dem ganzen Gewicht mußte sie sich aufs Messer stemmen, bis die Gelenke sich endlich durchtrennen ließen.

Am Ende steckte sie die Einzelteile, die Bettwäsche und ihren Morgenrock in die Müllsäcke und band sie oben gut zu. In der Küche wusch sie das Messer ab und legte es in die Schublade zurück. Dann duschte sie sich heiß ab, trocknete sich sorgfältig, zog sich an und packte drei Koffer. Sie konnte gehen.

Noch einmal inspizierte sie Zimmer für Zimmer die Wohnung. Sie waren befrachtet mit Erinnerungen, darunter auch vielen schönen. Den Vorhängen, die er ihr gekauft hatte, weil sie sich die unbedingt gewünscht hatte, dem Sofa und dem Kuschelsessel, die ihr im Katalog so gut gefallen hatten. Über dem Waschbecken lag seine Haarbürste. Weiche, ergrauende Haare hingen noch darin. Und im Wohnzimmer fand sie seine Lesebrille. Er hatte sie immer zum Studium der Fernsehzeitung aufgesetzt. Für ihr Leben gern hatte sie mit ihm gemeinsam ferngesehen.

Schließlich ging sie ans Telefon und bestellte ein Taxi.

Sie ärgerte sich in Grund und Boden, daß sie noch zu jung war, um selbst zu fahren. Bis zu ihrem achtzehnten Geburtstag waren es noch einige Monate hin. Aber dann wollte sie noch einmal kommen und seinen Wagen holen. So lange freilich mußte sie sich gedulden.

Jetzt endlich schleifte sie die sechs Müllsäcke einzeln zur Hintertür, machte auf und stellte sie in die Durchfahrt. Von draußen schloß sie die Tür und betrachtete noch einmal die sechs säuberlich verschnürten schwarzglänzenden Säcke. Wehmütig wandte sie sich ab.

Vorne hupte das Taxi.

»Tja, es ist wohl Zeit für den Abschied, Darling. Danke noch mal für alles.« Sie zuckte mit den Schultern. »Danke für nichts.«

Während der Taxifahrer ihre Koffer zum Auto trug, blieb sie an der Haustür stehen und versuchte sich zu erinnern, wie es gewesen war, als sie ihn geliebt hatte. Sie empfand nichts.

Sie sperrte zu und ging hinaus in die Welt, die auf sie wartete.

ANHANG

CHAS. BALUN

Euch spuck' ich ins Gesicht
Bissige Filme

Ohne die Splatterfilme wäre der Splatterpunk wohl nicht denkbar. Filme wie Blood Feast, Night of the Living Dead, The Texas Chainsaw Massacre, Suspiria *und so ziemlich alles aus der Hand des italienischen Regisseurs Lucio Fulci* (Zombie, The Beyond, The Gates of Hell) *haben den Splatterpunk nicht nur nachhaltig beeinflußt, sie haben Maßstäbe gesetzt.*

Aber wie ist es um die neueren Filme bestellt, meistens Werke von nur zehn Minuten Dauer, die sich daran machen, eine ganz neue Generation von Prototypen des Splatterpunk heimtückisch zu unterwandern?

Die Hardcore-Gruselfilme sind inzwischen ein ganz eigenes Genre mit ihren ureigenen Regelwerken (Fangorias Weekend of Horrors), *Zeitschriften* (Gorezone) *und Fanzinen* (Shock Xpress), *allesamt Sprachrohre dieser zugegebenermaßen total verrückten Subindustrie. Und einer der besten Journalisten im unermüdlichen Einsatz für die dunkelroten Spinnereien ist Chas. Balun.*

Baluns erste Aufsätze erschienen in diversen Fanpostillen. Ein kleiner Fisch ist er aber nicht lange geblieben, denn an Leuten wie ihm kommt man einfach nicht vorbei. Erstens kennt er sich in seinem Gebiet aus wie kein anderer, und zweitens merkt man seinen Arbeiten an, daß jede Menge Begeisterung dahintersteckt. Und was noch wichtiger ist: Balun hat Bewertungskriterien für die Obszönität der cineastischen Greuel geschaffen. Mit den läppischen Sternen der offiziellen Filmkritik haben die freilich nichts zu tun. Balun geht es natürlich auch um den Gesamteindruck eines Films. Mit einem aberwitzigen Geniestreich hat er eine Horrorskala erfunden. Mit der mißt er die Menge an Blut, Hirnflüssigkeit, Schleim, Rotz, Kotze, Kacke, Pisse und sonstigen Körperflüssigkeiten, die im Laufe eines Films vergossen, ausgespuckt, verspritzt werden. Demnach würde zum Beispiel Doctor

Butcher M.D. *eine 10 bekommen,* Terms of Endearment *dagegen eine 0.*

Verdienste hat sich Chas. Balun auch als Mitherausgeber der Splatterpostille Deep Red *sowie dem parallel dazu erschienenen* The Deep Red Horror Handbook *erworben. Auch als Autor eines Splatterpunkromans ist er mittlerweile in Erscheinung getreten.* Ninth and Hell Streets *heißt das Ding.*

Trotz seiner weitgestreuten Interessen ist und bleibt Chas. Balun in erster Linie ein kompetenter Kritiker, in dem sich Enthusiasmus und akademischer Forschergeist auf ideale Weise vereinen. Mit ›Euch spuck' ich ins Gesicht‹ analysiert er die neueste Ernte der aktuellen Splatterfilme. Es war auch wirklich an der Zeit für einen brauchbaren Filmführer. Den benötigen nämlich die Gemeinden der eingefleischten Horrorfans und ihrer Wahlverwandten, der Splatterpunks, gleichermaßen.

Jede Szene blickt einem direkt ins Auge – und spuckt!

Africa: Blood & Guts (1972)

Manche Filme waren nie zur Unterhaltung des Publikums gedacht. Sie funktionieren eher wie ein Klistier ... rein mit dem Zeug bis tief in die weichsten Stellen, und dann raus mit der Kacke.

In solchen Fällen will der Filmemacher gar keine neuen Freunde oder Fans gewinnen, ihm geht es vielmehr darum, ANGST, ABSCHEU, EKEL bei den Zuschauern zu erzeugen. Er verlangt nicht, daß sie ihn oder sein Werk mögen. Der potentielle Konsument soll eher herausgefordert, vielleicht auch gewarnt werden. DIESEN FILM SEHEN SIE AUF EIGENE GEFAHR!

Die Rede ist von Filmen, die die Parameter des Genres aufs neue ausloten und die Belastbarkeit des Publikums testen. Viele von diesen Werken sind absichtlich widerwärtig, abstoßend und brutal, dies aber auf eine Weise, daß sie fast automatisch zu Kultfilmen avancieren. So viel Grausamkeit kann man nicht mehr ignorieren. Um gezähmte Raubtiere handelt es sich dabei nicht. Diese Filme sind und bleiben wild und gefährlich – sie BEISSEN!

Im zeitgenössischen Horrorfilm hat man sich daran gewöhnt, in alle möglichen Schubladen gesteckt zu werden. Schlagwörter wie ›Teenkill‹, ›Bodycount‹, ›Stalk 'n Count‹, ›Splatter‹ etc. etc. machen die Runde, provozieren aber letztendlich nur eins: Das Genre entwickelt stets neue bizarre und oft genug erschreckende Ketzereien. Fast kann man schon von Vergewaltigung durch das Kino sprechen. Den heimatlosen Horrorfilmen gelingt es so gut wie immer, zumindest ein Nervenende bloßzulegen. Sie entschuldigen sich für nichts und erwarten selber keinerlei Nachsicht. Gefangene werden nicht gemacht.

Diese Filmemacher folgen keinen Regeln. Sämtliche Konventionen werden über den Haufen geworfen zugunsten einer grobknochigen Darstellung von Wirklichkeit, die den Zuschauer automatisch als Komplizen in die Handlung hineinzieht. Es sind dies fast immer äußerst düstere minimalistische Arbeiten, die mit geringen Finanzmitteln hergestellt wurden und als Anti-Filme laufen. Sie verstehen sich auch mehr als Urschrei und nicht so sehr als mehr oder weniger verrückte cinematographische ›Produkte‹. Marktnischen sind dementsprechend dünn gesät.

Ein breites Publikum erreichen diese Filme in der Regel nicht. Einige sind schlichtweg zu extrem, zu schockierend mit ihrer zum Fetisch ausgearteten Aufeinanderfolge von Darstellungen sadistischer und durch und durch perverser Verhaltensweisen, als daß selbst die Hartgesottensten noch einen Versuch zu ihrer Verteidigung wagen würden. Filme wie *Last House on Dead End Street*, in denen es von ellenlangen Auspeitschungen, ekelerregenden Erniedrigungen aller Art und grauenhaften Folter- und Mordszenen wimmelt, werden kaum auf Verständnis stoßen. Auch nicht bei einem Publikum, das mit ungefährlichen und halbwegs normalen Splatterfilmen wie *Friday the 13th*, *Nightmare on Elm Street* und sogar *Dawn of the Dead* oder *The Evil Dead* großgeworden ist.

Bei einer Szene in *Last House on Dead End Street* bleibt selbst dem kritischsten Kommentator die Spucke weg.

Nachdem das Opfer verhöhnt, erniedrigt und geschlagen worden ist, wird der arme Mann gezwungen, sich vor eine Halbnackte zu knien, aus deren Hosenschlitz ein Rehfuß herausragt. Hinter ihr hat sich ein anderes Monster mit Hirschfüßen so aufgestellt, daß der Eindruck entsteht, sie habe Teufelshörner. Allein da quellen einem schon die Augen hervor, doch dann... wird der Kerl gezwungen, oral mit der Teufelskralle zu kopulieren, und zwar auf die widerwärtigst vorstellbare Weise. Danach wird es noch schlimmer.

Solche Filmemacher werden mit höchster Wahrscheinlichkeit nicht zu Wochenendseminaren eingeladen, um vor erwartungsfrohen Jungfilmern über ›Das Blasen als Metapher‹ zu sprechen. Die Burschen sind zu gefährlich, meine lieben Freunde.

Oft genug freilich reagiert das Publikum auf derart vor den Kopf stoßende Offenherzigkeit und Provokation um ihrer selbst willen ziemlich schnell und einhellig mit dem ›Warum-tue-ich-mir-das-überhaupt-an-Syndrom‹. Nicht wenige von diesen nihilistischen Unholden haben selbst den eifrigsten Fan des Genres zum Überdenken seines moralischen Universums gezwungen. Wenn Filme wie *I Spit on Your Grave, Maniac, I Hate Your Guts,* oder *Henry: Portrait of a Serial Killer* eines geleistet haben, dann vielleicht dies: Man untersucht sein Gewissen, sieht sich seine rechte Hand genauer an ... und hackt sie sich dann ab. Auf jeden Fall wird das Publikum unweigerlich in zwei Lager gespalten. Es wendet sich vehement dagegen, oder es muß sich in die Defensive drängen lassen. Den gewaltigen, wenn auch in der Regel zwiespältigen Emotionen, die die Filme hervorrufen, kann sich aber keiner entziehen.

Weil die Horrorfilme so billig mit minimalem Aufwand, namenlosen Darstellern und total unerfahrenen Teams hergestellt werden können, setzen die Regisseure sehr oft kompromißlos ihre Vorstellungen durch – Hauptsache, sie erregen Aufmerksamkeit. Das Ergebnis ist eine Überfülle von ekelerregenden Szenen, damit das schlimmste aller Verbrechen in diesem rein auf den Kommerz ausgerichteten Gewerbe vermieden wird – unbeachtet zu bleiben. Blasphemie, Perversitäten aller Art, brutalste Gewalt, die Verletzung von Tabus, alles ist erlaubt, nur eines nicht: DIE VERBREITUNG VON LANGEWEILE.

Viele ehrgeizige junge Filmemacher, die inzwischen oben angekommen sind, haben sich in ihren ersten Arbeiten kompromißlos solchen grobschlächtigen Inhalten gestellt, denen bei allen Emotionen, die sie geschürt haben – meist waren es ja unflätige Beschimpfungen – eines sicher war: sie wurden beachtet. *The Last House on the Left, The Texas Chainsaw Massacre, I Spit on Your Grave* und *Basket Case* mögen die Leute entsetzt oder verstört haben, vergessen hat sie keiner. Auch der schlimmste Verriß ist nach hinten losgegangen, denn er hat die Neugierde erst geweckt. Durch Mund-zu-Mund-Propaganda sind die Filme schnell in den einschlägigen Kreisen bekannt geworden und haben sich auf dem Videomarkt zu Schlagern gemausert. Als zum Beispiel Frank Hennenlotters erfrischender *Basket Case* von Frank Reed als »der widerwärtigste Film, den ich je gesehen habe«, bezeichnet wurde, wollte er damit mit Sicherheit kein Signal zum Sturm auf die Videogeschäfte geben. Genauso haben sich die Starkritiker Gene Siskel und Roger Ebert wegen ihrer unabsichtlich verkaufsfördernden Verrisse von *Friday the 13th, Last House on the Left* und *I Spit on Your Grave* eine Provision redlich verdient, lautet das erste Gebot doch: DU SOLLST NICHT UNTERGEHEN IN DER MASSE!

Möglicherweise ist es aber auch ganz gut so. So fallen die Filme wenigstens nicht in die falschen Hände. Es besteht ja auch immer noch die – freilich hauchdünne – Chance, daß die Kritiker, die an den Horrorfilmen kein gutes Haar lassen, die Werke, das Genre und seine Fans gründlich mißverstanden haben.

Und dann gibt es auch noch so verwirrende Filme wie John McNaughtons *Henry: Portrait of a Serial Killer* (1986), die Fans und Kritiker gleichermaßen vor ein moralisches Rätsel stellen. Wie sollen sie mit der absolut unparteiischen Darstellung des gewaltsamen Todes umgehen? Da wird nicht mit den Augen gezwinkert, da meldet sich keine getroffene Stimme zu Wort, der Tod erscheint vielmehr beiläufig wie der ganze Rest des Alltags. Und die Titelgestalt selbst ist zwar ein Psychopath und brutaler Mörder, erweist sich aber trotzdem als der eigentliche Held. Zugegebenermaßen foltert und ermordet er Frauen am laufenden Band, hat jedoch auch immer ein nettes Kompliment für eine gestreßte Kellnerin übrig und ein offenes Ohr für die vom Schicksal weniger Begünstigten. Seinen Freunden hält er treu die Stange, überaus großzügig ist er auch, und dazu hat er gute Manieren, ja, er ist sogar ein bißchen schüchtern – das alles freilich nur, wenn er nicht gerade jemanden umbringt. *Henry* stellt fast schon eine Anomalie in diesem vielgeschmähten Genre dar. Es ist ein toll in Szene gesetzter Film, die Kameraführung ist durchweg hervorragend, eine raffinierte Schnittechnik sorgt für einen idealen Rhythmus, Musik und Soundeffekte machen das Ganze immens spannend, und das alles wird zusammengehalten von einem überzeugenden Drehbuch. Hinzu kommen hervorragende, ja vulkanische schauspielerische Leistungen. Michael Rooker spielt einen fesselnden und nur allzu glaubwürdigen Henry. Der Film gehört so zu den verwirrendsten und gefährlichsten Arbeiten der Szene.

Die meisten anderen Inszenierungen fallen dagegen natürlich ab, aber das liegt auf keinen Fall an den fehlenden Techniken. In diesem Genre ist nämlich der minimalistische Ansatz durchaus erlaubt, ja in einigen Fällen sogar angebracht. Auf die Regeln des konventionellen Films nehmen ohnehin die wenigsten Regisseure der Szene Rücksicht, im Gegenteil, sie wollen sich bewußt darüber hinwegsetzen. Angesichts der enorm niedrigen Produktionskosten von allenfalls ein paar hunderttausend Dollar gehen sie kein großes Risiko ein. Den Produzenten ist es sogar eher recht, wenn die Filmteams ihrem Instinkt folgen, besteht doch die Hoffnung, daß der Verrückte mit den Knopfaugen hinter der Kamera einen neuen Kultklassiker oder Mitternachtshit landet. Die meisten dieser Arbeiten erleiden freilich ein weitaus profaneres Schicksal und gehen irgendwo in der Grauzone zwischen dem Verleih und dem Markt verloren. Genügend Verleiher haben Angst, ihren Ruf zu ramponieren, wenn sie für einen Film die Werbetrommel rühren, der gespickt ist mit Entwürdigungen von Frauen, Folter, Tierquälerei, sexuellen Abartigkeiten und psychopathischen Mördern.

Besonders raffinierte Produzenten und Marketingstrategen umschiffen die ›unpassenden‹ oder schlichtweg inakzeptablen Elemente recht elegant, indem sie in der Werbekampagne die übelsten Sachen herausfiltern oder falsche Tatsachen vorspiegeln. Jerry Gross und Hallmark Productions zum Beispiel haben das Nachteilige mehrfach zum eigenen Vorteil verkehrt. Wie das geht? Man nehme wie Gross einen vor kärglich besetzten Sälen dahindümpelnden Film mit dem Titel *Day of the Woman,* benenne ihn um in *I Spit on Your Grave,* spiegele einen ›Rachefeldzug‹ vor und verspreche, FÜNF Männer würden ›bis zur Unkenntlichkeit aufgeschnitten, zerhackt und verbrannt‹. Daß es nur vier sind und kein einziger verbrannt wird, fällt anscheinend nicht ins Gewicht, denn niemand hat daran Anstoß genommen. Die Videoversion ist jedenfalls ein ungeheurer Erfolg geworden.

Hallmark hat sich seiner Waren mit dem Versprechen angenommen, er werde für einen wirksamen Werbefeldzug sorgen. Tatsächlich kreischte es bald von den Plakaten: ›Kann ein Film ZU WEIT GEHEN?‹ ›GRÄSSLICHER KANN HORROR NICHT SEIN!‹ und ›FÜR DIESEN FILM MUSSTE DIE KATEGORIE V ERFUNDEN WERDEN – VIOLENCE!‹ Hallmark hat auch fleißig Punkte gesammelt mit dem Gag, den Besuchern von *Mark of the Devil* eine Plastiktüte mit ins Kino zu geben, das sei nämlich ›ein Filmerlebnis, bei dem es jedem den Magen umdreht‹.

Glänzend sind solche Einfälle allerdings nur scheinbar, denn Hallmark hat lediglich Ideen wiederverwertet, auf die andere vor ihm gekommen sind. Herschell Gordon

Lewis hat seiner Gemeinde bereits 1964 geraten: »Ihr müßt nur immer daran denken, es ist ja nur ein Film.« Und was erscheint auf Hallmarks Plakaten zu *Last House on the Left* (1972) und *The House That Vanished* (1974)? ›Damit ihr nicht in Ohnmacht fallt, denkt immer daran, es ist ja nur ein Film.‹ Ein paar Jahre später hat er die Sprüche wieder aus der Mottenkiste geholt, bei *Don't Open the Window* diesmal, einer umbenannten Fassung von Jorge Graus *Let Sleeping Corpses Lie / Living Dead at the Manchester Morgue*.

Schön und gut. Kotztüten, Warnungen vor Ohnmachtsanfällen und Vorspiegelung falscher Tatsachen haben in der Vergangenheit kräftig gewirkt. Aber wie ist das heute, wo die brutalsten Hardcores ins Kraut schießen? Wie will man denn ein Publikum in Jörg Buttgereits *Nekromantik* (1988) locken, ein unheimlich verdrehtes, irrwitziges Märchen über Degenerierte, die mit Leichen bumsen, Mädchen abschlachten und Ed Gein wie einen Pee Wee Herman aussehen lassen?

Meidet das Haus am See im Park am Ende der Sackgasse

Die Filme, die uns heute aufschrecken, schulden fast alle zumindest eine leichte Verbeugung vor *Last House on the Left* und eine noch etwas tiefere vor Ingmar Bergmans *Die Jungfrauenquelle* (1960). *Last House* war die Quelle der Inspiration für Legionen von Jungfilmern, die, mit einem Mikrobudget ausgestattet, so gut wie ausnahmslos das Szenario von Erniedrigung-Vergewaltigung-Rache nachäfften, weil es in Cravens Film gar so gut gewirkt hatte.

Ein ganzes Jahrzehnt passierten danach alle möglichen schlimmen Sachen in isolierten Häusern.

Last House on the Left II wurde nun auf das Publikum losgelassen, aber mit dem Original hatte es nur den Namen gemeinsam. Das Ganze war im Grunde nichts als ein etwas mißlungener Trick mit dem Ziel, Mario Bavas epochemachendes blutrünstiges *Twitch of the Dead Nerve* (alias *Carnage, Bay of Blood*) dem fremdenfeindlichen amerikanischen Publikum schmackhaft zu machen.

House by the Lake, eine 1977 entstandene kanadische Produktion, war ein recht erfolgreicher Reißer zum Thema Rache/Vergewaltigung aus der Hand des Arbeitstiers William Fruet *(Funeral Home, Spasms)*. Brenda Vaccaro schlägt eine widerwärtige Truppe sabbernder Schwachköpfe unter der Führung des unverwüstlichen Don Stroud in die Flucht, während ihr Freund, ein jämmerlicher Schlappschwanz, sich die Augen aus dem Kopf heult und vor Angst in die Hose macht.

Fraglos zu den scheußlichsten Beiträgen zum Thema Hölle im Haus gehört das durch und durch menschenfeindliche *Last House on Dead End Street* (1977). Regisseur war der junge New Yorker Filmstudent Roger Watkins, der damals das Pseudonym Victor Janos benutzte. Sein *Last House* ist ein echter Reißer. Ein verbitterter und stinkwütender Terry Hawkins sinnt auf Rache. Wegen eines läppischen Rauschgiftvergehens hat Terry Hawkins ein Jahr im Knast absitzen müssen. »Jetzt will ich mal 'n paar Filme drehen«, verkündet er, kaum befindet er sich wieder auf freiem Fuß. »Ich hab' Sachen vor, von denen hat noch kein Mensch geträumt. Die werden schon noch sehen, was Terry Hawkins alles schaffen kann.« Und er macht seine Drohung wahr. Nachdem die Schleimer von Pornoproduzenten ›mal was richtig Ungewöhnliches, aber dalli!‹ gefordert haben, kommt er ihnen mit einem in der Tat ungewöhnlichen Film, in dem die Schauspieler wirklich umgebracht werden. Den Überraschungscoup verrät er freilich weder seinem Team noch seinen Opfern in spe. Es folgt eine Parade von grausamsten Szenen. Die Schauspieler werden wüst ausgepeitscht, stranguliert, abgestochen, zerschnitten, aufgebohrt und müssen mit Tierhufen Geschlechtsverkehr treiben. In einer der alptraumhaftesten Szenen wird eine Frau auf einem Operationstisch gefesselt und von einem ganzen Team von maskierten Fieslingen mehrfach vergewaltigt. Mit einem Skalpell wird ihr das Gesicht total entstellt, mit einer Bügelsäge trennen sie ihr die Beine ab, und zum Schluß werden ihre Eingeweide herausgeschnitten und gegen das Licht gehalten, damit auch jeder die glitschige, glänzende Masse bewundern kann.

Der Film endet mit dem qualvollen Tod des Hufeschlekkers, dem als Gnadenstoß mit einer Black & Decker eine Lobotomie verpaßt wird.

Aus dem Off merkt dann eine Stimme im Tonfall der unterdrückten Empörung an: »Terence Hawkins und die anderen wurden später dann noch verhaftet und verbüßen nun eine Freiheitsstrafe von neunhundertneunundneunzig Jahren.« Bis zu diesem Zeitpunkt läßt der Film freilich nicht den Ansatz einer kritischen Stellungnahme erkennen.

Last House on Dead End Street bezieht einen Großteil seiner Schockwirkung daraus, daß die Grenzen zwischen Aufnahme, Anstiftung zur und Teilnahme an der Gewalt verschwimmen. Andere Filme, wie etwa Michael und Roberta Findlays *Snuff*, Dusty Nelsons *Effects* und David Cronenbergs *Videodrome* (1983), haben sich des Themas in ähnlicher Weise angenommen, aber keiner ist so erschrekkend direkt und unheimlich wie eben *Last House on Dead End Street*.

Um 1980 überschwemmte eine ganze Flur von ›Don't Answer/Look or Open Movies‹ den Markt. *Don't Go in the House* verdient eine Hervorhebung insofern, als es wohl der widerwärtigste von allen ist. Der Film ist außergewöhnlich gut gemacht, an manchen Stellen sogar umwerfend, und von Regisseur Joseph Ellison flott in Szene gesetzt. Er hätte sich zu einem kleinen Kulthit entwickeln können, hätte er sich nicht auf Kindesmißhandlung eingelassen, die unter der Oberfläche immer präsent ist und wiederholt ganz auftaucht. Eine schwer gestörte Mutter hält ihr Sohn mehrfach zur Strafe über eine Gasflamme – und was wird aus ihm? Als Erwachsener kennt er kein größeres Vergnügen, als Mädchen in seinen mit Stahlwänden zu einem Krematorium ausgebauten Schlafzimmer anzuzünden. Mit viel Liebe zum Detail verharrt die Kamera auf den einzelnen Folterszenen. Am Ende ereilt unserem Antihelden jedoch die verdiente Strafe (à la *Maniac*). Der Eindruck von biblischer Gerechtigkeit bleibt trotzdem flüchtig, denn im Anhang wird schon wieder ein Kind mißhandelt, so daß der ganze Teufelskreis von vorne losgehen kann. Bei aller Bewunderung für die technische Perfektion, die atemberaubende Inszenierung und das gruselige Ambiente macht es die Kindesmißhandlung als Inspirationsquelle absolut unmöglich, sich mit dem Film anzufreunden.

David Hess, einer der augenfälligsten Schurken in der *House*-Serie, führt sich noch in einem anderen Domizil mordsmäßig auf – in Ruggero Deodatos *House at the Edge of the Park*. Deodato ist dabei ein besonderer Coup gelungen: Hess spielt zusammen mit dem König der Schlächter aus den italienischen Filmen, John Morghen (›The Cannibal Man‹). So viel geballter Psychopathologie kann man nur schwer widerstehen. Morghen spielt diesmal einen sabbernden Zurückgebliebenen, und Hess tut das, was er seit jeher am besten kann – er legt sich so ins Zeug, daß man sich immer wieder zu seiner Beruhigung vorsagt, das Ganze ist ja nur ein Film...

Bis zur Mitte der achtziger Jahre war schließlich jedem klar, daß so ziemlich alle Abscheulichkeiten, die es in einem Haus geben kann, durchgespielt waren. Das Sub-

Genre bekam seine Todesurkunde in Form von zwei abgeschmackten Kamellen überreicht, Sean Cunninghams hochnotpeinlichem *House* und dem noch jämmerlicheren Nachfolgefilm *House 2: The Second Story.*

Horrorhelden für die Generation des Hasses

Eine ganz bestimmte Handvoll Kinopsychopathen, vor allem Leute von der *Annihilating Automation School of Serial Killing* wie Michael Meyers oder Jason Voorhees, haben weltweit eine treue Anhängerschwar um sich gesammelt, der das Motto ›erst umbringen, danach fragen‹ absolut einleuchtet. Freddy Krueger, einst ein abscheuerregender Lustmörder, hat es mittlerweile nicht nur zur Horrorinstitution ersten Ranges gebracht, sondern auch zum berühmtesten Alleinunterhalter/-mörder der Welt. Er allein garantiert schon achtstellige Gewinnmargen durch den Vertrieb von Filmen, Videos, Fernsehproduktionen, Büchern, Platten, Posters, Videos, Puppen, Handschuhen, Masken, Hüten, T-shirts und Aufklebern in Kaugummipackungen. Kurz, er ist eine Psycho-Ikone der achtziger Jahre.

Solange er und andere vorexerzieren, wie man Serienmorde zum nationalen Zeitvertreib erhebt, brauchen sich die anderen Filmpsychopathen keine Sorgen um die Schatzmeisterfrage in ihrem Fanclub zu machen.

Robert A. Endelsons gewaltstrotzende, wutverzerrte, rassistische Fantasie *I Hate Your Guts* (1977) (nicht zu verwechseln mit Roger Cormans Feature von 1961, auch bekannt unter dem Titel *The Intruder*) präsentiert ein Trio von entflohenen Sträflingen, die Neger schikanieren. Bei ihren widerwärtigen Possen drängt sich einem die Frage auf, wie der Film je das Licht eines Projektors erblicken konnte. Am Anfang hält man ihn noch für einen normalen Reißer, doch dann zerbröckeln die Tabus unter der Wucht eines Dauerbombardements durch die hämischsten, fiesesten und erniedrigendsten rassistischen Kommentare, die bis dato auf Zelluloid gebannt worden sind. Die wüsten Beschimpfungen bleiben nicht auf die schwarzen Geiseln in der Hand des Verbrechertrios beschränkt. Die Sträflinge selbst sind angloamerikanischen, lateinamerikanischen und asiatischen Ursprungs und gehen mit grenzenlosem Haß aufeinander los.

Bei den Dialogen klingen einem die Ohren, so geschmacklos sind sie. Aber nicht nur mit ihnen tritt *I Hate Your Guts* in sämtliche Fettnäpfchen. So wird bis zum letzten Röcheln gezeigt, wie ein kleiner Junge verreckt. Der Film endet mit einem billigen Appell an die Moral: Die Polizei umstellt das Haus, läßt aber die Schwarzenfamilie ihre Rache auskosten. Fazit: Im Grunde durch nichts zu entschuldigen.

In Abel Ferraras *The Driller Killer* (1979) geht es um einen eher langweiligen New Yorker Maler (von Ferrara unter dem Pseudonym Jimmy Laine selber gespielt), der es schafft, sich mit allen Leuten zu überwerfen – Freundin, Vermieter, Nachbarn, seinem Agenten, seinem Publikum. Weil ihm bald gar nichts mehr Spaß macht, zieht er eben mit seinem Schlagbohrer los. Der Film, der nun gelegentlich blutrünstig ist und die brutalsten Gewaltszenen ausspart, hat in Großbritannien traurige Berühmtheit erlangt. Bei einer Razzia wurde er als ›besonders übles Machwerk‹ beschlagnahmt.

Der als Schauspieler in Ehren ergraute Joe Spinell versuchte sich 1980 mit *Maniac* am Porträt eines wehleidigen Ekelpakets, das Prostituierte skalpiert. Allerdings hat das grausige Abschlachten zusammen mit frauenfeindlichem

Schwadronieren viele potentielle Fans abgeschreckt. Trotz Spinells offenkundiger Unzulänglichkeit als Autor (er schrieb am Drehbuch mit und war Produzent und Hauptdarsteller), enthält der Film doch einige elektrisierende Sequenzen, und in ihnen knistert es vor – wenn auch perverser – Spannung.

Zwar haben weder Fans noch Produzenten Interesse an einem Nachfolgefilm bekundet, aber Spinell hat gleich mehrmals, wenn auch vergebliche Anläufe zur Wiederbelebung seines degenerierten Lieblingshelden Frank Zito unternommen. So schnell gibt man einen Typen nicht auf, der tagsüber Nutten ersticht-aufschlitzt-zerstückelt-skalpiert und nachts mit einer aufregenden Sexbombe (Caroline Munro) im Bett landet. Wahrhaftig ein Besessener für alle Gelegenheiten.

Spinell hat später noch *Mister Robbie: Maniac 2* produziert, einen kurzen Werbestreifen, bei dem ihm Buddy Giovinazzo *(Combat Shock)* Regie geführt hat und der auffällige Ähnlichkeiten zu *The Psychopath* aufweist. Bei diesem 1974 entstandenen Film war es um einen in seiner Jugend mißhandelten Mann gegangen, der sich an sämtlichen Eltern rächte, indem er seinerseits Kinder mißbrauchte.

Die Idee hat nie gezündet, aber Spinell wollte das nicht einsehen. Jahre später brachte er dann noch die Lone Star Mania soweit, daß sie die Produktion eines Nachfolgefilms, den Spinell zusammen mit dem jungen Filmemacher Tom Rainone aus Texas ausgetüftelt hatte, versprach. Aber wie es der Zufall so will, wurde das Unternehmen drei Tage vor dem geplanten Drehbeginn verkauft. Das Leben ist grausam.

Nach und nach wandten sich die Regisseure von der Psychomythologie ab und verlegten sich aufs Ausschlachten von Zeitungsmeldungen. Genügend marktschreierisch aufgemachte Schlagzeilen boten sich ja an: ›Mom dreht durch – Blutbad in Familie‹, ›Junge in Ofen gebacken‹ oder ›Rätselhafter Selbstmord auf dem Highway‹.

Lange bevor sein Kulthit *Combat Shock* vor die Kameras kam, hatte der eifersüchtig auf seine Unabhängigkeit achtende Buddy Giovinazzo bereits ein dickes Bündel Zeitungsausschnitte über das tragische Schicksal von Vietnamveteranen gesammelt. Reportagen mit Titeln wie ›Viet Vet schlägt Frau und Kinder tot‹ oder ›Viet Vet läuft Amok – sechs Tote‹ hatten ihn so schockiert, daß er sich vornahm, irgendwie zu helfen. »Diese Geschichten wirken so wahnsinnig trivial«, erklärt er. »Und sie verraten uns nicht das Geringste über den Grund der Katastrophen oder die Leute selbst.«

Seine Reaktion heißt *American Nightmares*, Giovinazzos Abschlußarbeit für die Filmhochschule von Staten Island. Später wurde der Film von Troma erworben, gekürzt und unter dem Titel *Combat Shock* auf den Markt gebracht. Beide Versionen entwerfen ein deprimierendes, absolut hoffnungsloses Bild vom Leben eines arbeitslosen Vietnamveteranen (überzeugend von Buddys Bruder Ricky dargestellt), der sich am unvergeßlichen Höhepunkt auf brutalste Weise selbst hinrichtet. In der ersten Version ist übrigens noch die berüchtigte Szene zu sehen, in der ein Baby gebacken wird. Troma hat sie aus Furcht vor der Zensur herausgeschnitten.

Aber auch so ist *Combat Shock* eine nervenaufreibende Erfahrung, bei der einem lange vor der Schlußszene Hören und Sehen vergehen. Zugleich ist er Giovinazzos durch Mark und Bein dringender Protestschrei gegen den Krieg und seine Folgen.

Zwar hat Troma wesentliche Stärken des Films ignoriert oder verwässert, doch kommt ihm das Verdienst zu, die in keinster Weise an kommerziellem Erfolg orientierte Arbeit überhaupt auf den Markt gebracht zu haben, nachdem über fünfzig Filmfestivals sie aus dem Programm gestrichen hatten.

Ein ähnlich verstörend wirkender Film, John McNaughtons *Henry: Portrait of a Serial Killer,* der bei den Filmfestivals umstritten war, aber gezeigt wurde, hat danach so ziemlich sämtliche Vorführsäle binnen kürzester Zeit geleert. Er ist so gut wie gar nicht mehr zu sehen, wenn man nicht gerade eine private Veranstaltung arrangiert.

Die meisten potentiellen Verleiher kommen nicht zurecht mit der mörderischen Wut, den sexuellen Mißhandlungen, dem Muttermord, Inzest und der Folter. Und wer sich davon nicht abschrecken läßt, wirft das Handtuch, weil der Film sich nur am Rande und eher beiläufig vom Titelantihelden distanziert. Was Wunder, denn Henry ist ein netter, charmanter Kerl – sieht man mal von ein paar schwerwiegenden Ausnahmen seines Benehmens ab. Ärger war von Anfang an vorprogrammiert. Erstens basiert *Henry* auf einer Gestalt aus dem richtigen Leben, einem Henry Lee Lucas, einem zahnlückigen Schwachsinnigen, der von sich behauptete, innerhalb von zehn Jahren dreihundert Menschen ermordet zu haben, und zweitens haben McNaughton und sein Co-Autor noch ein paar Abscheulichkeiten mehr dazuerfunden und das Ganze zu einer hochexplosiven Mixtur aus Fakt, Fetisch und Fantasie potenziert.

Als die Filmprüfstelle einschritt, haben schließlich die wenigen verbliebenen interessierten Verleiher einen Rückzieher gemacht. Normalerweise unterbreitet die MPAA bei Filmen mit anstößigem Inhalt eine Liste mit Vorschlägen zur Entschärfung, im Fall von *Henry* jedoch waren die Zensoren nur noch empört. Der Film wurde ›wegen des allgemeinen Tons‹ kurzerhand verboten. Kürzungen seien angesichts der Vielzahl von abstoßenden Szenen nicht möglich. Das wollte McNaughton sich nicht bieten lassen. Er legte Widerspruch ein, bekam aber nur wieder ein Verbot um die Ohren geknallt.

Nach dem sich über Jahre hinziehender Zank hat sich nun die MPI Home Video des Films angenommen. Sie beabsichtigt, *Henry* in seiner ungekürzten Originalfassung zu vertreiben.

Das Verbot hat sich *Henry* übrigens ganz zu Recht eingehandelt. Zu seinen Gunsten muß aber unbedingt gesagt werden, daß er zeigt, was Sache ist, und nicht verschämt herumkokettiert. Gleich in den ersten zwei Minuten erobert er sich die Zensur im Sturm. Außer dem Regisseur wird wohl kaum einer die Entscheidung der Prüfstelle in Zweifel ziehen, und das, obwohl die allerschlimmste Gewalt ausgespart bleibt. Sie ereignet sich im Off oder wird angedeutet. Der Intensität und der niederschmetternden Wirkung der Morde tut das jedoch keinen Abbruch. Quälend lange verweilt die Kamera über einer grausam entstellten Landschaft aus abgeschlachteten Menschen, seien sie erwürgt, erstochen, erschossen oder zerstückelt. In der Regel verweisen diese grauenhaften Szenen auf etwas noch weitaus Schlimmeres als das, was gezeigt wird.

Das Nachspiel zu einem besonders abscheulichen Mord gleich zu Anfang des Films verspricht, daß es ziemlich heiß hergehen wird. Zunächst wird die exzellent aufgenommene und orchestrierte Montage eines vorangegangenen Gemetzels gezeigt. Langsam fährt die Kamera dann in den nächsten Raum und enthüllt das beispiellose Grauen, das sich dort abgespielt hat. Eine Frau ist mit Händen und Füßen an einen Toilettensitz gefesselt. Ihre Arme und Beine sind weit gespreizt, ihre Unterwäsche ist in Unordnung. Tief in ihrer Kehle steckt eine zerschlagene Limonadeflasche. In einer akustischen Rückblende hören wir noch einmal die letzten gräßlichen Schreie der Frau. Es ist wirklich eine üble Szene. Sie wirkt wie ein Fausthieb in die Magengrube. Die Gallenflüssigkeit steigt einem hoch. Spätestens jetzt weiß man, daß man sich auf einiges gefaßt zu machen hat. Und *Henry* erfüllt sein Versprechen unbarmherzig.

Als ob die angedeutete wie die explizite Gewalt für ein Verbot nicht ausreichen würde, steigen auch noch andere explosive Blasen unentwegt blubbernd an die Oberfläche. Sex wird in jedem Fall mit Gewalt, Mißbrauch und Perversion gleichgesetzt. Fast allen Charakteren ist irgendwann einmal sexuelle Gewalt angetan worden. Seine Mutter hat Henry einmal in Mädchenkleider gesteckt und ihn dann gezwungen zuzusehen, wie sie mit einer ganzen Reihe von Freunden bumste. »Sie war 'ne Nutte«, sagt Henry, »aber was sie getan hat, das war gar nich' das Schlimme. Das Schlimme war, wie sie's getan hat.« Uff. Henrys Zimmergenosse Otis (Tom Towles) ist auf die eigene Schwester scharf, die wiederum von ihrem Vater sexuell mißbraucht worden ist. Aiaiaiaiai.

Die Gewalt wird häufig durch diese Tiefenströmungen abweichenden sexuellen Verhaltens nach oben geschwemmt. Vor allem bei der grausigsten Szene, Otis' Ermordung, gelangt dies zum Ausdruck. Als Henry heimkommt, zeigt sich sein Kumpel von seiner allerschlechtesten Seite. Er hat sich auf seine kleine Schwester geschmissen und schickt sich an, in sie einzudringen. Da fängt Henry zu rotieren an. Ihn packt eine rasende Wut, zu der es allenfalls in der gräßlichen Schlachtszene mit dem Messer in *Suspiria* ein Pendant gibt. Bei Henry bekommt man nun das Gefühl, die Klinge würde sich zwischen die eigenen Rippen bohren. Die Kamera geht so nahe heran, daß man praktisch zur Teilnahme an dieser Schlachtszene gezwungen wird.

Auch wenn Henry oft genug als Geistesgestörter enttarnt wird, hält McNaugthon sich mit einer Verurteilung zurück. Auch nach der Zerstückelung von Henrys bestem Freund wird diese distanzierte Haltung nicht aufgegeben. Der Zuschauer wird mit Henry alleingelassen, so daß er ihn auch am Ende trotz der zig Morde immer noch irgendwie bewundert. Vielleicht liegt gerade darin die größte Gefahr dieses Films. McNaughton hat ein rätselhaftes, zutiefst verunsicherndes Porträt eines unberechenbaren, gemeingefährlichen Mannes fabriziert, doch er weigert sich beharrlich, ihn anzuklagen.

Auf seine Weise bleibt *Henry* ein Triumph. Der Film läßt sich zu keinem Zeitpunkt anmerken, daß er innerhalb von vier Wochen mit einer 16-Millimeter-Kamera gedreht wurde – und das für läppische 125000 Dollar. In technischer Hinsicht ist er über jeden Tadel erhaben, und schauspielerische Leistungen von dem Niveau waren bis dahin in Filmen dieser Art unbekannt. Michael Rooker, der seitdem durch *Eight Men Out* und *Mississippi Burning* weltweit bekannt geworden ist, verkörpert nichts weniger als den unvergeßlichsten und vielschichtigsten Kinopsychopathen seit Robert Blossoms Rolle in dem weithin unterschätzten und selten gezeigten *Deranged* (1974).

Henry ist in der Tat ein echter Killer, ein Frontalangriff auf den Zuschauer, dem es rein um die Provokation geht und der auf jede Beziehung von oben verzichtet. Ein gefährlicherer Film ist derzeit nicht denkbar.

›Die Straße der Ausschweifung führt zum Palast der Weisheit‹, heißt es beim englischen Dichter/Mystiker William Blake. Was kann der arme Kerl dafür, wenn das nicht stimmt? Schließlich hat er das fast zweihundert Jahre vor dem Erscheinen des Films *Nekromantik* (1988) des deutschen Regisseurs Jörg Buttgereit gesagt. Aber vielleicht trifft auf Buttgereits Blutbad von Film besser George Bernard Shaws freundliche Ermahnung zu: ›Mehr zu bekommen als man vereinbart hat, ist genauso schlimm wie das Gegenteil.‹

Wie dem auch sei, *Nekromantik* könnte durchaus der logische, postmoderne Nachfolger von so nihilistischen Tabuzertrümmerern wie *Last House un the Left*, *Texas Chainsaw Massacre*, der *Ilsa: She Wolf*-Serie und *Bloodsucking Freaks* werden. Ein Problem wirft *Nekromantik* freilich auf: Der Film ist so was von kaputt, daß man sich gar nicht mehr traut, ihn zu verteidigen, denn sonst entstünde noch der Eindruck, man sei voll fürs Abschlachten von Mädchen oder Ficken von Leichen als tragende Elemente einer permanenten Katharsis. Buttgereit hat einen düsteren, einen verzweifelten Film geschaffen. Er ist ein weit aufgerissener schwarzer Schlund, der einen am Stück zu verschlingen droht. Wenn nun aber ein junger Heißsporn daherkommt und lauthals verkündet, Stephen Kings berühmte Verbeugung vor Clive Barker, dem ›zukünftigen König des Horror‹, sei passé und den Namen Buttgereit in den Mund nimmt... dann gebe ich meinen Job auf.

Dem Anschein nach fußt *Nekromantik* auf einem denkbar einfachen Konzept: Man muß nur mit allem, was tot ist, bumsen, dann endet man als sich selbst verachtender Wichser, der sich ein Messer in die Eingeweide rammt und nicht mehr mitkriegt, daß der blutüberströmte Schwanz aus der Unterhose heraushängt.

Tatsächlich hat Buttgereit jedoch fast nebenbei auch eine zarte Romanze zwischen zwei Leichenschändern geschaffen, die sich mit bei Autounfällen geborgenen Leichenteilen befriedigen müssen, bis sie endlich auf die wahre Liebe stoßen. Aber als sie ihren von Maden wimmelnden ménage à trois vervollständigt haben, schlägt der süßliche Verwesungsgeruch schnell in sein Gegenteil um, und das Mädchen sucht das Weite. Von Liebeskummer und Einsamkeit gequält, unternimmt der Junge ein paar zaghafte Versuche mit lebenden Frauen, aber zu richtigem Sex ist er gar nicht mehr in der Lage. Morde werden zu einem unumgänglichen Teil des Vorspiels für ihn, bis er schließlich als wimmerndes Häufchen Elend endet und sich selbst hinrichtet.

Insgesamt wirkt der Film aufgesetzt und selbstgerecht. Dem wirken wenigstens teilweise die aberwitzigen *special effects* entgegen. In anderen Sequenzen wiederum weiß man nicht, ob man lachen oder sich empören soll. So wird erst genüßlich vorgeführt, wie ein Kaninchen getötet und gehäutet wird, und anschließend, zur Maximierung des Ekels, zeigt man das Ganze noch einmal von rückwärts.

Trotz der düsteren Grundstimmung verrät Buttgereit eine gewisse Raffinesse, ohne die der Film im eigenen Schmutz versinken würde. Einmal bekommt unser kleiner, schmieriger ›Held‹ im Kino zu sehen, wie ein anonymer Frauenhasser sein Opfer zerhackt. Angewidert rennt er hinaus.

Und am Ende wird der Film fast noch erträglich. Auch lange, nachdem das Blut an seinem toten Schwanz getrocknet und verkrustet ist, kommt unser Wichser nicht zur Ruhe. In der Schlußsequenz treibt ein mit hochhackigen Schuhen bekleideter Frauenfuß einen Spaten in sein frisch aufgeworfenes Grab. Stumm wird darauf hingewiesen, daß auch der ›Tod nichts anderes als ein Anfang‹ ist.

Man stellt sich die bange Frage: Was wird Buttgereit wohl als nächstes machen?

Nach *Nekromantik* erscheinen einem sogar die grausigen Späße in Jim Van Bebbers *Roadkill: The Last Days of John Martin* direkt zivilisiert... na ja, – fast. Der ehrgeizige junge Filmemacher aus Ohio, der mit dem Spielfilm *Dead Beat at Dawn* sein Debut feierte, ist ein Multitalent, das nicht nur Regie führt, sondern auch schreibt, selbst spielt und auch die *special effects* souverän einsetzt. Und wenn die kurzen Werbestreifen für *Roadkill: The Last Days of John Martin* sowie *Charlie's Family* auf seine künftige Richtung hinweisen, muß mit diesem Mann im kommenden Jahrzehnt unbedingt gerechnet werden.

Roadkill ist ein grausiger viertelstündiger Abstieg in die private Hölle eines Bier saufenden, erst Ratten und dann schließlich Menschen zerstückelnden Irren. John Martin lebt in einem schmutzigen Loch. Zur Dekoration hat er Tierkadaver und Masken aus Menschenhaut herumhängen. Ansonsten besitzt er einen Kühlschrank für sein Gesöff und einen Fernsehapparat, aus dem rund um die Uhr dasselbe dröhnt, nämlich das Gegeifer eines Burschen, der ›Travis Bickle ein, zwei Dinge über morbide Selbstwahrnehmung beibringen‹ könnte.

Am Ende nimmt Martin keine Unfallopfer mehr her, sondern frisch geschlachtete. Die Schlußsequenz zeigt ihn beim Zerhacken eines Mannes, während dessen Freundin schon auf dem Herd gart.

Trotz seiner Kürze zeigt *Roadkill* mehr Blut und Innereien als sämtliche anderen Produktionen der letzten Jahre. Mit seinen Zutaten könnte der Film das *Texas Chainsaw Massacre* der neunziger Jahre werden. Noch muß Van Bebber allerdings auf das nötige Geld zur Vollendung von *Roadkill* warten.

Zur Zeit dreht er *Charlie's Family*, den Blick eines Insiders auf den Manson-Clan im Sommer '69. *Charlie's Family* scheint eine sehr persönliche Auseinandersetzung mit dem Thema zu werden. Es wagt sich weit in ein bisher verbotenes Territorium hinein. Im Einheitsbrei der Medien ist es untergegangen oder mit dummem Geschwätz abgespeist worden. Trauriger Höhepunkt ist da der Fernsehfilm *Laverne and Shirley's Haunted Summer*.

Van Bebber wird die Szene beleben. Eine Flut von nüchternen, glatten Splatterfilmen hat das Genre fett und träge werden lassen. Zu lange hat es schon wieder die meist jugendlichen Fans in einem falschen Gefühl der Angst gewiegt.

Keiner soll sich einbilden, die hier erwähnten Filme seien alle halb so wild, er kenne da schon ganz andere Sachen. Tut er nicht. Irgendwann läuft ihm schon einer von den richtigen Filmen über den Weg, und dann verschluckt er sich garantiert an seinem selbstgefälligen Feixen.

Die Bastarde des Genres beweisen: ECHTE Angst ist etwas Bleibendes.

NACHWORT:

PAUL M. SAMMON

Outlaws und Ketzer

Über sich selbst zu schreiben ist immer eine heikle Angelegenheit. Gestatten Sie mir daher, einen Waschzettel abzudrucken, den die Houston Association of Film and Television veröffentlichte, als ich an Robocop 2* *arbeitete:*

Paul M. Sammon ist eine Medienrarität – nicht nur als vielgelesener Autor, sondern auch als professioneller Filmemacher. Dazu hat er in seinem ursprünglichen Beruf als Journalist Hunderte von Artikeln über die Filmgeschichte und natürlich auch Filmkritiken für so unterschiedliche Blätter wie *Omni*, die *Los Angeles Times, The American Cinematographer, Cahiers du Cinéma* und *Cinefantastique* verfaßt. Seine Kurzprosa ist unter anderem in *The Year's Best Horror Stories* erschienen. Gegenwärtig arbeitet er an zwei Büchern – *Blood and Rockets,* dem endgültigen Führer zu den besten auf dem Videomarkt erhältlichen Science-fiction-, Fantasy- und Horrorfilmen, sowie *Splatterpunks,* einer Sammlung von extremen Horrorgeschichten.

Im Bereich Film hat Sammon Dutzende von Trailern, Werbespots und Dokumentationen im Rahmen seiner eigenen Firma, der Awesome Productions Inc., geschrieben, produziert, bearbeitet, realisiert. Betreut hat er unter anderem Filme wie *Platoon* oder *Robocop.* Darüber hinaus ist Paul Sammon als Berater für ziemlich alle Studios in Hollywood tätig und hält weltweit Vorträge. Zur Zeit arbeitet Sammon in Houston. Bei *Robocop* 2 ist er zu-

* Anmerkung des Verlags: In diesem Essay erwähnte Buch- und Filmtitel findet der Leser (wenn möglich mit den entsprechenden deutschen Titeln) in den ›Bibliographischen Hinweisen‹, S. 309 oder der ›Filmographie‹, S. 318, aufgelistet.

ständig für die Computergrafik und die Promotion. Zudem wird er in mehreren Minirollen vor die Kamera treten.

In Japan ist Paul Sammon als der amerikanische Coproduzent der in Tokio gedrehten Fernsehserie ›Hallo! Filme!‹ tätig. Es ist dies die populärste Unterhaltungsserie Japans, die nun bereits in ihrem vierten Jahr läuft.

Last but not least: Kürzlich hielt Sammon sich drei Wochen lang in Moskau auf, wo er zusammen mit einem russischen Autor das Drehbuch zu dem Kurzfilm *Stereotypes* schrieb, der in Rußland gedreht werden soll. Somit ist er an der ersten sowjetisch-amerikanischen Gemeinschaftsproduktion beteiligt.

So genau wollte es wahrscheinlich niemand wissen.

Wie dem auch sei, die nachfolgende Abhandlung ›Outlaws und Ketzer‹ ist mein Versuch, den ersten Gesamtüberblick über den Begriff des Splatterpunk zu schaffen. Es geht mir um eine Dokumentation der Wurzeln, der Superstars und der wichtigsten Arbeiten.

Die Beurteilung, ob mir das auch gelungen ist, bleibt dem Leser überlassen.

Ach ja, übrigens, Paul M. (für Michael) Sammon mag eine Medienrarität sein, aber in allererster Linie ist er – und das mit Nachdruck – ein Splatterpunk.

1. Die Splatterpunks

Kaum hat man etwas einen Namen gegeben, so hat man es auch schon getötet, heißt es.

Aus diesem Grund sollten Sie, egal was Sie noch lesen werden, unbedingt eines im Hinterkopf behalten:

Alles, was nun folgt, ist keine Definition.

Eine Untersuchung – ja. Eine Würdigung – aber gewiß.

Aber eben kein Sarg in Form einer Schublade.

Gut? Dann kann ich ja mit einer Feststellung anfangen:

In den letzten Jahren hat sich immer deutlicher gezeigt, daß der Splatterpunk eine bedeutende Stellung innerhalb der Gattung Horror einnimmt.

Splatterpunk? Was zum Teufel soll denn das sein?

Nun... zuallererst müssen die Grenzen, innerhalb deren die Gesellschaft und der sogenannte gute Geschmack die Literatur einengen, beseitigt werden. Und zwar *alle*. Nun füge man eine kräftige Dosis Schock, eine Prise schmutziger Erwachsenenfilme sowie kreischende Gitarreneinlagen von den besten Heavy-Metal-Bands der Welt hinzu.

Zum Schluß werden gründliche Kenntnisse der Popkultur untergerührt. Gewürzt wird das Ganze mit extrem viel Selbstbewußtsein. Und schon kann das Beste, was es derzeit auf dem Büchermarkt gibt, serviert werden.

Aber zucken Sie bitte nie zusammen!

Die Autoren, die den Splatterpunk vertreten, haben nicht nur den Horror auf den neuesten Stand gebracht – sondern auch die Literatur schlechthin.

Weil sie Einflüsse aus anderen Medien mit verarbeiten und weil sie Ehrlichkeit, Mut und Qualität kompromißlos zur Maxime erheben, erscheint ihre Prosa nicht nur unmittelbar (auf das Heute reagierend), sondern zugleich dauerhaft (die Prosa der Zukunft).

Stellen Sie sich diesen Aufsatz doch bitte als Momentaufnahme vor. Ein ganz bestimmter Augenblick in der Zeit wird angehalten. Ein Splatterpunkstandbild, wenn Sie so wollen. Wer das Rennen verfolgt, kann eine Pause einlegen und sich ansehen, wer da noch alles mitläuft.

Sie haben nun die Gelegenheit, diejenigen kennenzulernen, die sich über die Regeln hinwegsetzen, die aus der Bahn galoppieren. Künstler, die ganz allein über den Akker jagen, und das in einer Zeit, in der die Gesellschaft alles außerhalb der Norm Stehende verfolgt.

Das sind keine ›tragbaren‹ Autoren.
Das sind – mit einem Wort –
Outlaws.

2. Die Saat der Rebellion

Als 1986 der Begriff *Splatterpunk* für eine neuartige, besonders aggressive und schonungslos explizite Richtung in der Gegenwartsliteratur geprägt wurde, befand sich die Horrorgemeinde schon seit langem in Aufruhr. Der Splatterpunk, zumindest wie er sich selbst versteht, war zu dem Zeitpunkt gut zwölf Jahre alt.

1971 erschien William Peter Blattys Roman *The Exorcist*, in dem Mädchen mit Kruzifixen masturbieren. Von da an ging es steil bergauf mit der Akzeptanz der Horrorliteratur in der Gunst der Kritiker und breiter Leserschichten. Als dann 1974 Stephen Kings *Carrie* herauskam (und seine atemberaubende Karriere ihren Anfang nahm), gab es kein Halten mehr. Plötzlich schossen neue Horrorromane wie Pilze aus dem Boden (meistens keine guten). Und im eng verwandten Genre des Horrorfilms richteten Geistesgestörte, Zombies und ungeschlachte Gesellen in Hockeymasken Blutbäder mit der Psyche der Amerikaner an.

Nach dem Medium Film öffnete sich auch die Horrorliteratur in zunehmendem Maße den an Drastik nichts zu wünschen übrig lassenden *expliziten* Beschreibungen. 1971 griff sich Richard Matheson mit *Hellhouse* eine Bande Geisterjäger heraus, die in einer Orgie ihren fleischlichen Begierden zum Opfer fällt. In seinem 1975 erschienenen Buch *The Fog* beschreibt der britische Bestsellerautor James Herbert ausführlichst die Greuel, die begangen werden, als aus einer Fabrik Nervengas entweicht und in einer englischen Kleinstadt eine Massenhysterie ausbricht. Noch deutlicher wird die Verbindung zwischen Film und Fiktion bei Stephen Kings mit dem Regisseur

George Romero gedrehten Film *Creepshow.* In das Drehbuch hat der Autor zusätzlich eine Szene aufgenommen, in der aus dem Mund eines Industriemagnaten plötzlich Tausende von Kakerlaken strömen.

Obwohl es also an allen Ecken und Enden gärte, weigerte sich das Horror-Establishment (allen voran der Autor Charles L. Grant), die Veränderungen wahrzunehmen, und predigte weiterhin die sattsam bekannte Auferlegung innerer Fesseln. Gute Horrorliteratur, so wurde gepredigt, habe sich am Bewährten zu orientieren, an Poe, Blackwood und Lovecraft, Autoren also, die sich mit Aussparungen und Andeutungen zufriedengaben. Was darüber hinausging, wurde als minderwertiges Geschreibsel, als Plunder abgetan.

Doch dann erschienen 1984 und 1986 Clive Barkers *Books of Blood* und *Light at the End (Das Licht im Abgrund)* von John Skipp und Craig Spector und mit ihnen die schlimmsten bis dahin im Horror möglichen Alpträume. Der Konfrontationskurs war nun nicht mehr zu übersehen. Schlimmer noch – ein Ausweichen nicht mehr möglich. Der Horror artikulierte die Sprache der Eingeweide, er enthielt die brutalsten Sex- und Gewaltszenen. Ein Beispiel für die neue Richtung ist Barkers Erzählung ›The Midnight Meat Train‹ (›Fleischlieferung um Mitternacht‹):

›Der Kadaver direkt vor ihm hatte bis vor kurzem dem Jugendlichen mit den Pickeln gehört. Er hing kopfüber von der Decke herab und schwang zusammen mit den anderen im Takt der Räder hin und her. Es war ein obszöner danse macabre. *Die Arme baumelten lose über die Schultergelenke, in denen auf beiden Seiten tiefe Wunden klafften.*

Sämtliche Körperteile schwankten wie synchronisiert. Die Zunge des Jungen streckte sich aus dem weit offenen Mund heraus. Der Kopf hing nach unten und wackelte regelmäßig. Sogar der Penis klatschte rhythmisch gegen die zerschlitzten Oberschenkel. Und durch die aufgeschnittene Kehle lief das Blut in einen schwarzen Eimer. Doch entbehrte die ganze Szene nicht ei-

ner gewissen eleganten Perfektion. Man konnte sehen, daß da einer gute Arbeit geleistet hatte...

...Mit diesem letzten und entsetzlichsten Anblick hatte er nun wirklich nicht rechnen können:

Von der Schulter bis zum Hintern hinunter war [die Frau] die Wirbelsäule entlang aufgeschnitten worden, und das Fleisch hing zu beiden Seiten herunter. Damit hatte die Kunst des Metzgers ihren allerhöchsten Ausdruck gefunden...‹ (erstmals erschienen in *Books of Blood*, Band 1, S. 38)

Obwohl Barker mit dem Mikroskop an dieses Stück Menschenfleisch heranging, war den Lesern von *Books of Blood* schnell klar, daß sich eine neue beredte Stimme erhoben hatte, der die genaue Analyse genauso lag wie der schwarze Humor und eine stilistisch elegante Erzählweise. Und vor allem zeichnete sich Barkers Prosa durch schonungslose Offenheit aus. Jede einzelne Geschichte in *Books of Blood* (wie auch in *Light at the End*) war beseelt von der kategorischen Weigerung, der Wahrheit auszuweichen.

Selbst wenn es weh tat.

Das freilich schien die wenigsten zu stören. Es ging ihnen auch gar nicht um Qualität oder eine wie auch immer wohlmeinende Absicht, sondern einzig und allein um eine neue Ausdrucksform. Die Diskussion, die sich an *Books of Blood* entzündete, heizte den langen schwelenden Streit zwischen den zwei Lagern auf dem Terrain des Horror zusätzlich an und führte schließlich zum endgültigen Bruch. Von Woche zu Woche erschienen in den einschlägigen Zeitschriften neue Pamphlete zur Unvereinbarkeit von ›stillem‹ und ›explizitem‹ Horror. Fachblätter wie *Fangoria*, die sich ursprünglich auf Hardcore-Gruselfilme spezialisiert hatten, gossen noch Öl ins Feuer, indem sie die Horrorromane gleichgesinnter rebellischer Autoren besprachen. Es kam, wie es kommen mußte: Die empörten Autoren der alten Schule schlossen sich zusammen gegen die (natürlich jungen) Burschen, die die ausgetretenen Pfade verlassen hatten.

Als dann ein aufstrebender junger Autor namens David J. Schow den Begriff *Splatterpunk* für die anstößigste und mutigste Ausdrucksform des Horrors in die Diskussion warf, standen die Fronten fest. Die Schlachtreihen hatten sich formiert.

Doch bei allem Getöse herrschte noch immer weitgehend Unsicherheit. Was war Splatterpunk überhaupt? Wer stand dahinter? Gab es ein Manifest? Wie hießen die einschlägigen Werke? *Irgendwie* mußte sich das alles doch erklären lassen – schließlich gab es je eine ganze Splatterpunkbewegung.

Oder etwa nicht?

3. Es gibt keine Bewegung – und die Probleme des Herausgebers

Das Interessanteste an der Splatterpunkbewegung ist, daß sie keine ist.

Wenn man die verschiedenen Aufsätze zu dem Thema durchblättert, könnte man zu einer ganz anderen Einschätzung kommen. Der von Richard Gehr zum Beispiel, der uns in einem Beitrag für *Village Voice* erklärt: ›Unter S-Punk haben sich die Gruseljungs John Skipp, Craig Spector, Joe R. Lansdale, Ray Garton, Rex Miller, David J. Schow, Robert McCammon und noch ein paar andere unter der Führung ihres Schutzheiligen Clive Barker zusammengefunden‹ (Februar 1990, S. 57).

Wirklich? Gehr hat wohl andere Leute befragt als ich.

Zunächst erlebte ich nämlich ein paar gehörige Überraschungen.

Mit David Schow zum Beispiel, dem Erfinder des Begriffs *Splatterpunk*. Er hat mein Angebot, ihn in diese Anthologie aufzunehmen, abgelehnt. Zur Begründung führte er gleich mehrere Argumente an, die mir durchwegs plausibel erschienen, auch wenn ich sein Fehlen hier außerordentlich bedaure.

Bei dieser einen Enttäuschung ist es nicht geblieben. Ich wurde von einer ganzen Flut von Litaneien gegen den Begriff Splatterpunk überschwemmt. Und die kamen von Autoren, die sich hier abdrucken lassen.

Die meisten Autoren, auch einige von Gehrs ›Gruseljungs‹, haben mir in etwa so geantwortet: »Klar, meine Geschichte [Titel bitte einfügen] kannst du abdrucken. Aber es ist nur eine von den vielen, die ich geschrieben habe, okay? Ich möchte ein für allemal klarstellen, daß ich kein Splatterpunk bin. Weil ich noch sehr viele andere Sachen schreibe, halte ich es für gefährlich, wenn man mich jetzt für die Splatterpunkszene vereinnahmt. Die Erzählung ist zugegebenermaßen extrem, aber sehr viele andere Werke von mir sind es nicht...«

Und so weiter.

Wörtlich zitieren möchte ich Roberta Lannes, die mit ›Goodbye, Dark Love‹ eine mitreißende Geschichte über Inzest, Nekrophilie und Rache schrieb (s. Band 2):

»Als ›Goodbye, Dark Love‹ entstand, gab es im Horror zwar schon die neue Tendenz zu fragwürdigen Exzessen, aber der Begriff ›Splatterpunk‹ kam erst später. Zugegebenermaßen nehme ich in meiner Geschichte, was Sex und Gewalt betrifft, kein Blatt vor den Mund. Von mir aus kann man das auch extrem nennen, aber auf keinen Fall exzessiv. Der Splatterpunk, bei dem es per Definition um Blut, Innereien und brutalsten Sex geht, will die niedersten Bedürfnisse der Leser ansprechen. Ich dagegen setze das Extreme nur ein, um meine Prosa um das Element der sinnlichen Erfahrung zu bereichern... Eine ›Splatterpunkerin‹ bin ich nicht!«

In Lannes' Kommentar kommt ein typisches Mißverständnis zum Ausdruck. In jeder Zeile scheint das Argument durch, Splatterpunk sei ein Schimpfwort – ein Gemeinplatz der akademisch/traditionalistischen Lehrmeinung, die das Genre schon gebetsmühlenhaft als literarischen Müll ausweist.

Damit ich nicht falsch verstanden werde: Lannes hat natürlich jedes Recht auf ihre eigene Meinung, selbst wenn die samt und sonders hochwertigen Geschichten in *Splatterpunk* sie widerlegen. Aber ihre Reaktion ist nur ein Aspekt der Leidenschaften, die der bloße Begriff *Splatterpunk* entfesselt.

Und damit sind wir schon bei unserer nächsten Frage angelangt.

Wer sind denn nun die Splatterpunks?

Nun, nach mehreren Telefongesprächen war mir schnell klar, wer nicht dazu gehört (wenn es interessiert, es gibt nur vier offizielle Splats. Als da wären: Clive Barker – und der nur am Rande –, John Skipp, Craig Spector und David J. Schow; mehr zu ihnen später). Die anderen haben sich zwar vom Splatterpunk distanziert, haben jedoch einem Abdruck hier zugestimmt. Ihre härtesten Geschichten dürfen Splatterpunk genannt werden, solange man sie selbst nicht mit dem Begriff etikettiert. Merke: Man kann Splatterpunkerzählungen schreiben, ohne selber einer zu sein.

Aber warum bestehen sie auf diesem feinen Unterschied?

Weil der Splatterpunk als erste Reaktion nicht Abscheu erzeugt, sondern *Angst*. Und damit ist nicht etwa die liebenswerte, ja drollige Furcht in Lovecrafts Geschichten gemeint. Wir sprechen hier über eine ganz andere, über eine existentielle Angst, die in unserer Gesellschaft begründet liegt. Eine Angst, die uns heute, jetzt, sofort Ärger einbringen kann, und zwar im richtigen Leben.

Die Angst vor dem Wehtun. Die Angst, daß uns weh getan wird. Die Angst vor der Sprache, vor dem Sex, vor unserem eigenen Körper, vor dem eigenen Tod.

Eine Kunstform, die solche Emotionen zu schüren vermag, muß schon über gewaltige Sprengkraft verfügen. Und darin liegt der wahre Wert des Splatterpunk. Er hat wieder auf das Genre Horror aufmerksam gemacht, und zwar auf eine Weise, wie sie sich Poe, King und Lovecraft nie hätten träumen lassen.

Ach ja, richtig! Eine Angst habe ich vorhin ganz vergessen – das Ich-bin-kein-Splatterpunk-Syndrom.

Die Angst, sich die Karriere kaputtzumachen.

Der Splatterpunk steht in dem Ruf, eine Literatur des Analphabetismus zu sein, ein sinnloses Aufeinanderprallen von Schall und Rauch. Das allerdings ist – vorsichtig ausgedrückt – eine inkorrekte Lesart. Ich will es mal deutlicher sagen: Wer so etwas behauptet, verhält sich nicht anders als die, die *The Last Temptation of Christ* nicht gesehen haben und trotzdem wissen, daß es gotteslästerlich ist. Ihnen kann ich nur raten, sich Skipps und Spectors ›Gentlemen‹ oder Lansdales ›Die Nacht, in der sie den Horrorfilm verpaßten‹ zu Gemüte zu führen, dann begreifen sie auch, welche Komplexität, Reife und tief empfundene moralische Haltung diese Werke auszeichnet.

Doch gegen den Mythos, der Splatterpunk sei Schund, kommt keiner mehr an. Das Unbehagen, das einige der Autoren dieser Sammlung beschlich, ist darum nachvollziehbar. Welcher professionelle Schriftsteller möchte denn schon mit einer Gattung in Zusammenhang gebracht werden, die mit so vielen Tabus aufräumt, die sich scheinbar auf dem niedrigstmöglichen gemeinsamen Nenner ansiedelt, in der es von vulgärsten Flüchen wimmelt und die eindeutig in Gemetzeln und Unzucht schwelgt?

Wer? – Das ist die Frage. Nun, auf der inhaltlichen Ebene sind es ganz einfach mit die aufregendsten Autoren der gegenwärtigen Literaturszene. Zufälligerweise gibt es eben doch eine Handvoll furchtloser Autoren, denen früh klargeworden ist, daß das, was so lässig mit dem Etikett

Splatterpunk versehen wird, weitaus mehr ist als ein Furz am Mittagstisch. Es ist dies eine Bande von gleichgesinnten, mit viel Talent und einer Vision ausgestatteten Künstlern, die keine Schere im Kopf haben und die bereit sind, im dunklen Spiegel ihrer Fiktion das einzufangen, was ihr ureigener Radar als die existentielle Situation des Menschen geortet hat. Daß die nicht schön ist, versteht sich von selbst. Die sogenannten Vergehen der Splatterpunks verblassen sowieso vor dem, was wir einander beispielsweise im Namen der Politik antun – man denke nur an die Greueltaten der Roten Khmer in Kambodscha.

Wie ich schon gesagt habe, gibt es nur eine Handvoll echter Splatterpunks: Clive Barker, John Skipp, Craig Spector, David Schow. Der ganze Rest ist vom Splatterpunk nur beeinflußt. Unbedingt hervorzuheben ist, daß es keine Bewegung namens Splatterpunk gibt, daß diese Art zu schreiben lediglich die Horrorgemeinde gespalten hat und daß nach wie vor auf allen Seiten Verwirrung herrscht, vor allem über die Frage –

was ein Splatterpunk überhaupt ist.

Ein Splatterpunk ist umstritten, fies und wirklich nicht unbedingt höflich. Zugleich ist er bis an die Schmerzgrenze ehrlich, furchtlos und wahrhaftig subversiv – obwohl seine Kritiker nach wie vor darauf pochen, er sei nichts als Eingeweide und Sex(ismus).

Aber lassen wir noch einmal Clive Barker zu Wort kommen:

»Mit meinen Horrorgeschichten und -filmen will ich kein leichtes Schaudern erzeugen, das die Leute vor dem Zubettgehen bloß abzuschütteln brauchen. Ich will die Menschen vielmehr aus der Fassung bringen, aus den gewohnten Bahnen reißen, ihre Vorstellungen über den Status quo über den Haufen werfen, ihre Vorstellungen über die Sexualität über den

Haufen werfen, ihre Vorstellungen über den Tod über den Haufen werfen.« (*Film Threat*, Juni 1989, S. 19)

Craig Spector bringt sein Anliegen zum Thema Subversion noch weitaus knapper auf den Punkt: »Ich will die Leute schockieren.«

Das Wesentliche am Splatterpunk ist die Art, wie er das Blut sowohl inner- als auch außerhalb der Literaturszene in Wallung bringt und so die Diskussion in Gang setzt. Interessanterweise hatte dieses wagemutige und ungemein liberale Raubtier der Literatur seine Blütezeit in den von Nixon und Reagan geprägten Jahrzehnten. Allein für seine Courage und Deutlichkeit verdient es höchste Bewunderung.

Das sind ja hehr klingende Sprüche bei einem Genre, das in erster Linie aufgrund seiner mangelnden Zurückhaltung Bekanntheit erlangt hat. Aber es ist nun einmal Tatsache, daß der Splatterpunk zu den am meisten mißverstandenen Kunstgattungen dieser Tage gehört und in häßlicher Regelmäßigkeit von den bürgerlichen Kritikern und den traditionellen Horrorautoren verzerrt dargestellt wird.

Da ist viel, *viel* mehr im Busch.

Seinen Reiz auf die Stammkundschaft übt der Splatterpunk auf zwei verschiedenen Ebenen aus. Zuvorderst stillen seine Sex- und Gewaltexzesse den Appetit schlichterer Gemüter oder Heranwachsender auf die verbotene Frucht. Das ist der Splatterpunk, wie ihn die meisten Kritiker sehen – nackt, ungeschmückt und an das Kind (manche sagen auch: das Tier) in uns allen gerichtet. Es erübrigt sich zu sagen, daß diese Kritiker danebentreffen. Diesem Strang des Splatterpunk geht es nicht um eklige Szenen und Sex an sich. Das sind doch nur Werkzeuge zur Vermittlung seiner Anliegen.

Doch schon auf der Stufe des Ordinären ermöglicht der Splatterpunk die notwendige Auseinandersetzung mit den typischen Autoritätsbildern. Wem haben die Eltern denn nicht weisgemacht, Sex sei böse, wer fluche, lande unweigerlich in der Hölle, und wer Gewaltszenen genieße, sei irgendwo krank? Auf dieser Stufe kann der Splatterpunk entweder kathartisch wirken (auf die Gebildeteren vielleicht auch amüsant) oder aber so gründlich mißverstanden werden, daß man ihn mit dem Schund bestimmter Spätabendfernsehserien gleichsetzt.

Leider verkennen die Hüter der Moral, die den Splatterpunk wegen der dunklen Fantasien von Teilen seiner Fangemeinde verdammen, die Alltagsrealität eben dieser Leute. Es springt doch ins Auge, daß das Leben der großen Mehrheit in krassem Gegensatz zu ihren Träumen steht. Wie wir aus Erfahrung wissen, regen Sexfilme oder -bücher in der Regel allenfalls zum Liebesakt oder zur Masturbation an, aber eben nicht zu Vergewaltigung oder Verstümmelung. Und wie reagieren die Zuschauer oder Leser auf besonders brutale Szenen? Wenn sie sich nicht empören, brechen sie in verlegenes Lachen aus. Bei ›Die Nacht, in der sie den Horrorfilm verpaßten‹ kommen offensichtlich die wenigsten von uns auf die Idee, die dort geschilderten Verhaltensweisen im richtigen Leben nachzuäffen. Wann haben denn *Sie* das letztemal nach der Lektüre eines Horrorfilms Ihre Nachbarin vergewaltigt oder jemandem die Kehle aufgeschlitzt?

Auf dieser ersten Stufe also hat der Splatterpunk vor allem eine Funktion: Er soll der unterdrückten Fantasie ein bißchen auf die Sprünge helfen. Danach braucht man nur das Buch beiseitezulegen und sich anderen Dingen zuzuwenden. Wie ich meine Horrorfans kenne, werden sie allerdings eher diese grauenhafte Erfahrung mit jemandem teilen wollen und die Erzählung brühwarm weiterempfehlen.

Auf der zweiten Wirkungsebene ist der Splat weitaus komplexer. Hier spielen gesellschaftliche und philosophische Zusammenhänge mit hinein. Der Splat bleibt eine Literatur der Konfrontation, Wut und Verzweiflung, vielleicht flirtet er auch mal mit dem Nihilismus, aber er ist sich immer dessen bewußt, daß er Materialien aus der wirklichen Welt als Bausteine verwendet. In dieser Arena wirkt der Splat politisch und als persönliche Warnung: Innerhalb und außerhalb deiner selbst spielen sich ja wirkliche Horrorszenen ab! Menschenskinder, *die können dir weh tun!* Tu endlich was dagegen, verflucht noch mal!

Diese zweite Wirkungsebene ist meiner Meinung nach der größte Aktivposten des Splatterpunk. Durch die Einbeziehung der Lebenswirklichkeit in die traditionelle Struktur des Horrors wird der Leser zur Auseinandersetzung mit einer ganzen Reihe von vollkommen nachvollziehbaren Anliegen gezwungen. Der Appell an das eigene Gewissen kann dabei in ganz verschiedenen Formen erfolgen:

– der Satire auf die Gesellschaft (siehe David Schows ›Jerry's Kids Meet Wormboy‹, in dem ein Priester à la Fernsehpfaffe Jerry Falwell eine ganze Armee von Zombiekindern befehligt);

– der Verurteilung sexuellen Mißbrauchs (wie zum Beispiel John Skipps Solokurzgeschichte ›Film at Eleven‹ (bzw. ›Filmteam um elf‹ – in dieser Sammlung);

– der moralischen Entrüstung (wie in Ray Gartons ›Sinema‹, in dem ein pädophiler Lehrer Knaben mißbraucht und ermordet).

So, das sollten die Hardcorefans sich mal hinter die Ohren schreiben. Und wer frisch zum Splatterpunk gestoßen ist, weiß jetzt, was ihn erwartet – unbegrenzte Fantasie, ein faszinierender Popkulturmix, Philosophie, eine persönliche Stellungnahme, Exzesse, Freiheit – und das alles garniert mit expliziten Darstellungen von Sexualität und Gewalt.

Aber wie ich bereits betont habe, wäre es ein Fehler, den Splat mit einer Bewegung gleichzusetzen. Der Splatterpunk ist ein *Subgenre,* wenn auch ein besonders couragiertes, ein faszinierender Ziegel in der alles umfassenden Mauer der Fantasy-Fiction. Man könnnte noch ein Stückchen weitergehen und sich zu der Behauptung versteigen, die Splatterpunks seien ein loser Verbund gleichgesinnter, von der Popkultur durchdrungener Anarchisten, die alle gleichzeitig von innen heraus verbrennen.

Möglich wäre so eine Theorie ja schon, aber...

Ach nöö!

Erteilen wir Clive Barker das Wort. In einem Werbetrailer für seinen ersten Film *Hellraiser* hat er den Punkt am besten getroffen:

»Es gibt keine Grenzen.«

4. Wie er zu seinem Namen kam und was Stephen King von ihm hält

Das Wort ›Splatterpunk‹ ist wie gesagt eine Schöpfung des Autors David J. Schow *(The Kill Riff, Silver Scream, Lost Angels)*. Erfunden hat er es bei einer Party im Anschluß an eine Podiumsdiskussion über das Thema ›Stiller kontra expliziter Horror‹ im Rahmen der World Fantasy Convention in Providence, Rhode Island. Die Themenwahl war teils ernsthaft und teils ein Scherz, denn mit ›explizit‹ kommt man dem extremen Horror, wie ihn Schow und noch ein paar andere praktizieren, nicht mehr bei. Wie dem auch sei, die schonungslos explizite Beschreibung alles Gräßlichen rief die Vertreter des ›stillen Horrors‹ auf den Plan. Allen voran Charles Grant, der seit jeher in der Anti-Splatbewegung an vorderster Front kämpft. Der Fairneß halber sei hinzugefügt, daß Grant ein ausgezeichneter Romanautor ist (u. a. *The Pet*).

Aber untersuchen wir doch einmal, was die Vertreter des traditionellen Horrors vom Splatterpunk halten. Stephen King hat einmal gesagt, der Splatterpunk sei ›die derzeit vitalste und blutrünstigste Koalition im Horror‹.

Peter Straub *(Ghost Story, Mystery, Koko)* hat mir neulich in einem Telefoninterview anvertraut: »Solange er gut geschrieben ist, macht er mir auch Spaß. Es gehört nun mal zu den Absichten des Splatterpunks, die Leute zu verschrecken, sie aus der Bahn zu werfen. Das war schon immer der Zweck des Horrors – und ist die besondere Stärke des Splatterpunks.«

Aber wie gesagt, nicht alle aus dem Lager des traditionellen Horrors tolerieren den Splatterpunk. Susan Allison, bei Berkley Books unter anderem für die Bestsellerautoren Dean R. Koontz und F. Paul Wilson zuständig, hat in der Zeitschrift *Mystery Scene* verkündet: ›Er [der Splatterpunk] kommt mir doch sehr frauenfeindlich vor. Solange ich nicht dazu gezwungen werde, wird so etwas von mir auch nicht verlegt‹ (Heft 25, 1990, S. 102).

Ihre Abneigung gegen Frauenfeindlichkeit kann man Allison sicher nicht zum Vorwurf machen, aber ihr Ausspruch klingt mir verdächtig nach einer übereilten Verallgemeinerung. Es stimmt zwar, daß im Splatterpunk Frauengestalten auch mal in Bedrängnis geraten (Männer übrigens ebenfalls – und zwar haufenweise). Und manchmal sterben diese Frauen auch (wenn sie Glück haben – bei den Männern ist das nicht anders). Dennoch unterliegt Allison zwei grundlegenden Irrtümern:

Zum einen wimmelt es im gesamten Kunstbereich von Frauen in Bedrängnis. In der Kriminalliteratur wird dieses Szenario wohl am häufigsten durchgespielt. Genauso in Liebesromanen. In Western. Selbst in den Romanen von Stephen King. Darum erscheint es mir doch etwas unfair, sich gerade den Splatterpunk herauszugreifen und ihm diese Tendenz anzukreiden. Bevor Allison nun riskiert, gar nichts mehr zu verlegen, sollte sie sich mal Gedanken über das eigentliche Problem machen. Und das ist nicht Frauenfeindlichkeit, sondern das ›Frauen-in-Not-Syndrom‹ der Literatur allgemein.

Ein Körnchen Wahrheit steckt freilich in Allisons Äuße-

rungen. Keiner, der seine fünf Sinne beisammen hat, könnte behaupten, sämtliche Splatterpunks seien beim Thema Frauen zu einer aufgeklärten und engagierten Stellungnahme fähig – wo Menschen sind, da menschelt es nun mal. Die besten und kreativsten Splatautoren freilich suchen neue Wege, um diese Klischees zu überwinden. Beispiele kommen gleich. Und sie führen uns zu Susan Allisons zweitem Irrtum. Ihr Gebrauch des Wortes Frauenfeindlichkeit verrät eindeutig mangelnde Vertrautheit mit dem ganzen Gebiet. Wahrscheinlich hat sie (und sie wirft beileibe nicht als einzige mit diesem Schlagwort um sich) den Roman *The Scream* von Skipp und Spector noch nicht gelesen. Dort wird nicht nur ein in sich rundes Bild der meisten Frauengestalten gezeichnet, sie müssen auch in kniffligen Situationen, die samt und sonders in engem Bezug zur Lebenswirklichkeit stehen, moralische Verantwortung übernehmen. Ein bedrückendes Beispiel ist der Besuch der emotional stark mitgenommenen Jesse Malloy in einer vorgeblichen Abtreibungsklinik, die sich dann als von Abtreibungsgegnern inszenierter Scheinbetrieb herausstellt.

Wer das Wort frauenfeindlich in den Mund nimmt, kennt wohl auch Edward Bryants Werke nicht. Obwohl er sich auf keine Richtung festlegen will, hat Bryant mehrere splatterpunkähnliche Sachen geschrieben wie etwa ›A Sad Last Love at the Dinner of the Damned‹ und ›While She Was Out‹ (›Als sie beim Einkaufen war‹). Und beide Geschichten stehen voll und ganz hinter der Sache der Frauen. Und das sind beileibe keine isolierten Beispiele für die Sensibilität der Splatterpunks Frauen gegenüber. Wie wär's mit David J. Schows ›Pamela's Get‹, einer einfühlsamen Studie über eine Frauenfreundschaft?

Der Vorwurf der Frauenfeindlichkeit ist leider nicht das einzige Vorurteil der Traditionalisten in der Horrorszene. In einem Telefongespräch hat mir Charlie Grant neulich folgendes vorgehalten:

»Die Splatterpunks tun eigentlich nichts, was nicht auch schon vor ihnen getan worden ist. Sie sagen es lediglich ein bißchen drastischer. Sie unterscheiden sich bestenfalls durch ihre geballte Energie und die Art, wie sie sie einsetzen. Das, was am Splatterpunk gut ist, wird langfristig absorbiert werden. Und der Schund landet auf dem Müll.

Übrigens: Die Masche, dieselbe Art von Gewalt in die Erzählungen einzubauen, die wir von den Hardcorefilmen her kennen, ist ja schon jetzt passé. Die Verleger sind fast alle der Meinung, wer sich Filme wie Friday the 13th *ansieht, liest sowieso nie. Was soll dann die Gewalt noch in den Büchern? Die Masche ist ein Widerspruch in sich selbst.*

Aber es ändert sich auch so schon einiges. 1989 habe ich mich einmal mit Skipp und Spector getroffen. Gemeinsam sind wir zu dem Schluß gekommen, daß der Gegensatz zwischen stillem und explizitem Horror an den Haaren herbeigezogen ist. Das ganze Trara um ›Splatterpunk‹ ist nichts anderes als ein Werbegag.«

Tja, weil mich natürlich auch der andere Standpunkt interessiert hat, habe ich Grants Thesen Craig Spector vorgelesen. Und was hat er gesagt?

»Das stimmt hinten und vorne nicht. Wie kommt Charlie nur darauf, daß wir das gemeinsam festgestellt hätten? Mir würde im Traum nicht einfallen, daß der Splatterpunk nur ein Werbegag sein soll. Da war bei Charlie wohl eher der Wunsch der Vater des Gedankens. So schnell wird der Splatterpunk aber nicht von der Bildfläche verschwinden.

Andererseits liegt es auf der Hand, daß ein Element des Splatterpunks – nämlich das Wort an sich – ein Werbegag ist. Aber doch nicht die Ästhetik, die gesamte Farbenskala der Texte. Doch in einem hat er recht. Es geht wirklich nicht um die Frage: Stiller oder lauter Horror? Das ist eine Scheindiskussion. Die eigentliche Frage muß lauten: Bist du ein Traditionalist oder bist du keiner?«

Und damit trifft Spector den Nagel auf den Kopf. Grants Probleme mit dem Ungehobelten im Splatterpunk und Spectors leidenschaftliche Parteinahme eben dafür zeigen die eigentliche Trennlinie innerhalb der Kunst auf, und zwar deutlicher als es jeder Aktenschrank voller Theoreme könnte – ich meine den Generationenunterschied. Skipp und Spector sind beide Anfang dreißig und ein Dutzend Jahre jünger als Grant.

Ketzertum ist ein Privileg der Jungen oder der im Herzen Jungen. Seit jeher bedienen sich die Ketzer, die Outlaws innerhalb der Kunst der Herausforderung, der Rebellion, des Wandels. Und nirgendwo ist der Wandel deutlicher zutage getreten als in der amerikanischen Popkultur, sei es in der Zeit vor dem Zweiten Weltkrieg, sei es danach. Da kann ein mageres Dutzend Jahre Welten bedeuten. Die einen sind Hippies, die anderen postmodern.

Womit, wenn nicht mit dem Generationenunterschied, läßt sich denn die unselige Streitfrage um stillen oder expliziten Horror erklären? Nun, man sollte annehmen, daß erfolgreiche Autoren auf einem Gebiet der Literatur, das Terror, Gewalt und der Fantasie freien Lauf läßt, absolut tolerant sein müßten. Genau das Gegenteil ist der Fall. Das Establishment im Horror, wie auch sein Pendant im Bereich Science-fiction, ist stockkonservativ. Die jeweiligen Fans sperren sich gegen jeden Wandel. Mr. Spock darf nicht sterben, und Jason muß in alle Ewigkeit seine Hockeymütze tragen. So kann es auch nicht überraschen, daß die etablierten Horrorautoren im günstigsten Fall mit pikiertem Schweigen auf den Splatterpunk reagiert haben (bis zu einem gewissen Grad tun sie das heute noch). Und im ungünstigsten Fall haben sie ihren Abscheu mehr oder weniger lautstark geäußert. Meiner Meinung nach ist übrigens diese Debatte zum Thema still oder explizit ein räudiger Köter, den man beim Auftauchen auf der Stelle abknallen sollte. Das Feld bietet doch beiden Armeen genügend Platz, um ihre Lager darauf aufzuschlagen und einträchtig nebeneinander zu existieren. Das meiste, was im Horror produziert wird, fällt ohnehin zwischen die beiden Extreme.

Aber gehen wir noch einmal zurück zu den Ursprüngen des Wortes ›Splatterpunk‹.

Einerseits ist es also ein Nebenprodukt der Debatte über den Horror, zum anderen spielte Schow damit auf den damals todschicken Kult des ›Cyberpunk‹ an. Geschaffen hatten ihn die Science-fiction-Autoren William Gibson *(Neuromancer)* und Bruce Sterling (Herausgeber von *Mirrorshades* – in der deutschen Übersetzung: *Spiegelschatten*). Im Cyberpunk ging es um hochbegabte, doch frustrierte Großstadtjugendliche, die vor dem Hintergrund einer verfallenden futuristischen Umgebung ihre komplexen Machtspiele durchprobierten. Natürlich flirteten sie auch mit dem Nihilismus. Der maßlose Konsum exotischer Drogen war eine zwangsläufige Folge. Gelegentlich kam es auch zu Sex- und Gewaltszenen (freilich nie in dem Ausmaß wie im Splatterpunk).

Bei aller Kulturverdrossenheit nahmen die Cyberpunks jedoch auch einen revolutionären Standpunkt ein. Ihren Abscheu vor dem Wertezerfall der achtziger Jahre auf politischer, gesellschaftlicher und zwischenmenschlicher Ebene reagierten sie in einer von Computern beherrschten High-Tech-Science-fiction ab. Und in dieser Kombination aus jugendlichem Agit-prop mit der Suche nach den gesellschaftlichen und geistigen Wurzeln des Übels ähnelt der Cyberpunk dem Splatterpunk am meisten. In jeder anderen Hinsicht kann man sich Gegensätze krasser kaum vorstellen.

Tja, und diese Cyberpunkgeschichte hatte Schow nun eben auch im Hinterkopf, als er bei besagter Party mit der Wortschöpfung ›Splatterpunk‹ daherkam. Die wahren Einflüsse auf den Splatterpunk freilich sind nicht in William Gibsons wehleidigem Romantizismus zu sehen, sondern in der amerikanischen Popkultur.

Darf ich es wagen, Schow drei weitere mögliche Einflüsse zu unterstellen?

Zum ersten wäre da das Genre der ›Splatterpunk‹ zu nennen. Der Autor John McCarty hat den Begriff 1984 zur Charakterisierung einer Reihe ganz neuartiger Filme geprägt. Darunter fielen *Blood Feast* von H. G. Lewis, *Night of the Living Dead* (*Die Nacht der lebenden Toten* von Romero), so ziemlich alles von Dario Argentos *Suspiria* über Lucio Fulcis *The Beyond* bis hin zu Rugero Deodatos *Cannibal Holocaust*.

Daß Splatterfilme und -literatur neuerdings Pingpong miteinander spielen, kommt nicht von ungefähr. Barker hat *Hellraiser* und *Nightbreed* geschrieben und in Szene gesetzt. Skipp und Spector haben für *A Nightmare on Elmstreet 5: The Dream Child* das Drehbuch verfaßt und *Class of 1999* überarbeitet. Schow ist der Autor von *Leatherface: The Texas Chainsaw Massacre III*. Offensichtlich springt der Splatterpunk zwischen dem Film und dem gedruckten Buch hin und her. Damit wird nicht nur sein multimedialer Charakter deutlich unterstrichen, sondern gleichermaßen der Einfluß in die andere Richtung, nämlich des Splatterpunks auf den Film. Mit gutem Recht kann man bestimmte Filme dem Splatterpunk zuordnen.

Und wie steht es mit dem Punkrock, dem zweiten großen Einfluß?

Mitte bis Ende der siebziger Jahre explodierte in England eine Musikbewegung mit dem Namen Punk. In ihr spiegelte sich die Verzweiflung vieler Jugendlicher angesichts moralischer und wirtschaftlicher Stagnation wider. Bald breitete sich der Punk auch in Amerika aus. Angeführt wurde die Bewegung von den Gruppen Sex Pistols und The Fear. Sie war gekennzeichnet durch die rituelle Beteiligung der Zuhörer am Konzert. Slam Dancing gehörte unbedingt dazu, zerrissene T-Shirts, Irokesenhaarschnitt, Sicherheitsnadeln in der Nase, der Brust und den Ohren. Der Punk war ein wütender Protestschrei, gekleidet in eine ganz eigentümliche Philosophie. *No future* hieß es allgemein bei den Punkern. Die alte Rockmusik ist ausgelutscht, nichtssagend, vom Kommerzbetrieb aufgesaugt. Sex ist etwas Lächerliches, und die Welt wird von übermächtigen alten Drecksäuen regiert, die uns nicht den Hauch einer Chance lassen. Wir sehen nichts anderes als ein graues Loch. Was da hineingefallen ist, wird unterdrückt – auch die Kunst. *Drum könnt ihr uns alle am Arsch lecken!*

Der Punk war laut und ungehobelt, ließ seine Einstellung aus sämtlichen Poren triefen und lenkte jede Menge Aufmerksamkeit auf sich – nicht anders als der Splatterpunk. Inzwischen ist der Punk ziemlich mausetot. Als musikalischer Haupteinfluß kommt daher nicht er, sondern der Rock 'n' Roll in Frage. (Interessanterweise gibt es mittlerweile auch Splatterbands; 1989 trat beispielsweise die Gruppe Gwar mit Horrormasken auf und führte als Teil ihres Programms brutalste Schlachtszenen vor. Wie man sieht, sind auch hier Wechselwirkungen zu beobachten.)

Drittens und letztens – und das wird mir wohl gehörige Schelte einbringen – möchte ich auf den Einfluß der Pornovideos hinweisen.

Fickbücher gibt es ja schon seit langem, aber Filme wie *Deep Throat* wurden erst in der lockeren Atmosphäre der siebziger Jahre möglich, in denen der Zugang zu gefilmtem Geschlechtsverkehr den Leuten nicht mehr verwehrt wurde. Und seit Mitte der achtziger Jahre die Pornoindustrie via Video Einzug in die Wohnzimmer hielt, setzte ein so starker Run auf ihre Erzeugnisse ein, daß die Verleiher jedes Jahr neue Rekorde vermelden können.

Wenn die Erwachsenenfilme einen so bedeutenden Wirtschaftsfaktor ausmachen, heißt das aber nichts anderes, als daß sich sehr viele Leute, ob sie es nun zugeben oder nicht, ansehen, wie andere miteinander vögeln. Die entscheidende Frage lautet also nicht: *Warum läßt der Splat-*

terpunk soviel unverhüllten Sex zu? sondern: *Wie, bitteschön, hätte der Splatterpunk den expliziten Sex herausfiltern sollen?*

Hinter soviel unverhülltem Sex steckt ja auch etwas Subversives. Und Splatterpunk ist bekanntlich nichts, wenn er nicht subversiv ist. Interessanterweise hat es auch hier schon Wechselbeziehungen gegeben. Im Videogeschäft ist eine neue Undergroundbewegung entstanden, deren Vertreter brutalsten Sex zu einem neuem Genre, dem *Splatterporn* verschmelzen. Zu nennen wären die Kurzfilme *Fingered* von R. Kern und *Thrust in Me* von Nick Zedd.

So entstand also das Wort für die Anliegen der Splatterpunks – beteiligt waren Cyberpunk, Splatterfilme, Punkrock und die Erwachsenenvideos.

5. Artefakte und Einflüsse

Strenggenommen ist ›Splatterpunk‹ nicht viel mehr als ein neues Wort für eine alte Einstellung, die sich keine Fesseln auferlegt, vor keinem Gott auf die Knie geht und keine Grenzen anerkennt. Womit wir logischerweise bei den tiefsten Wurzeln des Splatterpunk angelangt wären.

Im zweiten Abschnitt dieses Essays habe ich 1971 als das Geburtsjahr des Splatterpunk angegeben, weil damals *Der Exorzist* herauskam. Das mag überraschen, denn der Begriff selbst wurde ja erst in den späten Achtzigern geprägt, und die entscheidenden Autoren haben sich auch erst um diese Zeit herum Aufmerksamkeit verschafft. Dennoch zeichnete den Roman *Der Exorzist* schon all das aus, was heute den Splatterpunk ausmacht: nur für Erwachsene geeignet, Konfrontationskurs, keine Scheu vor Tabus (ob man ihn Literatur nennen soll, ist eine andere Frage). Und das Allerwichtigste war: Amerika hatte einen Bestseller dieser Art noch nie erlebt; der Einfluß des Films auf die Popkultur für den ganzen Rest der siebziger

Jahre war unermeßlich. Aus diesem Grund halte ich es durchaus für korrekt, das Jahr 1971 als grobe Demarkationslinie zu ziehen. Man könnte sogar noch drei weitere Jahre zurückgehen, als *Rosemarys Baby* ähnlich Furore machte. Aber trotz der satanischen Vergewaltigungsszene hatte Polanski sich damals für Andeutungen und eben nicht für explizite Zurschaustellung entschieden.

In dem Sinne freilich, in dem es ja schon immer Kunst von Outlaws gegeben hat, hat es auch schon immer Splatterpunks gegeben.

Clive Barker hat es bereits erklärt: Splatterpunk ist Subversion. Er will einem bewußt etwas antun, er will uns aus unserer Selbstgefälligkeit reißen. Dazu werden sehr viel Energie, Direktheit und auch Witz freigesetzt (der Faktor Spaß sollte auf keinen Fall unter den Tisch fallen). Daß er den Leser mit größter Freude und viel Humor vor den Kopf stößt, gehört zu den umstrittensten – und auch liebenswertesten – Zügen des Splatterpunk.

Andererseits haben Exzesse und Subversion die Kunst von Anfang an gekennzeichnet. Im neunten Jahrhundert vor Christi Geburt hat Homer eine ganze Insel von Rauschgiftsüchtigen beschrieben (die Lotosesser) sowie einäugige Monster, die menschenfressenden Kyklopen, geschaffen (beides nachzulesen in der *Odyssee*). Dante hat sich in *Die Göttliche Komödie* nicht damit zufriedengegeben, seine Feinde in der Hölle schmoren zu lassen, er hat sie in kochenden Kot geworfen. Horace Walpole, der 1764 mit *Die Burg von Otranto* den ersten Schauerroman (›gothic novel‹) schrieb, und M. G. Lewis mit *Der Mönch* (1796), schufen berühmt gewordene Beispiele für Abweichungen von der Norm in der gesellschaftlich akzeptierten Kunst.

Und vergessen wir die Bibel nicht!

Das Spielchen könnten wir noch eine ganze Weile weitertreiben. Aber verengen wir lieber unseren Blickwinkel. Das zwanzigste Jahrhundert kennt zahllose extreme Bewegungen und Persönlichkeiten innerhalb der Kunst.

Warum sollte es im Horror, in der Science-fiction oder Fantasy anders sein?

Nach der Katastrophe des Ersten Weltkriegs haben die deutschen Expressionisten den *Chiaroscuro* wiederentdeckt. Dada, der Surrealismus, Man Ray kamen. Die dreißiger Jahre erlebten Céline, Buñuel, Dalí, die vierziger Jahre reagierten mit dem *film noir* auf den Zweiten Weltkrieg.

Im darauf folgenden Jahrzehnt fing es langsam zu gären an. Die Entwicklung, die letztendlich zum Splatterpunk führte, setzte ein. William Burroughs' Name fällt bei der Diskussion um den Splatterpunk in der Regel nicht. Das ist ein Unrecht, das der Schöpfer von *Naked Lunch* (1959) und Dr. Benway (»... als ich einmal gerade mein Instrument nicht dahatte, entfernte ich einen Uterustumor mit den Zähnen.«) nicht verdient hat. William Gaines und E. C. Comics dagegen werden oft zitiert. Zu Recht, denn der Einfluß dieser überdrehten, wahnsinnig witzigen und expliziten *comtes cruels* ist nicht zu übersehen.

Und dann gibt es noch Robert Bloch, den Autor von *Psycho*. Sein etwas plumper Humor hat seine Faszination an abartigen Verhaltensweisen und Verbrechen nie ganz verdecken können. Bei Hitchcocks Verfilmung des Romans war es ja nicht anders. Und da soll man nicht von einem Einfluß auf den Splatterpunk reden?

Endlich kamen die Sechziger... wow!

Drogen, Politik, Rock 'n' Roll. Wechselnde Beziehungskisten. Demonstrationen. Idealismus. Der Vietnamkrieg. Und Fernsehen, Fernsehen, Fernsehen. Wenn die fünfziger Jahre dem Splatterpunk die Rohmaterialien gegeben haben, so verdankt er den Sechzigern seine Glaubwürdigkeit. Mit der Propagierung eines anderen und ganz individuellen Lebensstils ist er mehr als nur ein entferntes Echo der neunziger Jahre auf die Gegenkultur der Generation vorher. Vergessen wir auch nicht die Literatur. 1964 erschien Hubert Selbys *Last Exit to Brooklyn (Letzte Ausfahrt*

Brooklyn), ein ungemein energischer und kompromißlos realistischer Roman, der die Gewalt im Homosexuellen-, Gauner- und Nuttenmilieu überaus drastisch zeigt. Wer könnte je Tralalas Vergewaltigung durch eine ganze Bande vergessen?

Die sechziger Jahre waren zugleich auch ein goldenes Zeitalter des internationalen Kinos. Auf den Einfluß der extremen Filme auf den Splat habe ich bereits hingewiesen. Es wurden seinerzeit eben nicht nur Fellini, Bergman und Godard einem amerikanischen Publikum vorgestellt, in diesem Jahrzehnt wurde Amerika auch mit *Die Nacht der lebenden Toten, Blood Feast* und Mario Bavas *Black Sunday* beschenkt. Die letztgenannten wurden mit minimalem finanziellen Aufwand hergestellt und kümmerten sich nicht weiter um die Regeln, doch wenn man genauer hinsieht, spiegelt sich in ihnen in erster Linie das Gemetzel in Vietnam wider, das via Satellit auf die heimischen Fernsehapparate übertragen wurde.

Zurück zur literarischen Front. Die meisten Kritiker des Splatterpunk scheinen zu verkennen, daß diejenigen, die dieses überaus grausige Feld beackern, unter Umständen in der Geschichte der Horrorliteratur bestens versiert sind. Als ob der Splatterpunk aus einem Vakuum heraus entstanden wäre! Doch das Erbe von Poe, Hawthorne, Blackwood, Hodgson, Lovecraft, Smith, Howard, Derleth und so weiter ist vielen Splatautoren durchaus bekannt – und einige benutzen es sogar.

Die Sache hat nur einen Haken. Die Splatterpunks spüren, daß diese Tradition sich selbst überlebt hat. In der 1988er Juni-Ausgabe des *Midnight Graffiti* bemerkt David J. Schow dazu:

»Erstaunlich viele Horrorautoren sind Akademiker ... Stephen King, Peter Straub und Dennis Etchinson waren Lehrer. Charlie Grant ebenfalls. Allan Ryan unterrichtete neun Jahre lang Englisch, ehe er das Fach wechselte. Diese Leute stehen in einer ganz

anderen Tradition als unsereins. Clive Barker hat gesagt, sein Problem mit dem Genre liege darin, daß die anderen Autoren nie weit genug gingen. Dem schließen sich jetzt immer mehr Leute an. Es genügt nicht mehr, den Schatten hinter der Tür zu zeigen. Die Leute wollen wissen, woher der Schatten kommt, wie er sich auswirkt und wie er sich auflöst.

Trotzdem – wir könnten das Klassenzimmer nie demolieren, wenn sie die Schule nicht gebaut hätten.«

Bereits in den Sechzigern verarbeiteten jede Menge Autoren das Klassenzimmer zu Kleinholz. Der Allergrößte unter ihnen war der wütend-witzige Harlan Ellison. Mit Geschichten wie ›I Have No Mouth, and I Must Scream‹ oder ›A Boy and His Dog‹ knöpfte er sich das gesamte Erbe der Horror- und Science-fiction-Literatur vor und schlug es unter gräßlichem Gebrüll zu Brei. Sein kreativer Zorn, Mut, Witz, seine expliziten Darstellungen und der konstante Bezug zur eigenen Zeit rechtfertigen die Bezeichnung Ellisons als Patenonkel des Splatterpunk.

Und dann kamen die siebziger Jahre. Da entstanden nicht nur Bücher wie *The Exorcist* und *The Fog*, da gab es auch richtige Massenmörder, John Wayne Gacy zum Beispiel. Oder Filme von der Art von *Taxi Driver*. Underground Comics wie etwa *Skull* und *Death Rattle*. *Dawn of the Dead* (Romeros zweiter Zombiefilm). *The Texas Chainsaw Massacre*. David Cronenberg. Bavas *Twitch of the Death Nerve* aus dem Jahr 1972 (der Prototyp für das Genre Serienmorde mit *Friday the 13th* als Höhepunkt). Und immer und über allem Stephen Kings Schatten (bei King genügt es zu sagen: Er hat die Horrorliteratur salonfähig und populär – und lukrativ – gemacht).

Als dann in den achtziger Jahren die Horrorfiktion als überall verfügbare Ware aus dem Boden schoß, die Rockmusik wiederbelebt wurde, durch das Medium Video bis dahin schwer erhältliche Filme wieder zugänglich wurden und nie geahnte technische Möglichkeiten zur Nachbildung des gesamten menschlichen Erfahrungsbereichs in der Kunst entstanden – als das alles zusammenkam, da war die Zeit reif für den unvermeidlichen Unfall, den Splatterpunk.

Auch wenn es, wie wir gesehen haben, schon einige Vorformen der Splatterpunkmentalität gegeben hatte.

6. Kein Ende

Drei Fragen zum Abschluß.

Erstens: Wie kommt es, daß ich, Paul Sammon, mich derart in den Splatterpunk vertieft habe?

Nun, dafür kann ich natürlich die üblichen Begründungen anführen. Daß ich zum Beispiel die Freude am Extremen, an Grenzüberschreitungen aus eigener Erfahrung bestens kenne.

Ich war auch mal Rockmusiker.

Mit Horror und Science-fiction bin ich von Kindesbeinen an vertraut, weil ich beide Gattungen liebe. Und ohne rot zu werden, kann ich von mir behaupten: auf dem Gebiet Film bin ich ein wandelndes Lexikon.

Das alles stimmt, aber der eigentliche Grund ist sehr persönlicher und streng privater Natur.

Im allgemeinen geht es mir wie wohl den meisten: Splatterpunk macht mir Spaß, weil das Böse uns alle enorm fasziniert. Im besonderen habe ich immer wieder die Erfahrung gemacht, daß das Böse nicht an Personen gebunden ist, sondern willkürlich zuschlägt. Erklärend muß ich hinzufügen, daß Chaos und Terror mich in meiner Kindheit ständig begleitet haben.

Einen Großteil meiner Jugend verbrachte ich in allen möglichen amerikanischen Armeestützpunkten auf den Philippinen. Mein Vater arbeitete in den späten fünfziger und frühen sechziger Jahren für den militärischen Geheimdienst. Da kriegt man automatisch hautnah mit, was so alles an Gewalt abläuft. Und weil ich als Kind auch nicht die ganze Zeit zu Hause blieb, wurde ich tagtäglich auf der Straße mit den Realitäten der Dritten Welt konfrontiert. Das hat mein Weltbild zwangsläufig geprägt.

Ich war noch keine acht Jahre alt, da sah ich meine erste Leiche. Mit zwölf beobachtete ich, wie Gerichtsmediziner die Hirnmasse eines Selbstmörders aus dem Randstein fischten. Aus erster Hand bekam ich die Folgen von Rauschgift- und Tablettensucht mit. Und vor meinem fünfzehnten Geburtstag hatte ich mit einer Maschinenpistole geschossen, Nutten abblitzen lassen und Ertrunkene aus dem Wasser gezogen.

Die Philippinen waren damals ein offenes Land (sie sind es heute noch), und Gespräche über Kinderprostitution, Inzest und Tod durch Stromschlag waren am Mittagstisch die Regel.

Die Folgen für die Betroffenen erlebte ich jeden Tag. Ich roch die Exkremente der Toten und derer, die vor Angst in die Hose gemacht hatten. Ich hörte sie lügen, schreien, lachen. Erlebte ihr Schweigen. Ihre Tränen.

Kein Wunder, daß ich bei meiner Rückkehr ins behagliche Amerika mit seinen Villenvierteln einen kleinen Kulturschock erlitt. Warum gab niemand seine Pistole an der Garderobe ab, wenn er ins Restaurant ging? Auf den Philippinen war das gang und gäbe!

Ist ja auch egal.

Die Erfahrungen auf den Philippinen sind in mir lebendig geblieben, und ich bin froh darum. Sie haben mich früh gelehrt, wozu das Tier namens Mensch fähig ist – in den Bereichen des Bösen wie des Erhabenen.

Dementsprechend habe ich mein Dasein ausgerichtet. Ich hänge am Leben... und weiß, was ich im Dunkeln bei mir zu führen habe.

Beim Splatterpunk ist es nicht anders.

Und deswegen liebe ich ihn so.

Zweite Frage: Warum gebe ich mir soviel Mühe mit *Splatterpunks* und einem so langen Aufsatz?

Die Antwort fällt mir leicht. Es hat mir Spaß gemacht.

Mit ›Outlaws und Ketzer‹ (der Titel steht für das Anarchische, die bewußte Abkehr von den ausgetretenen Pfaden von Recht und Ordnung) wollte ich einfach den längst überfälligen und hoffentlich informativen Überblick eines Insiders geben.

Und drittens und letztens: Ist der Splatterpunk am Ende oder gar schon tot?

Na ja... vielleicht hat Charlie Grant doch recht, und der Splatterpunk ist kein Thema mehr. Oder vielleicht mutiert er, nachdem er als Störenfried bahnbrechende Pioniertaten geleistet hat, in eine neue Kunstform. Zeichen dafür mag der Begriff *neuer Horror* sein, der neuerdings bisweilen statt *Splatterpunk* auftaucht.

Andererseits dringt das Wort *Splatterpunk* möglicherweise wie ein heimtückisches Virus ins öffentliche Bewußtsein ein. Dann würde es weiterhin das Altbekannte anfallen und immer neue Kunstschaffende infizieren (wobei bis jetzt immer galt: Wenn etwas allgemein Fuß gefaßt hat, kann man davon ausgehen, daß die Avantgarde, die es ursprünglich vorangetrieben hat, sich schon wieder etwas anderem zuwendet).

Na gut, wer kann das heute schon wissen?

Eines aber ist sicher. Die Triebkräfte, die die *Stärken* des Splatterpunk ausmachen – Furchtlosigkeit, Energie, Spaß, Offenheit –, sind ungefähr so sterblich wie der Rock 'n' Roll. Oder die Ehrlichkeit. Oder die Menschheit.

Das Herrliche am Splatterpunk ist, daß er einem ständigen Wandel unterliegt. Die guten Autoren, auch die, die nur am Rande dazugehören, steigern sich von Geschichte zu Geschichte, von Buch zu Buch. Wer da noch behauptet, der Splatterpunk habe keine Zukunft, lügt. Der Splatterpunk treibt mit dem Strom der Zeit. Und nichts anderes macht das Wesen der Kunst aus. Sie bleibt nie stehen.

Ich finde, das wirft auf Grants Einwand, der Splatterpunk werde sich bald überlebt haben, ein völlig neues Licht.

Der Splatterpunk – oder wie immer er nächstes Jahr heißen mag – wird auch weiterhin auf Konfrontationskurs steuern. Zahllose Texte für die provokative Natur der Kunst ließen sich hier anführen, doch ich möchte mich mit dem Beispiel Salman Rushdies begnügen. Wer ist besser vertraut mit den kontroversen – um nicht zu sagen lebensbedrohlichen – Aspekten der Literatur?

In einer Zeit, in der in Amerika den angeblich obszönen Künstlern Knüppel zwischen die Beine geworfen werden, in der auf der ganzen Welt ultrakonservative Minderheiten ihre Philosophie viel zu passiven Mehrheiten aufzwingen, tut es gut, Leute mit der Integrität, Vernunft und Tapferkeit eines Salman Rushdie zu begegnen. Nach wie vor muß der Autor von *Satanische Verse* sich vor persischen Todesschwadronen verbergen, weil ihn der Ayatollah wegen ›Gotteslästerung‹ mit dem Bannfluch belegt hat. Am 6. Februar 1990 las der Dramatiker Harold Pinter an Rushdies Stelle den Vortrag ›Gibt es keine Heiligtümer mehr?‹ (›Is Nothing Sacred?‹) vor dem Institute of Contemporary Art in London. Es ging Rushdie um Literatur allgemein, doch ich finde, er hätte genausogut über den Splatterpunk schreiben können:

»... *Romane befriedigen unser Bedürfnis nach dem Rätselhaften und erfüllen unsere Wünsche nach Erkenntnis. Zugleich überbringen sie uns auch sehr bittere Botschaften.*

Sie machen uns klar, daß es keine Regeln gibt. Gebote haben sie uns nicht mitzuteilen. Die müssen wir, so gut wir können, selbst finden und dürfen dabei nicht einmal stehenbleiben.

Und dann verweigern uns Romane auch noch die Antworten. Oder sie machen vielmehr deutlich, daß die Antworten zwar leichter zu erhalten sind als die Fragen, aber keine Garantie für Verläßlichkeit bieten. Wenn Religionen, wenn politische Ideolo-

gien eine Antwort sind, dann ist die Literatur eine Frage. Und die große Literatur, die außergewöhnliche Fragen stellt, öffnet unserem Geist neue Türen.«

Die Splatterpunks haben im Haus des Horrors neue Türen geöffnet.

Nein! Sie haben sie eingetreten!

Und die momentanen Eigentümer, die Arrivierten, die sich an ihren Besitz klammern, die träge und fett geworden sind, die sind alles andere als glücklich darüber.

Sie hätten es kommen sehen müssen.

Denn es hat sie schon immer gegeben und wird sie immer geben...

die Ketzer, die Outlaws.

Los Angeles, März–Mai 1990

Für Luis Buñuel

Quellenverzeichnis

Vorwort. Copyright © 1990 by Paul M. Sammon. Aus dem Englischen von Peter Pfaffinger.

»Gänsehaut« / *Goosebumps* von Richard Christian Matheson. Copyright © 1987 by Richard Christian Matheson. Erstveröffentlichung in *Scars*. Aus dem Englischen von Peter Pfaffinger.

»Das Monstrositätenkabinett« / *Freaktent* von Nancy A. Collins. Copyright © 1990 by Nancy A. Collins. Erstveröffentlichung in *The Horror Show* 1990 (Bd. 8, Nr. 1). Aus dem Englischen von Peter Pfaffinger.

»Vollgas« / *Full Throttle* von Philip Nutman. Copyright © 1990 by Philip Nutman. Originalveröffentlichung erstmals in *Splatterpunks*. Aus dem Englischen von Peter Pfaffinger.

»Die Stadt der Engel« / *City of Angels* von J. S. Russell. Copyright © 1990 by J. S. Russell. Erstveröffentlichung in *Midnight Graffiti* (1990). Aus dem Englischen von Peter Pfaffinger.

»Der Fleischhausmann« / *Meathouse Man* von George R. R. Martin. Copyright © 1976 by Damon Knight. Veröffentlicht in *Orbit* 18 (1976) und in *Heyne SF-Magazin* Bd. 3869 (1987). Aus dem Englischen von Michael Windgassen.

»Das Klassentreffen« / *Reunion Moon* von Rex Miller. Copyright © 1990 by Rex Miller. Originalveröffentlichung erstmals in *Splatterpunks*. Aus dem Englischen von Peter Pfaffinger.

»Zeit für den Abschied« / *Goodebye, Dark Love* von Roberta Lannes. Copyright © 1986 by Roberta Lannes. Erstveröffentlichung in *Cutting Edge* (1986), herausgegeben von Dennis Etchison. Aus dem Englischen von Peter Pfaffinger.

»Euch spuck' ich ins Gesicht« / *I Spit in Your Face: Films That Bite* von Chas. Balun. Copyright © 1989 by Chas. Balun. Erstveröffentlichung in *The Deep Red Horror Handbook* (1989), herausgegeben von Chas. Balun. Aus dem Englischen von Peter Pfaffinger.

Nachwort. Copyright © 1990 by Paul M. Sammon. Aus dem Englischen von Peter Pfaffinger.